O Enigma de Blackthorn

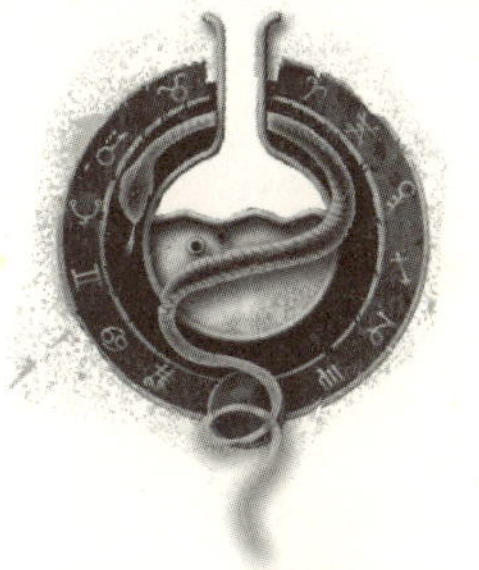

Kevin Sands

Tradução
Lenita Esteves

LeYa

Título original: The Blackthorn Key

Preparação: Elisa Nogueira
Revisão: Fernanda Marão e Nina Lopes
Diagramação: Crayon Editorial e D29 | Sílvia Dantas
Projeto gráfico do miolo: Karin Paprocki
Projeto gráfico da capa: James Fraser
Imagem de capa: Antonio Javier Caparo
Adaptação de capa e miolo: Leandro Dittz

Dados Internacionais de Catalogação na Publicação (CIP)
Angélica Ilacqua CRB-8/7057

Sands, Kevin
O enigma de Blackthorn / Kevin Sands ; tradução de Lenita Esteves. – Rio de Janeiro : LeYa, 2017.
352 p.

ISBN 978-85-441-0297-8
Título original: The Blackthorn Key

1. Literatura juvenil 2. Ficção 3. Sobrenatural – Ficção I. Título II. Esteves, Lenita

16-0090 CDD 028.5

Índices para catálogo sistemático:
1. Literatura juvenil

Editora Casa da Palavra
Avenida Calógeras, 6 | sala 701
20030-070 – Rio de Janeiro – RJ
www.leya.com.br

Advertência:

As receitas e os remédios citados neste livro foram usados por boticários de verdade. Existe uma explicação para o fato de não os utilizarmos mais: uns são traiçoeiros, outros são perigosos e alguns poucos são simplesmente letais. Então, como dizem, não tente reproduzir esses experimentos em casa. Sério!

QUINTA-FEIRA, 28 DE MAIO DE 1665

Dia da Ascensão

ENCONTREI.

Mestre Benedict disse que não estava nem um pouco surpreso, várias vezes nos últimos três anos teve certeza de que eu acabaria encontrando. Mas foi apenas na véspera do meu aniversário de 14 anos que aquilo me ocorreu de forma tão clara. Pensei que o próprio Deus havia sussurrado no meu ouvido.

Meu mestre acha que ocasiões como essa devem ser lembradas. Por isso, como ele recomendou, anotei minha fórmula. Meu mestre sugeriu o título.

A ideia mais idiota do Universo

por Christopher Rowe, aprendiz do mestre Benedict Blackthorn, boticário

Método de manipulação:
Fuce as anotações particulares do seu mestre. Encontre uma receita protegida por um código secreto e decifre-a. Em seguida, roube os ingredientes necessários no estoque. Finalmente — e este é o passo mais importante — procure seu melhor amigo, um garoto de personalidade forte e juízo fraco semelhantes aos seus, e diga a ele essas palavras: "Vamos construir um canhão."

CAPÍTULO 1

— VAMOS CONSTRUIR UM CANHÃO — FALEI.

Tom não estava prestando atenção. Ele estava muito concentrado, mordendo a língua, enquanto reunia forças para lutar contra o urso preto empalhado que dominava a entrada da botica do meu mestre. Tom tirou sua camisa de linho e jogou-a num gesto heroico em cima das taças de antimônio que brilhavam na bancada perto do fogo. Na prateleira de carvalho mais próxima, ele pegou a tampa esmaltada de um frasco de boticário (o Arrasa-Verrugas de Blackthorn, de acordo com os garranchos escritos no rótulo) e segurou-a diante do peito como um escudo em miniatura. Com a mão direita, ele brandia ameaçadoramente um rolo de macarrão.

Tom Bailey, filho do padeiro William, era o melhor soldado de mentira que eu já tinha visto. Embora fosse apenas dois meses mais velho que eu, ele já era um palmo mais alto e tinha um corpo forte, mas meio gorducho, por causa do seu hábito de roubar as tortas do pai. E, na segurança da botica, longe dos horrores da batalha, como morte, sofrimento e até mesmo uma suave reprimenda, a coragem de Tom era inigualável.

Ele olhava furioso para o urso sem vida. As tábuas do chão rangeram quando ele avançou e ficou ao alcance das garras maliciosamente curvas do animal. Tom empurrou a cristaleira para o lado, fazendo as balanças de latão tinirem. Depois, ergueu o rolo coberto de farinha numa espécie de continência. A fera imóvel rugia silenciosamente em resposta, e seus dentes de quase 3 centímetros prometiam matá-lo. Ou pelo menos exigir vários minutos de tedioso polimento.

Eu me sentei no balcão no fundo da botica, com as pernas penduradas, batendo os sapatos de couro contra a madeira entalhada. Era melhor ter paciência. Isso às vezes era necessário com Tom, porque a mente dele funcionava quando queria.

— Acha que pode roubar minhas ovelhas, senhor Urso? Não vou lhe dar trégua hoje!

De repente, ele interrompeu o gesto e o rolo de macarrão ficou parado no meio da estocada. Quase pude ouvir as engrenagens rangendo dentro da cabeça dele.

— Espere aí... O quê? — perguntou, virando-se para mim, intrigado. — O que foi que você disse?

— Vamos construir um canhão — repeti.

— O que isso quer dizer?

— Exatamente o que você acha que quer dizer. Você e eu. Vamos construir um canhão — respondi, abrindo os braços. — Sabe? Bum?

Tom franziu a testa.

— Não podemos fazer isso.

— E por que não?

— Porque as pessoas não podem simplesmente construir canhões, Christopher. — Ele falou isso como quem explica a uma criança pequena e boba por que ninguém deve comer fogo.

— Mas é assim que os canhões são feitos. As pessoas constroem canhões. Ou você acha que Deus envia canhões aqui para baixo durante a Quaresma?

— Você entendeu o que eu quis dizer.

Cruzei os braços.

— Não entendo por que você não fica animado com isso.

— Talvez porque você nunca é o alvo dos seus esquemas mirabolantes.

— Que esquemas? Não tenho esquema nenhum.

— Eu passei *a noite inteira* vomitando aquela "poção de força" que você inventou.

Ele realmente estava com umas olheiras.

— Ah, entendi. Desculpe — falei, encolhendo-me um pouco. — Acho que exagerei nos caracóis pretos. Não precisava de tantos.

— A poção precisava de menos Tom, na verdade.

— Também não banque o bebê chorão — respondi. — Vomitar faz bem. Equilibra os humores do corpo.

— Gosto dos meus humores como eles são.

— Mas desta vez eu tenho uma receita — falei, pegando o pergaminho e agitando-o diante dele. — Uma receita de verdade. Do mestre Benedict.

— Como é que um canhão pode ser feito com uma receita?

— Não é o canhão inteiro. Só a pólvora.

Tom ficou paralisado. Ele olhou para os frascos à sua volta, como se entre as centenas de poções, ervas e pós que lotavam a botica houvesse um remédio que pudesse livrá-lo daquela situação.

— Isso é ilegal.

— Saber uma receita não é ilegal — respondi.

— Mas fazer é.

Bem, isso era verdade. Apenas os mestres e as pessoas que têm uma certificação real podem produzir pólvora. E estou muito longe de ser qualquer uma dessas coisas.

— E lorde Ashcombe está nas ruas hoje — disse Tom.

Isso sim me fez parar.

— Você o viu?

Tom fez que sim com a cabeça.

— Em Cheapside, depois da missa. Dois homens do rei estavam com ele.

— Como ele é?

— Tem cara de malvado.

"Malvado" era exatamente o que eu tinha imaginado. Lorde Richard Ashcombe, barão de Chillingham, era o guardião e fiel general do rei Charles aqui em Londres. Ele estava na cidade procurando um bando de assassinos. Nos últimos quatro meses, cinco homens foram cruelmente assassinados em suas casas. Cada um havia sido amarrado, torturado e tivera a barriga aberta para sangrar até morrer.

Três das vítimas eram boticários, um fato que me fazia enxergar assassinos escondidos nas sombras noite após noite. Ninguém sabia direito o que esses assassinos queriam, mas a chegada de lorde Ashcombe significava que o rei estava determinado a detê-los. Lorde Ashcombe tinha a reputação de se livrar dos homens hostis à Coroa enfiando a cabeça deles em estacas colocadas nas praças para todo mundo ver.

Mesmo assim, não precisávamos ser *tão* cuidadosos.

— Lorde Ashcombe não vai vir aqui — falei, tanto para

Tom quanto para mim mesmo. — A gente não matou ninguém. E é bem improvável que o guardião do rei venha aqui atrás de supositórios, você não acha?

— E o seu mestre? — perguntou Tom.

— Ele não precisa de supositório.

Tom fez uma careta.

— Quero saber quando *ele* vai voltar. Está quase na hora do jantar — disse, pronunciando "hora do jantar" com certa ansiedade.

— Mestre Benedict acabou de comprar a nova edição do *Tratado de ervas medicinais de Culpeper* — respondi. — Ele está na cafeteria com Hugh. Vão ficar um tempão lá.

Tom apertou o escudo contra o peito.

— É uma péssima ideia.

Saltei do balcão e sorri.

******

Para ser um boticário, você precisa entender uma coisa: a receita é tudo.

Não é como assar um bolo. As poções, os cremes, as geleias e os pós preparados por mestre Benedict (com a minha ajuda) exigem um toque incrivelmente delicado. Uma colherada a menos de nitrato ou uma pitada a mais de anis pode fazer seu fabuloso novo remédio para hidropisia se transformar numa inútil meleca verde.

Mas receitas novas não caem do céu. É preciso descobri-las. Isso leva semanas, meses, até anos de trabalho árduo. E também custa uma fortuna: ingredientes, equipamentos, carvão para alimentar o fogo, gelo para resfriar os produtos.

Acima de tudo, é perigoso. Fogos ardentes. Metais derretidos. Elixires com cheiro suave que corroem as entranhas. Tinturas que parecem inofensivas como água, mas que exalam invisíveis gases mortais. Cada novo experimento significa jogar com a vida. Por isso, uma boa fórmula vale mais que ouro.

Se você conseguir lê-la.

↓M08→
111007171013221608221122131526242213172210160 8
2211221315262609191001132624040924101122131526
1414220704151326081026131426112213222522082 60
915260804141516132213

Tom coçou a cabeça.

— Achei que teria mais palavras e coisas.

— É um código.

Ele suspirou.

— Por que as receitas estão sempre em código?

— Porque os outros boticários fazem de tudo para roubar seus segredos. Quando tiver minha própria botica — falei, com orgulho —, vou colocar tudo em código. Ninguém vai roubar as *minhas* receitas.

— Mas ninguém vai querer. A não ser que seja para produzir veneno.

— Eu já pedi desculpas.

— Talvez essa receita esteja codificada porque o mestre Benedict não quer que ninguém leia. E com "ninguém" eu quero dizer você.

— Ele me ensina novos códigos toda semana.

— Ele ensinou esse?

— Tenho certeza de que planeja ensinar.

— Christopher...

— Mas eu já decifrei. Veja — respondi, apontando para a notação ↓M08→. — Isso é uma cifra de substituição. Cada dupla de números representa uma letra e as setas indicam como substituí-los. Comece com "08" e o substitua por "M". Depois continue contando: se 08 é "M", 09 é "N" e assim por diante.

Mostrei a ele a tabela que eu tinha feito.

A	*B*	*C*	*D*	*E*	*F*	*G*	*H*	*I*	*J*	*K*	*L*	*M*
22	*23*	*24*	*25*	*26*	*01*	*02*	*03*	*04*	*05*	*06*	*07*	*08*
N	*O*	*P*	*Q*	*R*	*S*	*T*	*U*	*V*	*W*	*X*	*Y*	*Z*
09	*10*	*11*	*12*	*13*	*14*	*15*	*16*	*17*	*18*	*19*	*20*	*21*

Tom olhou para a receita e depois para o grupo de números no topo da página.

— Então, se você substituir os números pelas letras corretas...

— Você consegue ler a mensagem — respondi, virando o pergaminho para mostrar a tradução que eu tinha escrito no verso.

Pólvora

Uma parte carvão. Uma parte enxofre. Cinco partes salitre. Moer separadamente. Misturar.

E foi exatamente isso que fizemos. Nós nos sentamos diante da grande mesa de trabalho, ficando o mais distante possível da lareira. Tom sugeriu sabiamente que pólvora e fogo não são bons amigos. Ele tirou as colheres de sangria que estavam na mesa e pegou os pilões e os almofarizes da janela próxima do urso enquanto eu buscava os frascos com os ingredientes das prateleiras.

Comecei moendo o carvão. Nuvens fuliginosas subiram pelo ar, misturando-se com o cheiro de terra das raízes e ervas secas que pendiam das vigas. Tom, olhando desconfiado para a porta da frente, na expectativa de ver algum sinal do meu mestre, cuidou do salitre, esmagando os cristais que eram muito parecidos com sal de cozinha. O enxofre já estava na forma de um fino pó amarelo, então, enquanto Tom misturava os ingredientes, peguei na sala dos fundos um tubo de latão fechado numa das extremidades. Usei um prego para fazer um buraco perto da extremidade fechada. Nesse buraco, introduzi um pedaço de corda cinzenta.

Tom arqueou as sobrancelhas.

— Mestre Benedict guarda estopins de canhão?

— A gente usa isso para acender coisas que estão longe.

— Sabe, coisas que estão longe provavelmente não deveriam ser acesas.

A mistura resultante pareceu inofensiva, apenas um fino pó preto. Tom a despejou na extremidade aberta do tubo enquanto eu o segurava. Um pouco de pó escorreu pela lateral, caindo no chão. Soquei o pó dentro do tubo com um chumaço de algodão.

— O que vamos usar como bala do canhão? — perguntou Tom.

Mestre Benedict não tinha na botica nada que coubesse bem dentro do tubo. O melhor que consegui arranjar foi um punhado de balas de chumbo, cujas raspas usávamos em nossos remédios. Elas desceram pelo tubo, batendo nas paredes, e caíram com um baque surdo no chumaço de algodão que estava no fundo.

Agora precisávamos de um alvo, e rápido. Montar tudo aquilo tinha levado muito tempo, e, embora eu garantisse a Tom que meu mestre não retornaria tão cedo, suas idas e vindas não eram exatamente previsíveis.

— A gente *não* vai disparar essa coisa lá fora — disse Tom.

Ele tinha razão. Os vizinhos não iam gostar de ver balas de chumbo voando pela rua. E, apesar de o castor empalhado sobre a lareira ser um alvo bastante tentador, havia ainda menos chance de o mestre Benedict apreciar nossa iniciativa se travássemos uma guerra contra os animais que enfeitavam sua botica.

— Que tal aquilo? — sugeri, apontando para um pequeno caldeirão de ferro pendurado perto da lareira. — Podemos atirar no fundo dele.

Tom afastou as taças de antimônio que estavam na outra mesa, abrindo espaço suficiente para colocar o caldeirão. Peguei nosso canhão e o segurei com firmeza contra minha barriga. Tom rasgou um pedaço do pergaminho onde estava escrita nossa receita decifrada e o aproximou da lareira até que ele pegasse fogo. Depois, acendeu o estopim do canhão. Faíscas chiaram, correndo em direção ao cano como uma vespa em chamas. Tom se enfiou atrás do balcão e ficou espiando.

— Olhe isso! — exclamei, animado.

O estouro quase arrebentou meus ouvidos. Vi uma explosão e um monte de fumaça. O tubo me deu um coice como se fosse um touro furioso e me atingiu bem no meio das pernas.

CAPÍTULO 2

FUI JOGADO NO CHÃO FEITO UM SACO DE farinha. O canhão saltou, bateu na madeira perto de mim e rolou para longe, soltando fumaça por sua extremidade. De longe, ouvi uma voz.

— Tudo bem com você?

Fiquei encolhido feito uma bola no chão, com as mãos na virilha, tentando não vomitar.

Havia fumaça por toda parte, como se o ar tivesse ficado cinzento. Tom apareceu em meio à névoa, abanando as mãos e tossindo.

— Christopher, você está bem?

— Mmmmmmm... — resmunguei.

Tom vasculhou a botica à procura de algum remédio que pudesse me ajudar, mas infelizmente não existia um Bálsamo Blackthorn para Alívio da Dor nas Partes Baixas. De repente, ele me chamou com a voz sufocada:

— Christopher?

Pisquei várias vezes, tentando enxergar através da fumaça. Então, percebi o problema. Eu não tinha sido o único a ser atingido naquele lugar. O caldeirão em que eu tinha mirado com tanta precisão estava intacto, mas o urso no canto ganhara um motivo para ficar furioso. O chumbo do nosso canhão tinha estraçalhado a pele entre suas pernas. Ele rugia num ultraje silencioso, e as entranhas de palha formavam um montinho entre suas patas.

Tom pôs as duas mãos na cabeça.

— Seu mestre vai nos matar.

— Espere — falei, sentindo a dor ser lentamente substituída por uma onda de medo. — Calma, a gente pode consertar isso.

— Como? Você tem uma virilha de urso lá nos fundos? — perguntou Tom, apertando as bochechas e se lamentando.

— Só me deixe pensar por um momento, por favor — respondi, mas foi nesse instante, obviamente, que mestre Benedict chegou.

Ele não tinha nem entrado direito na botica quando estremeceu e parou. Alto a ponto de ser obrigado a se curvar para passar pela porta, meu mestre ficou parado ali, com os ombros caídos para a frente e os longos cachos escuros de sua peruca balançando na brisa da noite. Ele segurava junto ao peito, com seus braços compridos, um grande livro com capa de couro; era a nova edição do *Tratado de ervas medicinais de Culpeper*. Por baixo de seu casaco de veludo escuro, vi seu cinturão de lona vinho, que tinha 30 centímetros de largura e que ele usava junto ao corpo. O cinturão era cheio de bolsinhos, não muito maiores do que um polegar. Enfiado em cada compartimento havia um frasco de vidro tampado com rolha de cortiça ou cera. Também havia outros bolsos, com todos os tipos de objetos úteis: pederneira, estopa, pinças e uma colher de prata com cabo longo. Meu próprio mestre tinha desenhado o cinturão para carregar ingredientes e remédios, pelo menos aqueles que eu não precisava carregar por aí quando saíamos para atender uma consulta domiciliar.

Mestre Benedict olhou para o canhão, que havia rolado até os seus pés e ainda soltava um fio de fumaça. Ele estreitou os olhos enquanto fitava ora o canhão, ora nós dois, que ainda estávamos no chão.

— Vamos entrar, Benedict — disse alguém atrás dele. — Está frio aqui fora.

Um homem corpulento passou pelo meu mestre, sacudindo seu casaco de pele para tirar o pó. Era Hugh Coggshall, que quinze anos antes havia terminado seu aprendizado com mestre Benedict. Agora ele também era um mestre e tinha uma oficina num bairro vizinho, onde prestava serviços exclusivamente para um médico.

Ele franziu o nariz.

— Que cheiro de...

Ele parou quando me viu com Tom e pôs a mão na boca, olhando de lado para meu mestre.

Com a pouca energia que me restava, me levantei do chão. Tom estava junto a mim, paralisado como uma estátua.

Uma veia saltada e escura pulsava na testa do mestre Benedict. Quando ele falou, sua voz estava mais fria que gelo:

— Christopher?

Engoli em seco.

— S-sim, mestre?

— Houve uma guerra enquanto eu estava fora?

— Não, mestre.

— Uma briga, então? Uma discussão sobre a política da corte? — questionou ele num tom repleto de sarcasmo. — Os puritanos tomaram mais uma vez o Parlamento e destituíram de novo nosso rei?

Meu rosto queimava.

— Não, mestre.

— Então — disse ele por entre os dentes cerrados — pode me explicar por que, em nome do Santo Deus, você atirou no meu urso?

— Não era minha intenção — respondi. Tom, ao meu lado, fazia vigorosos gestos afirmativos com a cabeça. — Foi um acidente.

Aquilo pareceu deixá-lo ainda mais furioso.

— Você queria acertar o castor e errou?

Não consegui responder. Apontei para o caldeirão, que ainda estava caído de lado perto da lareira. Por um instante, mestre Benedict permaneceu em silêncio. Em seguida, ele continuou:

— Você atirou balas de chumbo num caldeirão de ferro... a menos de 2 metros de distância?

Olhei para Tom.

— Eu... Nós... Sim?

Meu mestre fechou os olhos e pôs uma das mãos na testa. Depois, ele se inclinou em nossa direção.

— Thomas?

Tom tremeu. Achei que ele ia desmaiar.

— Sim, senhor?

— Vá para casa.

— Sim, senhor — disse Tom, andando de lado e fazendo uma série de desajeitadas reverências. Ele pegou a camisa que estava em cima do balcão e fugiu para a rua, batendo a porta atrás de si.

— Mestre...

— Fique quieto — retrucou.

Eu fiquei.

Em situações como essa, o aprendiz (no caso, eu) levaria uma bela de uma surra, mas mestre Benedict nunca tinha me batido, nem uma vez sequer, nos três anos em que eu vivia ali. Isso era tão raro que levei um ano inteiro para entender que ele nunca iria me bater. Tom, que sentia o peso da mão do pai todos os dias, achava injusto. Já eu achava que era muito justo, considerando que eu tinha passado meus primeiros 11 anos de vida no orfanato Cripplegate, onde os preceptores distribuíam surras como doces numa festa de criança.

Apesar disso, algumas vezes eu quase desejava que mestre Benedict *realmente* me batesse. Em vez disso, ele tinha aquele jeito de olhar quando eu fazia algo errado. A decepção dele penetrava em mim feito um verme, se afundando no meu coração e se instalando ali.

Como estava acontecendo agora.

— Eu confiei em você, Christopher. O tempo todo. Todos os dias. Nossa botica. Nosso *lar*. É assim que você o trata?

Abaixei a cabeça.

— Eu... eu não estava tentando...

— Um canhão! — exclamou mestre Benedict, fervendo de raiva. — Você poderia ter queimado os olhos, poderia ter ficado cego! O cano poderia ter explodido. E se você tivesse realmente acertado o caldeirão... e o Senhor deve amar os tolos, pois não consigo entender como não o acertou... eu ficaria raspando pedacinhos seus da parede até o Natal. Você não tem nenhum juízo?

— Me desculpe — murmurei.

— E você atirou no meu maldito urso.

Hugh bufou, tentando conter o riso.

— Não o encoraje — disse mestre Benedict. — Você já me deu aborrecimentos para uma vida inteira.

Hugh fez um gesto de conciliação. Mestre Benedict voltou-se para mim.

— E onde foi que você conseguiu a pólvora?

— Eu fiz.

— Você *fez?* — perguntou ele, que finalmente pareceu ter notado os frascos sobre a mesa. Depois, ele viu o pergaminho com o código, que Tom e eu havíamos deixado ao lado dos frascos. Meu mestre examinou o pergaminho e o virou. Não entendi a expressão dele.

— Você decifrou isso?

Fiz que sim com a cabeça.

Hugh pegou o pergaminho que estava nas mãos do meu mestre e o examinou. Depois, olhou para mestre Benedict. Algo parecia estar acontecendo entre eles, mas eu não conseguia saber o quê. De repente, fui tomado por uma onda de esperança. Meu mestre sempre ficava feliz quando eu o surpreendia com algo novo. Talvez ele tivesse gostado de eu ter decifrado o enigma.

Ou talvez não. Mestre Benedict cutucou minhas costelas com seu dedo ossudo.

— Já que o senhor é tão criativo, quero que escreva a receita dessa aventurazinha de hoje trinta vezes. Depois, quero que a escreva mais trinta vezes... em latim! Mas primeiro você vai arrumar essa bagunça. Vai colocar tudo nos devidos lugares. Vai esfregar o chão da botica, da oficina e de cada canto desta casa. Ainda hoje. Tudo, daqui até o telhado.

O *telhado*? Nesse momento, fiquei com vontade de chorar, de verdade. Eu sabia que tinha aprontado, mas os aprendizes já trabalhavam até a exaustão. Mestre Benedict podia até ser mais gentil que qualquer outro mestre que eu conhecia, mas meus deveres não mudavam por causa disso. Meus dias começavam antes do pregão das seis horas da manhã. Eu acordava, arrumava a botica, atendia os clientes, ajudava meu mestre na oficina, praticava, estudava, e assim por diante, até bem depois do pôr do sol. Então, eu tinha que guardar tudo, preparar a última refeição do dia e limpar a botica para o dia seguinte antes de poder ir dormir no colchão de palha que me servia de cama. Meu único descanso era aos domingos e nos raros feriados. E nós estávamos bem no meio de um feriado *duplo*, que acontecia uma vez a cada década: era o Dia da Ascensão, que seria seguido pelo Dia do Pomo de Carvalho, que comemorava a restauração da monarquia. Sonhei com essa folga durante todo o ano.

De acordo com as regras, não era permitido que mestre Benedict me obrigasse a trabalhar num feriado. Por outro lado, também não era permitido roubar as coisas dele, fabricar pólvora ou atirar em ursos empalhados. Nem em nenhum urso, na verdade. Então, eu apenas curvei os ombros e disse:

— Sim, mestre.

******

Coloquei os frascos e os ingredientes de volta nas prateleiras. Meu mestre pegou nosso canhão e o escondeu em algum lugar da oficina nos fundos. Depois, passei os vários minutos seguintes recolhendo bolinhas de chumbo sujas de fuligem, que tinham rolado para todos os cantos da botica, me perguntando o que fazer com o pobre urso.

Mestre Benedict tinha pendurado seu cinturão de boticário com os frascos de ingredientes e remédios atrás do balcão antes de desaparecer nos fundos da botica. Olhei do cinturão para o urso no canto do cômodo. E se eu costurasse alguns bolsos, fazendo uma coberta, e envolvesse a cintura da fera...

— Eu não faria isso se fosse você.

Hugh estava esparramado na poltrona ao lado da lareira, folheando as páginas do novo tratado trazido pelo meu mestre. Ele nem tinha levantado a cabeça para falar.

— Eu não ia usar *aquele* cinturão — respondi. — Mas não posso deixar o urso como está. — Pensei um pouco mais. — E se colocássemos um calção nele?

Hugh balançou a cabeça.

— Você é muito esquisito.

Antes que eu pudesse responder, a porta da frente se abriu com um rangido. Senti o cheiro do homem antes de vê-lo, um fedor enjoativo de água de rosas misturado com suor.

Era Nathaniel Stubb, boticário que tinha uma loja a duas ruas dali e que vinha bamboleando pelo menos uma vez por semana para empestear nosso ambiente. Ele queria espionar sua concorrência mais próxima, se é que “concorrência” é a palavra certa. *Nós* vendíamos remédios de verdade. Ele ganhava dinheiro com as Pílulas Orientais de Stubb para Todos os Males, que, de acordo com os panfletos que ele afixava por aí, curavam todas as doenças, de pústulas a pestes. Pelo que eu sabia, o único efeito real das Pílulas de Stubb era a redução de peso (do porta-níqueis).

Apesar disso, seus clientes compravam as pílulas aos montes. Stubb adorava exibir seu lucro: usava pesados anéis com pedras preciosas que apertavam seus dedos gordos, uma bengala com castão de prata na forma de uma cabeça de serpente, um gibão de tecido brocado sobre uma camisa de seda brilhante. A barra da camisa ficava ridiculamente enfiada em sua braguilha aberta, como diziam que era a moda. Para mim parecia que ele tinha forrado os calções com chantili.

Stubb acenou bruscamente com a bengala para Hugh.

— Coggshall!

Hugh balançou a cabeça em reconhecimento.

— Onde ele está? — perguntou Stubb.

Hugh respondeu antes que eu conseguisse dizer qualquer coisa:

— Benedict está ocupado.

Stubb ajeitou o gibão e examinou a oficina. Como sempre, seu olhar se demorou nas prateleiras atrás do balcão, onde guardávamos nossos ingredientes mais valiosos, como pó de diamante e ouro em pó. Finalmente, ele pareceu me notar parado ao lado dele.

— Você é o aprendiz?

Como era feriado, eu não estava com o avental azul que todo aprendiz deve usar. Percebi que isso o tinha confundido, já que eu só morava ali havia três anos!

Eu concordei com a cabeça.

— Sim, mestre Stubb.

— Então vá chamá-lo — ordenou.

Stubb me colocou numa situação difícil. Oficialmente, eu só deveria seguir as ordens de meu mestre. Por outro lado, demonstrar qualquer coisa que não fosse o máximo respeito diante de outro mestre poderia me colocar em maus lençóis na Guilda dos Boticários, e Stubb não era o tipo de homem que se deveria contrariar. No entanto, alguma coisa no jeito de Hugh me fez pensar que seria melhor Stubb não falar com mestre Benedict naquela noite. Então, cometi o segundo erro do dia ao hesitar.

Stubb me deu um golpe na lateral da cabeça com o castão da bengala. Senti uma dor aguda quando as presas da serpente acertaram a minha orelha. Caí em cima da cristaleira e pus a mão na orelha, gritando tanto de surpresa quanto de dor.

Stubb esfregou a bengala na manga do gibão, como se tivesse ficado suja ao tocar em mim.

— Eu falei para ir chamá-lo.

A expressão de Hugh ficou séria.

— Eu já disse que Benedict está ocupado. E o menino não é seu aprendiz. Então, não bata nele.

Stubb fez apenas uma expressão de enfado.

— O menino também não é seu aprendiz, Coggshall. Então, não o defenda.

Mestre Benedict apareceu na porta atrás do balcão, limpando as mãos num pano. Ele observou a cena, franzindo a testa.

— O que você quer, Nathaniel?

— Você ficou sabendo? — disse Stubb. — Houve mais um assassinato — completou ele, abrindo um sorriso. — Mas talvez você já esteja a par dos acontecimentos.

CAPÍTULO 3

HUGH FECHOU O LIVRO QUE ESTAVA LENDO, deixando os dedos entre as páginas. Mestre Benedict colocou o pano sobre o balcão e esticou lentamente suas pontas.

— Quem foi? — perguntou, finalmente.

Outro boticário, pensei, e meu coração disparou, mas tinha sido outra pessoa dessa vez.

— Um professor de Cambridge — informou Stubb, cutucando mestre Benedict com cada palavra como se fossem agulhas. — Ele alugou uma casa em Riverdale para o verão. O nome dele era Pembroke.

Os olhos de Hugh se fixaram em meu mestre.

— A lavadeira o encontrou — disse Stubb. — Com as tripas expostas, exatamente como aconteceu com os outros. Você o conhecia, não?

Stubb parecia um gato encurralando um rato. Pensei que ele fosse começar a ronronar.

Mestre Benedict olhou para ele com muita calma.

— Christopher.

Eu?

— Vá limpar o viveiro dos pombos.

Ah, claro! Por que eu desejaria ficar? Não era como se eu me *importasse* com o fato de que um homem que conhecia meu mestre tinha acabado de ser assassinado. Mas um aprendiz não pode argumentar. Então, eu simplesmente saí, resmungando baixinho.

******

O andar térreo da nossa casa era dividido em dois cômodos, ambos reservados às atividades do meu mestre. A botica ficava na frente. Nos fundos, havia a oficina. Foi ali, três anos antes, que soube pela primeira vez o que significava ser um aprendiz.

No dia em que cheguei, eu não sabia o que esperar. No orfanato Cripplegate, os meninos mais velhos adoravam assustar os mais novos contando histórias sobre as crueldades dos mestres com seus aprendizes. *É como ser prisioneiro no calabouço da Torre de Londres. Eles só deixam você dormir duas horas por noite. Tudo o que você tem para comer é meia fatia de pão mofado. Eles batem em você se ousar olhá-los diretamente nos olhos.*

A aparência de mestre Benedict não me tranquilizou nem um pouco. Quando ele me escolheu em meio a um monte de meninos nos fundos do Grande Salão da Guilda dos Boticários, eu me perguntei se não tinha ficado com o pior mestre de todos. Seu rosto não tinha nada de hostil, mas ele era tão absurdamente *alto*. O modo como ele se aproximou de mim, com meus míseros 11 anos, fez com que eu me sentisse como se conversasse com uma árvore falante.

As histórias que ouvi no orfanato passaram de novo pela minha cabeça enquanto eu seguia mestre Benedict na direção do meu novo lar e sentia meu estômago cada vez mais embrulhado. *Meu novo lar*. Durante a minha vida, tudo que eu mais desejava era deixar o orfanato. Agora que meu desejo estava se realizando, eu sentia mais medo do que nunca.

Fazia um calor sufocante naquele sol de meio-dia, e os montes de esterco que se acumulavam nas valas exalavam o pior fedor que Londres já havia sentido em anos. Mal prestei atenção no cheiro, de tão confuso que eu estava. Mestre Benedict, que parecia isolado em seu próprio mundo, não prestava atenção em nada. Algo que sem dúvida era pelo menos um litro e meio de urina foi despejado de um penico por uma janela e caiu a centímetros dos pés dele, mas meu mestre nem se esquivou. Uma charrete com as rodas revestidas de ferro batendo nas pedras quase o atropelou; os cavalos passaram tão perto que pude sentir o cheiro deles. Mestre Benedict apenas parou por um momento e continuou na direção da botica como se atravessasse o jardim de Clerkenwell. Talvez ele realmente *fosse* uma árvore. Nada parecia perturbá-lo.

Já eu não podia dizer o mesmo. Senti o estômago embrulhar quando mestre Benedict destrancou a porta da frente da botica. Sobre a entrada estava uma placa de carvalho desgastada, pendendo de duas correntes de prata.

BLACKTHORN
ALÍVIO PARA TODOS OS TIPOS
DE HUMORES MALIGNOS

Folhas de hera entalhadas, preenchidas com uma tinta de tom verde-musgo profundo, emolduravam as letras escritas em vermelho. Abaixo, pintado em amplas pinceladas douradas, havia um chifre de unicórnio, o símbolo universal dos boticários.

Mestre Benedict me conduziu até a oficina, que ficava nos fundos. Estiquei o pescoço para ver a botica, com os animais empalhados, as cristaleiras e as estantes cuidadosamente organizadas, mas foi a oficina que me deixou realmente paralisado. Cobrindo cada centímetro das bancadas de trabalho, amontoados nas prateleiras e enfiados embaixo dos bancos, estavam centenas de frascos de boticário, cheios de folhas e pós, líquidos e cremes. Ao redor, havia infindáveis ferramentas e equipamentos: vidros moldados aquecidos por chamas alimentadas por óleos, líquidos ferventes exalando odores exóticos, potes e caldeirões grandes e pequenos, de ferro, de cobre e de latão. Num canto, o forno soprava ondas escaldantes de vapor por sua boca escancarada de quase 4 metros de largura por 1 metro de altura. Dezenas de experimentos ferviam sobre suas três bandejas, com carvões flamejantes numa extremidade e um fogo abrasador na outra. As curvas negras e suaves do forno se erguiam pela chaminé, que liberava os gases que se misturavam ao fedor de lixo, detritos e excrementos que enchia as ruas de Londres.

Fiquei parado ali, boquiaberto, até mestre Benedict pôr uma panela de ferro fundido nas minhas mãos.

— Ponha água para ferver — ordenou.

Em seguida, ele apontou para um banco que ficava numa das extremidades da bancada central, perto da porta dos fundos, que dava para um pequeno canteiro de ervas atrás da casa. Ali, vi três canecas de estanho e um pequeno pote de vidro cheio de sementes pretas que pareciam feijões.

Cada uma tinha mais ou menos a metade do tamanho de uma joaninha.

— Isso é estramônio — disse ele. — Examine e me conte o que descobriu.

Um tanto nervoso, peguei uma das sementes e rolei-a entre os meus dedos. Ela cheirava levemente a tomate podre. Toquei-a com a ponta da língua. O gosto não era melhor: amargo e oleoso, com um toque picante. Minha boca ficou seca na mesma hora.

Contei a mestre Benedict o que tinha experimentado. Ele concordou com um movimento de cabeça.

— Ótimo. Agora pegue três sementes, esmague-as e coloque-as na primeira caneca. Ponha seis sementes na segunda caneca e dez na terceira. Depois despeje a água fervente sobre elas e deixe-as em infusão.

Fiz o que ele mandou. Enquanto a infusão descansava, ele perguntou:

— Você sabe o que é asma?

— Sim, mestre — respondi.

Muitas crianças do orfanato tinham essa doença. Num verão, quando o ar estava particularmente carregado de fumaça e fedor, dois meninos morreram no mesmo dia, expelindo a vida pelos próprios pulmões enquanto os preceptores olhavam sem poder ajudar.

— Em pequenas doses, o estramônio é eficaz no tratamento da asma — disse mestre Benedict, empurrando a primeira caneca na minha direção. As três sementes esmagadas giravam no fundo da água que escurecia. Tinha um cheiro rançoso. — Essa é a dose correta para um homem de estatura mediana.

Ele empurrou a segunda caneca na minha direção.

— Essa quantidade de estramônio causa terríveis alucinações, como verdadeiros pesadelos. Quando terminarem, o paciente será torturado por dores lancinantes durante vários dias.

Finalmente, ele empurrou a terceira caneca.

— Isso vai matá-lo. Beba desta caneca e você morrerá em cinco minutos.

Olhei para ao líquido. Eu tinha preparado *veneno*. Surpreso, ergui os olhos para mestre Benedict e o vi olhando atentamente para mim.

— Diga, o que você acabou de aprender?

Espantei minha surpresa para conseguir pensar. A resposta óbvia era listar as propriedades do estramônio e as receitas que eu podia preparar a partir das sementes, mas o jeito como o mestre Benedict me olhava me fez sentir que ele queria algo mais.

— Que eu sou responsável — respondi.

Mestre Benedict arqueou as sobrancelhas.

— Isso mesmo — disse ele num tom satisfeito. Então, apontou para as ervas, os óleos e os minerais que nos circundavam. — Esses ingredientes são dádivas do Senhor. São os instrumentos da nossa profissão. Você sempre deve lembrar que eles são *apenas* isso: instrumentos. Eles podem curar ou matar. Nunca é o instrumento em si que decide. São as mãos e o coração daquele que os usa. De todas as coisas que vou lhe ensinar, Christopher, não há lição mais importante. Você está entendendo?

Concordei com um gesto de cabeça, um pouco intrigado, com medo da confiança que ele havia depositado em mim.

— Bom — disse ele —, vamos dar uma volta. Você vai ter a última lição do dia.

Mestre Benedict jogou uma pesada sacola de couro nas minhas costas e amarrou junto ao corpo o cinturão com os frascos. Fiquei olhando para o cinturão, fascinado, enquanto ele me levava de novo para a rua. A alça da sacola afundava no meu ombro de tão pesada.

Ele me levou até uma mansão na parte norte da cidade. Para um menino que tinha acabado de sair do orfanato, a casa poderia muito bem ser o palácio do rei. Um serviçal que usava uma libré nos conduziu por um vasto corredor e pediu que esperássemos. Tentei não parecer surpreso diante de tanta riqueza: os papéis de parede caros com acabamentos dourados, o candelabro sobre nossas cabeças, vitrais que cintilavam à luz do sol, o teto pintado com cavalos que galopavam por entre árvores sob um céu azul e sem nuvens.

Finalmente, uma camareira rechonchuda nos acompanhou por uma escada curva de mármore até uma sala de estar. Uma senhora de meia-idade nos aguardava ali; ela usava um corpete amarelo decotado sobre um vestido de tafetá laranja com bordados de flores. Seu vestido se abria na barra e revelava uma anágua verde cheia de babados. Ela estava deitada num divã de veludo roxo, comendo cerejas de uma tigela de prata. A mulher franziu a testa quando cuspiu um caroço.

— Sr. Blackthorn, como o senhor é cruel. Estou completamente atormentada.

Mestre Benedict curvou-se ligeiramente. Depois, pulei de susto quando ele começou a falar com ela gritando, como se a mulher tivesse problemas auditivos.

— Peço desculpas pela demora, lady Lucy. Permita-me apresentar-lhe Christopher.

Ele deu um passo para o lado. Lady Lucy me avaliou com olhos críticos.

— Um pouco jovem demais para ser um boticário, não? — comentou ela.

— Ah, não, minha senhora. Quero dizer, sim, minha senhora — falei, gaguejando. — Sou o aprendiz.

Ela franziu a testa.

— Assoou o nariz? O que você está dizendo, menino?

Olhei para mestre Benedict, mas seu rosto estava imparcial, sem expressão alguma. Tentei de novo, dessa vez gritando, como meu mestre tinha feito.

— Sou o *aprendiz.*

— Ah, bom. Por que você não disse logo? Comece a trabalhar então. Minhas costas estão doendo como o diabo.

A camareira começou a desabotoar as rendas do corpete de lady Lucy. Chocado, desviei os olhos.

— Não seja ridículo — falou lady Lucy. Ela deu as costas para mim, segurando a seda junto ao peito enquanto a empregada abria a parte de trás do corpete. A pele ao longo da coluna estava vermelha e inflamada. Dava a impressão de coçar muito.

Olhei para mestre Benedict de novo, em dúvida sobre o que fazer. Dessa vez, ele apontou para a sacola que eu carregava. Olhei lá dentro e encontrei um grosso jarro de cerâmica com uma boca larga tampada com uma rolha. Tirei a rolha e recuei horrorizado. Dentro do jarro havia um creme grosso e marrom que parecia o recheio de uma fralda suja de bebê. O cheiro era semelhante também.

— Espalhe uma camada sobre a erupção — disse calmamente mestre Benedict. — Grossa o bastante para cobri-la, mas não mais espessa que isso.

Estremeci no momento em que afundei meus dedos na substância viscosa, rezando para que ela não fosse o que parecia ser. Depois espalhei um pouco nas costas de lady Lucy. Para minha surpresa, não só ela não reclamou do cheiro, como também relaxou o corpo, visivelmente aliviada enquanto eu espalhava a gosma por sua pele.

— Muito melhor — disse ela, suspirando. — Muito obrigada, sr. Blackthorn.

— Voltaremos amanhã, senhora — gritou ele.

A camareira nos conduziu até a porta da casa.

Coloquei o jarro de cerâmica de volta na sacola. Quando fiz isso, vi um pano de lã dobrado lá dentro, bem no fundo. Eu o usei na rua mesmo, para tentar limpar da melhor forma possível aquela meleca marrom e nojenta que tinha grudado nos meus dedos.

— E então? — perguntou mestre Benedict. — O que você aprendeu com isso?

Respondi sem pensar:

— Sempre traga algodão para tampar o nariz.

De repente, percebi como aquilo tinha soado. Eu me encolhi, esperando que mestre Benedict me batesse pela insolência, como os preceptores do orfanato teriam feito.

Em vez disso, ele piscou para mim. Então, jogou a cabeça para trás e riu. Uma gargalhada calorosa e verdadeira. Foi a primeira vez que me lembro de ter pensado que ficaria bem.

— Sim, de fato — disse mestre Benedict. — Bem, se você achou aquilo ruim, espere até ver o que vou ensinar amanhã — completou ele, dando risada. — Vamos, Christopher. Para casa.

******

Ele me ensinou mais no dia seguinte, e a cada dia depois. Antes, quando eu imaginava como seria a vida de um boticário, pensava que acabaria trabalhando na botica, mas a oficina nos fundos tornou-se meu verdadeiro lar. Ali, mestre Benedict me mostrou como misturar um remédio de raiz de malvaísco e mel para aliviar a garganta, como moer casca de salgueiro para fazer um chá que abranda a dor e como combinar 64 ingredientes ao longo de quatro meses para fazer o melaço de Veneza, um antídoto para veneno de cobra. Ele também me ensinou suas receitas secretas e os códigos para decifrá-las. Naquele cômodo, encontrei meu futuro, operando milagres que vinham das criações de Deus.

Pelo menos em alguns dias era assim. Agora, tudo o que eu tinha eram uns grãos, um balde e um escovão de limpar cocô.

Com meu mestre e Stubb na botica, peguei o que precisava na oficina e subi para o telhado. A porta em frente ao forno gigante conduzia aos andares superiores, com degraus íngremes e tão velhos que o passo mais leve os fazia gritar como um burro com medo. No segundo andar ficava a cozinha, pequena mas funcional, e a despensa, que ocasionalmente armazenava um pedaço de pão ou de queijo, um pouco de peixe defumado e uma ou duas barricas de cerveja. Os outros cômodos estavam cheios de suprimentos para a oficina.

Parte do terceiro andar era reservada para armazenamento, mas esse espaço também abrigava outra paixão de mestre Benedict: os livros. A única coisa que se comparava com a obsessão do meu mestre pela descoberta de novas receitas era sua obsessão pela descoberta de novos livros. Ele me ensinou isso também. Além das nossas lições diárias, mestre Benedict esperava que eu estudasse por conta própria, não apenas aprendendo receitas e reações, mas também consultando sua sempre crescente coleção de livros. Com esses, eu aprendia filosofia, história, teologia, línguas, ciências naturais e qualquer outro assunto que estimulasse a imaginação do meu mestre durante suas visitas semanais ao seu amigo Isaac, o livreiro.

Um corredor no topo da escada levava aos aposentos particulares do mestre Benedict. Mais livros forravam as paredes, tornando a passagem tão estreita que era quase preciso se espremer contra o corrimão para chegar à porta. Na frente dos aposentos do meu mestre, uma escada levava até um alçapão. Eu o destranquei e saí no ar frio da noite.

O telhado da casa era plano. Eu gostava de subir lá nas noites quentes de verão, pois o ar era mais fresco e menos fedorento tão acima das pedras da rua. Naquela noite, infelizmente, não fui poupado. Na direção nordeste, o vento trazia o fedor de gordura fervida e urina que vinha da oficina do fabricante de sabão quatro ruas adiante.

Mantínhamos nossos pássaros ali em cima, num grande viveiro de madeira e arame instalado no canto de trás do telhado. Eles agitaram as asas ruidosamente quando destranquei a porta do abrigo. Alguns, mais ousados, vieram cutucar as mangas da minha camisa, mas perderam o interesse quando viram que o balde que eu carregava estava vazio. Uma pomba jovem, rechonchuda e com penas brancas e pretas voou de seu poleiro e pousou aos meus pés.

— Olá, Bridget — cumprimentei.

Ela arrulhou. Coloquei o esfregão no chão e a peguei. Ela estava quente e suas penas eram macias.

— Fui expulso — reclamei para ela. — Mais uma vez.

Bridget aninhou a cabeça contra meu polegar num gesto de solidariedade. Eu a acomodei na dobra do cotovelo e peguei um punhado de cevada no bolso, observando distraído enquanto ela bicava os grãos em minha mão. Minha cabeça ainda estava concentrada na conversa da qual eu havia sido expulso. Stubb sempre foi um ser repulsivo, mas, depois desse novo assassinato, o modo como ele olhou para a nossa botica fez meu estômago revirar. Não era segredo que o negócio de meu mestre ia muito bem, e também não era segredo que Stubb não gostava da concorrência. Eu sabia que ele tinha tentado comprar nossa botica muitos anos antes. Depois que mestre Benedict se recusou a vendê-la, Stubb o acusou de roubar suas receitas. Ninguém o levou a sério, mas aquela noite me fez pensar. Até onde um homem como Stubb iria para conseguir o que desejava?

E por que ele estava ali, infernizando mestre Benedict por causa dos assassinatos? Será que ele sabia alguma coisa sobre o assunto? Agora já eram seis homens brutalmente assassinados, incluindo três boticários. E a última vítima conhecia o meu mestre. *Cada vez mais perto*, pensei. Cada vez apertando mais, como um nó.

Estremeci, e não somente por causa do frio. Coisas importantes estavam sendo ditas lá embaixo. E eu fiquei preso no telhado! Bem, o mestre Benedict podia me expulsar outra vez se quisesse, mas eu teria que voltar para a oficina se terminasse minhas tarefas.

— E se eu ouvisse alguma coisa por acaso... — perguntei para Bridget. — Não seria *minha* culpa, seria?

Interpretei o silêncio de Bridget como um sim e fui fazer meu trabalho. O chão do viveiro estava cheio de melecas branco-acinzentadas. Bridget, que voava de um ombro para o outro, mordiscava os cabelos atrás das minhas orelhas enquanto eu raspava o cocô grudado no chão e jogava aquilo num balde. Quando terminei, tirei Bridget do meu ombro e a coloquei longe do vento, num monte de palha que ficava nos fundos do abrigo, onde ela poderia ficar quentinha e confortável.

— Vou lhe trazer o café quando amanhecer — falei.

Ela balançou a cabeça e soltou um arrulho de despedida.

******

Não tínhamos aves apenas por diversão. Cocô de pombo era valioso. Em algumas ocasiões, nós o vendíamos para os jardineiros do mercado, pois era particularmente bom para cultivar aspargos, mas também produzíamos com ele algo mais precioso que fertilizante.

De volta à oficina, abri uma barrica que estava num canto. O cheiro que saiu dali quase me fez desmaiar. Prendendo a respiração, joguei na barrica o que tinha recolhido no viveiro e coroei minha obra abrindo a braguilha e fazendo xixi por cima de tudo aquilo, outro trabalho para o aprendiz. Depois, fechei a barrica. Eu não a abriria de novo durante três meses, quando então poderia retirar a mistura nojenta, despejá-la em bandejas e deixá-la ao sol, onde secaria e se transformaria em pontudos cristais brancos de salitre.

Quando finalmente terminei o trabalho, esgueirei-me até a

porta e colei minha orelha na madeira, na expectativa de que a conversa tivesse acabado. Mas, qualquer que fosse, o assunto devia ser realmente importante, porque Stubb ainda estava lá.

— A mudança está chegando, Benedict — disse ele, quase gritando. — Você precisa ficar do lado certo dessa vez.

— Não preciso escolher um lado, Nathaniel — respondeu meu mestre. — Essas rixas não me interessam.

— Então talvez ouro lhe interesse. Com as pessoas certas, com o apoio certo, podemos ganhar uma fortuna.

— Dinheiro não é a questão — retrucou mestre Benedict. — Não quero participar dessas coisas. Você está falando com o homem errado.

Stubb bufou.

— Finja quanto quiser. Você vai acabar escolhendo um lado, de uma forma ou de outra.

Houve uma pausa.

— Isso é uma ameaça? — perguntou meu mestre.

A voz de Stubb ficou macia feito seda.

— Claro que não, Benedict. Afinal de contas, o que eu tenho a ver com esse negócio sórdido? Nada. Nada mesmo.

Ouvi os passos pesados de Stubb e, em seguida, o rangido da porta da frente, que logo foi batida. Por um momento, houve silêncio. Em seguida, Hugh falou com meu mestre numa voz tão baixa que precisei apertar a orelha contra a porta para ouvi-lo.

— O que vamos fazer agora?

— Vamos tomar cuidado — respondeu mestre Benedict.

— E se Pembroke falou alguma coisa?

— Ele não falaria.

— Nem todos conseguem suportar a tortura — disse Hugh.

— Não, mas Nathaniel não saberia, de qualquer forma. Ele só está fazendo suposições.

— Uma suposição boa demais!

— Stubb não é o problema — comentou mestre Benedict. — É com aquele aprendiz que precisamos tomar cuidado.

Estranhei. Que aprendiz? O que ele estava querendo dizer?

— Três dos seis estavam certos, Benedict — disse Hugh. — Não podemos mais continuar repetindo que isso é uma coincidência. Se Stubb consegue nos decifrar, os outros também vão conseguir. Simon já fugiu da cidade.

— Para onde?

— França. Paris, eu acho. Ele não tem mais nada a ver conosco.

Fez-se outra pausa.

— Você quer ir embora também?

— Você sabe que não — disse Hugh. — Mas não podemos manter essa situação para sempre. Stubb está certo em relação a nós. Temos que fazer uma escolha. E logo.

Meu mestre suspirou.

— Eu sei.

******

Quando mestre Benedict abriu a porta da oficina, fingi que tinha acabado de fechar a barrica.

— Acho que não vou poder jantar com você hoje — disse ele. — Tenho que sair.

Aquilo não era incomum. Mestre Benedict sempre saía de casa à noite e só voltava depois que eu já tinha ido dormir.

— Sim, mestre.

Ele percebeu algo estranho na minha voz.

— O que foi? — perguntou ele. — Ficou aborrecido por causa do que aconteceu antes? Venha cá. — Ele colocou um braço em torno dos meus ombros. — Sinto muito por ter ficado bravo, mas, por Deus, Christopher, às vezes você me faz duvidar de que a Botica Blackthorn vai estar de pé quando eu voltar para casa. Você precisa pensar antes de agir.

— Eu sei, mestre. O senhor estava certo. Não estou aborrecido por causa disso.

Ainda que eu não quisesse esfregar todo o chão da casa.

— Então, qual é o problema?

— O que Stubb queria? — perguntei.

— *Mestre* Stubb — ralhou ele, mas de forma suave. — Ele queria a mesma coisa de sempre. Um caminho rápido para a riqueza.

— Então por que ele falou sobre os assassinatos?

— Ah, então é isso que está incomodando você?

Depois de finalmente dizer a coisa em voz alta, o resto fluiu como o rio Tâmisa depois do degelo da primavera.

— Há uma gangue de assassinos à solta e ninguém consegue detê-los, e Tom acha que são os católicos, mas a mãe dele acha que são os puritanos, mas eu acho que é alguma coisa pior que esses dois e que mesmo o rei está assustado e que o senhor conhecia o último homem que foi morto e que *eles estão matando boticários.*

Respirei fundo.

— E daí? — perguntou mestre Benedict.

— E daí que... *nós* somos boticários.

— Nós? — repetiu ele num tom surpreso. — Somos, sim! Que bom para nós!

— *Mestre...*

Ele riu afetuosamente.

— Não dê atenção a esses assassinos, meu rapaz, ou sua imaginação vai fazer seu coração parar. Não existe nenhuma "gangue de assassinos". Ninguém está caçando boticários. E Nathaniel Stubb é inofensivo.

Mas ele ameaçou o senhor! Quase gritei, mas logo percebi que assim eu revelaria que estivera espionando. Busquei algo para dizer, mas acabei desistindo.

— Então, estamos a salvo?

— Como as cuecas do rei — respondeu ele. — Agora, fique tranquilo. Eu não estou correndo perigo. E, contanto que você não construa mais nenhum canhão, você também não está. Não há com o que se preocupar — disse mestre Benedict, dando tapinhas no meu ombro. — Garanto a você.

******

Eu queria acreditar nele, mas não tinha certeza de que acreditava. Quero dizer, *alguém* estava matando essas pessoas. E tive a impressão de que Hugh pensava assim também.

Três dos seis estavam certos, era o que ele tinha falado. *Não podemos mais continuar repetindo que isso é uma coincidência.* O que ele quis dizer com isso? Não era nada bom, com certeza. Independentemente do que fosse, estava claro que eles não me contariam. Se eu quisesse descobrir, teria que espionar um pouco mais.

De qualquer forma, eu não podia fazer nada naquela noite. Estava com fome, então comi uma fatia do queijo que estava na despensa com uma caneca de cerveja. Em seguida, cumpri meu castigo. Escrevi a receita da pólvora em inglês e latim até sentir câimbras na mão. Em seguida, esfreguei o chão da casa inteira e da escada, desde o térreo até o teto. Quando finalmente terminei, já fazia três horas que o sol tinha se posto. Fechei a porta da frente e as janelas e fui para trás do balcão da botica, onde ficava meu colchão de palha, e logo peguei no sono.

Um ruído me acordou. Primeiro, achei que ele tinha vindo da rua, mas, quando o ouvi de novo, percebi que vinha do outro lado do balcão. Um jarro de cerâmica bateu contra a prateleira.

Eu tinha trancado a botica antes de ir para a cama. Só não passei o ferrolho na porta dos fundos, que dá para a oficina, para que mestre Benedict pudesse entrar quando retornasse, mas, de qualquer forma, ela estava trancada, e apenas meu mestre e eu sabíamos onde a chave ficava escondida. E mestre Benedict sempre entrava em casa pela oficina e subia a escada direto. Ele nunca ia para a botica.

Mas ali estava o ruído outra vez. Um passo e um suave ranger das tábuas do assoalho.

Tinha alguém ali.

CAPÍTULO 4

PUS A MÃO SOB A PALHA, TENTANDO ENCONTRAR minha faca. Meu coração parecia um tambor. Um plano. Eu precisava de um plano.

Pensei em vários. Eu podia pular e surpreender o invasor. Podia correr e pedir socorro. Ou podia ficar ali e acabar fazendo xixi na calça.

Considerei seriamente a opção número três, mas, se fosse um ladrão, ele acabaria vindo para o meu lado do balcão. Nossos remédios mais valiosos estavam ali, nas prateleiras, a alguns centímetros acima da minha cabeça. E se fosse um assassino... Agarrei minha faca como se fosse a Excalibur. Na verdade, ela tinha uma lâmina de 5 centímetros que estava meio solta no cabo e era cega. Ela mal servia para fatiar maçãs.

Fiquei de joelhos e espiei por sobre o balcão. Os pedaços de carvão na lareira ainda brilhavam um pouco. Eu não conseguia ver o intruso, mas a luz avermelhada e fraca lançava uma sombra dele na parede.

Uma sombra *enorme*.

Era um gigante. Incrivelmente, impossivelmente alto.

Então, tudo bem, lutar estava fora de questão. E fazer xixi na calça também não era bem um plano. Assim, fiquei com a segunda opção: esgueirar-me até a frente da casa, tirar o ferrolho da porta, sair correndo e gritar como uma menina.

Mestre Benedict!, pensei. *E se ele tivesse voltado para casa?* Eu não poderia simplesmente largá-lo ali sozinho.

O gigante se afastou das prateleiras. Ele estava carregando um jarro de cerâmica com certa dificuldade. Fazia um grande esforço, gemendo, e o colocou com um baque na mesa de trabalho perto da lareira. Agora que ele estava mais perto do brilho avermelhado do carvão, pude discernir melhor o intruso. Não era gigante coisa nenhuma. O homem era alto, admito, mas era um ser humano. E embora a sombra o fizesse parecer forte, ele era bem magro. Na verdade, parecia ter exatamente a mesma silhueta do meu...

— Mestre?

Mestre Benedict estava inclinado, apoiando-se na mesa.

— Sim, sou eu. Vá dormir.

Seria bem difícil. Meu coração ainda explodia como os canhões do rei. O que ele estava fazendo com aquele jarro no meio da noite?

— O senhor está bem?

— Estou, Christopher. Estou bem. Volte para a cama.

Fui até a lareira e acendi o pavio da lamparina com um pedaço de carvão. Quando ela iluminou o ambiente, quase a deixei cair.

Parecia que mestre Benedict tinha acabado de voltar de uma guerra. Estava sem peruca, deixando à mostra seu cabelo curto e grisalho e, naquele momento, bagunçado e sujo. Suas roupas estavam tão imundas de lama que seu tom azul era apenas uma lembrança. Algo preto cobria todo o lado direito do seu rosto. Parecia fuligem.

— Alguém atacou o senhor? — perguntei. — Foi Stubb? — Eu já estava estremecendo. — Foram os assassinos?

— Não — respondeu ele, tentando virar para o outro lado, mas seus movimentos eram desajeitados e trêmulos.

Peguei o braço dele.

— Vou ajudá-lo.

— Estou bem.

— Por favor, mestre. Vou levá-lo até seu quarto.

Depois de um momento, ele concordou. Ergui seu braço e o apoiei em meus ombros. Ele soltou um gemido de dor. Foi então que vi que seu casaco estava rasgado na altura do ombro.

Conduzi meu mestre através da porta dos fundos e pela escada, iluminando o caminho com a lamparina. O peso dele, apoiado em mim, parecia aumentar a cada degrau que rangia. Quando chegamos lá em cima, empurrei a porta com o quadril para abri-la e o carreguei para dentro do quarto.

O quarto do mestre Benedict tinha um leve aroma de incenso egípcio. Contra uma das paredes, perto da lareira, ficava uma cama estreita com lençóis de algodão marrom e um único travesseiro. Havia uma mesa simples ao lado da cama; um dos pés, mais curto, estava calçado com uma manta de pele de carneiro dobrada. Um penico repousava na cadeira entalhada perto da mesa diante da janela aberta. A mesa estava coberta por papéis e cinzas do porta-incenso espalhadas pela brisa da noite. O resto do espaço era ocupado por pilhas e mais pilhas de livros, cada uma com pelo menos dez volumes. *O livreiro Isaac deve estar nadando em dinheiro*, pensei.

Conduzi meu mestre até a cama e o deitei com o máximo de delicadeza. Fiquei olhando para ele por um momento, sem saber o que fazer.

Mestre Benedict treinou você, falei para mim mesmo. *Você está preparado.* Isso me acalmou.

Acendi a lamparina sobre a mesa usando o fogo da minha própria lamparina, fechei as venezianas e remexi o carvão que se apagava na lareira para gerar mais calor. Depois, eu o examinei. Lá embaixo, eu tinha pensado que o casaco dele estava rasgado, mas, sob uma luz mais forte, a lã chamuscada e a pele enegrecida embaixo dela revelaram a verdade. Ele fora queimado. Meu coração ardeu também, com raiva de quem quer que o tivesse ferido.

— Descanse um pouco, mestre — falei.

Desci correndo para a oficina, tentando recordar tudo o que meu mestre havia ensinado sobre o tratamento de queimaduras. Levei dois baldes com água para o quarto dele. Depois, voltei e procurei nas prateleiras os remédios de que precisava. Um creme feito de prata em pó estava fora do lugar. Era aquele que meu mestre tentara pegar enquanto eu estava dormindo. Equilibrei os potes nos braços, peguei uma pequena panela de latão com água e uma caneca e subi a escada.

Mestre Benedict estava recostado no travesseiro e respirava devagar. Ele ficou observando enquanto eu colocava a panela no fogo e alinhava os potes na mesa ao lado dele. Comecei a tirar seu casaco, mas ele se contraiu quando tentei levantar seu braço, então usei minha faca para desfazer as costuras das mangas. Ele já estava arruinado de qualquer jeito, e só teria valor no futuro como trapo.

Fiquei aliviado quando vi que meu mestre não tinha nenhuma queimadura grave, embora houvesse bolhas na pele do ombro. Limpei a fuligem que cobria o ferimento e o rosto dele. Mergulhei papoulas secas de um dos potes na água fervente e, depois de um minuto, passei a mistura para a caneca ao lado da cama. A papoula era o melhor analgésico que Deus tinha dado ao mundo, e o chá também o ajudaria a relaxar.

Mestre Benedict bebeu o chá enquanto eu trabalhava. Espalhei o creme de prata sobre a queimadura dele para impedir que a carne apodrecesse. Em seguida, cobri-a com um tecido, amarrando-o debaixo do braço. Removi então o que restava das roupas sujas.

Ele tinha um aspecto tão frágil. Para mim, mestre Benedict nunca parecera velho, mas naquela noite eu vi toda a idade dele, na sua pele e nos seus ossos velhos. Ao mesmo tempo, e por outro lado, ele dava a impressão de estar bem, a não ser pelas palmas das mãos, rachadas e inflamadas. Achei que esses ferimentos não eram queimaduras, por isso espalhei neles uma generosa porção de seiva de aloé e embrulhei as mãos dele como tinha feito com o ombro.

— Você aprendeu tanta coisa — disse ele em voz baixa.

Enrubesci de vergonha, mas me senti orgulhoso.

— Obrigado, mestre.

Ele voltou a falar, mas sua voz falhava. Seus olhos estavam molhados, vermelhos. Senti um aperto no coração. Nunca o vi chorando.

— Posso fazer mais alguma coisa?

Ele estendeu o braço, tocou no meu rosto com as pontas dos dedos e disse:

— Você é um bom garoto.

Não consegui falar nada. Apenas abaixei a cabeça e me aproximei do calor da mão dele.

Suas pálpebras começaram a ficar pesadas. O chá de papoula estava fazendo efeito. Ajudei-o a deitar-se novamente e puxei as cobertas sobre seu corpo.

— Durma bem, mestre.

Apaguei a lamparina que estava sobre a mesa. Levei a outra comigo e já estava na porta quando ele falou:

— Espere.

Ele olhou para a chama da lamparina. Ela tremulava e círculos de fumaça dançavam sobre o vidro.

— Amanhã é o Dia do Pomo do Carvalho — disse ele.

— É... É o aniversário do rei.

— E seu aniversário também.

Ele tinha se lembrado.

— Você e Tom já conseguiram seus ramos de carvalho? — perguntou.

— Conseguimos hoje cedo.

Fiquei me perguntando se ele havia me detido só por causa disso. Então, ele continuou, com um fio de voz:

— Eu exijo muito de você?

Não entendi direito o que ele quis dizer.

— Como assim, mestre?

— Você nunca pôde escolher. O orfanato obrigou você a estudar. A guilda o submeteu ao exame. Eu o trouxe para cá. Ninguém nunca lhe deu a possibilidade de escolher — falou ele, olhando nos meus olhos. — Se eu o mandasse para longe, para trilhar um caminho diferente, para um lugar onde você estaria a salvo, algum lugar onde você não seria ferido... Você escolheria essa opção?

A pergunta me deixou intrigado. Será que algum mestre permitia que seu aprendiz escolhesse alguma coisa? Eu me lembrei da conversa particular que ele tivera com Hugh.

Temos que fazer uma escolha. E logo.

Quando os assassinatos começaram, quatro meses antes, Tom e eu ficamos dizendo de brincadeira que os assassinos iam nos pegar, mas paramos com isso quando o que estava acontecendo na cidade começou a se transformar num fardo pesado. Naquela noite, sozinho e no escuro, eu havia sentido mais medo do que nunca. E ainda estava sentindo. Parte de mim queria ir embora para algum lugar seguro, sem Stubb, sem assassinos, sem mais nada a temer. Mas ali éramos *nós*, juntos. Deixar mestre Benedict para trás? Eu não poderia. Não deixaria.

Então, respondi com convicção:

— Não, mestre. Sou agradecido pela vida que o senhor me proporcionou. Não importa o que aconteça, quero permanecer ao seu lado.

Ele não disse nada. Esperei perto da porta, sem saber se ele queria que eu saísse. Tive a impressão de que ele também não sabia. Finalmente, ele falou:

— Tenho uma coisa para você.

Ele apontou para um pequeno pacote, embrulhado em linho, que estava no topo de uma das pilhas de livros.

— O que é?

— Um presente.

Fiquei surpreso. No Dia do Pomo de Carvalho dos últimos dois anos, mestre Benedict havia comprado porco na brasa, meu prato preferido. Ele comia pouco e ficava me observando devorar o porco, se divertindo enquanto eu enchia a pança com aquela carne adocicada, lambendo os dedos engordurados. Sempre achei que porco era uma comida especial, que ele comprava para os dias de festa, mas agora eu me perguntava se a comprava para mim.

Mas um presente... Eu nunca tinha ganhado um presente de verdade.

— Posso... posso abrir?

— Acho que agora já passa da meia-noite. Então hoje já é amanhã — disse ele, fazendo um gesto afirmativo com a cabeça. — Abra, então.

Eu retirei o tecido, que caiu no chão.

Fiquei sem ar.

Era um cubo polido e prateado, um pouco maior que a palma da minha mão. Na face de cima, gravada no metal com ranhuras suaves e finas, havia uma série de círculos.

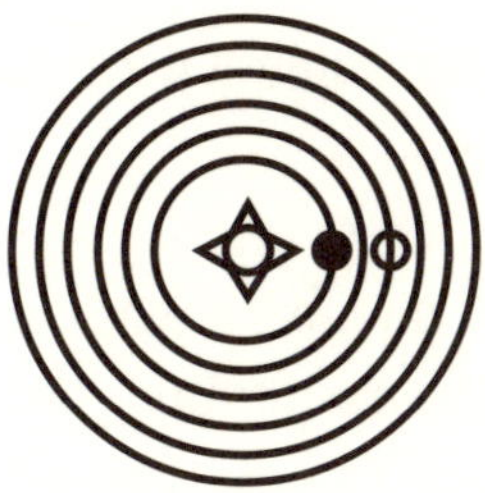

Com os dedos trêmulos, virei o cubo nas mãos. Em cada uma das outras cinco faces via-se um único símbolo gravado:

♃ ♀ ♄ ⊕ ♂

— É lindo! — exclamei.

— Você reconhece esse metal?

Bati numa das faces com a unha. Não era prata. Também não parecia latão. Balancei o cubo. Pesava pouco mais que uma pluma.

— Antimônio?

— Muito bem. Também conhecido como...?

— Dragão Negro. Alguns dizem que tem propriedades místicas, mas ele provoca vômitos se ingerido.

— Excelente!

Apertei o cubo contra o peito.

— Muito, muito obrigado!

— Não fique tão entusiasmado — disse ele, piscando. — Isso é apenas metade do presente.

Meu queixo caiu.

— Tem *mais*?

— Você vai ganhar o resto se conseguir abri-lo.

Por um instante, não entendi nada. Então, percebi que ele estava falando do cubo.

— Ele abre?

Aproximei o cubo da lamparina. Uma linha fina cortava o cubo a meio centímetro do topo, tão fina que quase não dava para vê-la. Tentei puxar a parte de cima, mas o cubo não cedeu.

— Como é que eu...?

Mestre Benedict sorriu.

— Foi o que eu disse. Você vai ganhar o resto *se* conseguir abri-lo.

Chacoalhei o cubo e um ruído veio lá de dentro.

— O que tem dentro dele?

— Isso estragaria a surpresa, você não acha? Mas talvez

você precise de alguma ajuda — ele já estava começando a falar enrolado. — Vou lhe dar uma dica... A chave está lá embaixo, em algum lugar da botica. E aquilo — continuou, apontando para o livro sobre o qual o cubo estava — vai ajudar você a encontrá-la.

SEXTA-FEIRA, 29 DE MAIO DE 1665

Dia do Pomo de Carvalho

CAPÍTULO 5

AS PANCADAS NA PORTA ME FIZERAM PULAR. Por um momento, pensei que os agressores do meu mestre tinham vindo terminar o serviço, apesar de duvidar de que eles fossem o tipo de gente que bate à porta.

Eu me virei na cadeira, ainda com os dedos nas páginas do livro que tinha ganhado do meu mestre. As janelas estavam fechadas e o ferrolho trancava a porta. Esperei.

Mais pancadas. Depois, alguém falou:

— Christopher! Você está aí? Me deixe entrar.

Abri a porta. Vi Tom parado na soleira, curvado dentro do seu casaco, tentando proteger da chuva um pacote embrulhado em lã. Eu passei a noite tão concentrado na leitura que acabei perdendo a noção do tempo. O céu estava carregado, coberto de nuvens escuras, mas era óbvio que já tinha amanhecido.

Tom passou por mim e entrou na botica.

— Finalmente!

— Que horas são?

— Não sei. Oito? Nove? Os pregoeiros já estão na rua há muito tempo — disse ele, estremecendo. — Brrr! Detesto o frio! — acrescentou Tom, batendo no casaco e salpicando o chão com pedacinhos de gelo.

— Isso aí é granizo? — perguntei. — Estamos quase em junho.

— É um mau presságio, isso sim — observou Tom, aproximando-se da lareira, onde um pedaço de lenha solitário queimava lentamente. Ele colocou na mesa o pacote que havia trazido e aproximou as mãos do fogo para aquecê-las. — Houve mais um assassinato ontem.

— Estou sabendo — respondi, contando a Tom sobre a visita de Stubb e o retorno do meu mestre machucado no meio da noite.

Tom arregalou os olhos.

— Quem o atacou?

— Ele não falou — respondi. — Mas não acho que foram ladrões comuns. Eles o queimaram.

— Podem ter sido os assassinos — disse Tom. — Minha mãe acha que eles fazem parte de um culto.

Olhei bem para ele.

— Um *culto*? Onde ela ouviu isso?

— Foi a sra. Mullens quem contou. O marido dela é escrivão e disse que há boatos sobre isso na corte. Ela comentou que os assassinatos podem ser sacrifícios humanos. — Tom estremeceu e cruzou os dedos. — E também há relatos de pragas na parte oeste da cidade. Estou dizendo que esse clima é um mau presságio. A cidade está ficando ruim.

Talvez Tom tivesse razão. Granizo quase em junho realmente parecia um mau presságio. Além disso, eu preferiria que as advertências de Deus fossem mais claras. Não poderia ser tão difícil para o Todo-Poderoso escrever nas nuvens PAREM DE ROUBAR PÃO DOCE ou qualquer coisa parecida.

Cutuquei o pacote que Tom tinha trazido.

— O que tem aí?

Ele sorriu, esquecendo-se de todo o resto.

— Abra.

Retirei a lã. Quando as dobras se desfizeram, fui envolvido pelo aroma de maçã e canela. Ele havia levado uma torta recém-assada, com a casca crocante e ligeiramente tostada. O vapor ainda saía das perfurações em forma de pétalas no centro.

— Feliz aniversário!

O dia estava ficando cada vez melhor. Eu o abracei. Estava com tanta água na boca que acho que até babei na camisa dele. Um pensamento me veio à cabeça.

— Você roubou essa torta da padaria do seu pai?

Tom fez uma cara de ofendido.

— Claro que não!

— Verdade?

— Ah... talvez eu tenha pegado emprestado.

— Emprestado? Vamos devolvê-la?

Ele pensou um pouco.

— De certa forma...

— E se seu pai descobrir? Ele vai bater em você.

Tom deu de ombros.

— Ele me bate de qualquer jeito. Melhor aproveitar uma torta em troca.

— Tom!

Ele sorriu.

— Estou brincando! Minha mãe me deixou fazer uma torta para você. Venha, vamos comer!

Nós enchemos a boca com pedaços enormes. Guardei uma fatia para o meu mestre, que gostava de uma boa torta quase tanto quanto eu, mas devoramos o resto. Acho que foi a melhor torta que já experimentei, e não só porque Tom a havia feito especialmente para mim. Ele tinha mesmo um toque mágico. Quando assumisse a padaria da família, Tom superaria até o próprio pai.

Enquanto eu lambia os dedos, que ainda tinham um restinho de calda, Tom soltou um arroto que fez a terra tremer. Tentei fazer algo à altura, mas fiquei bem abaixo do nível dele.

— Que tentativa vergonhosa — disse ele, notando o livro que eu havia deixado aberto na cadeira ao lado do fogo. Sua expressão se transformou. — Pelos chifres do capeta! Você estava *estudando*? No dia do seu aniversário?

— Não é para o trabalho — respondi. — O livro é parte do presente do mestre Benedict — expliquei, cheio de orgulho, mostrando a ele o cubo de antimônio.

Tom ficou impressionado.

— Ele deu isso para você? Deve valer uma fortuna — observou, chacoalhando o cubo e ouvindo o ruído. — O que tem dentro?

— É o que eu estava tentando descobrir. Olhe — falei, virando a face superior do cubo.

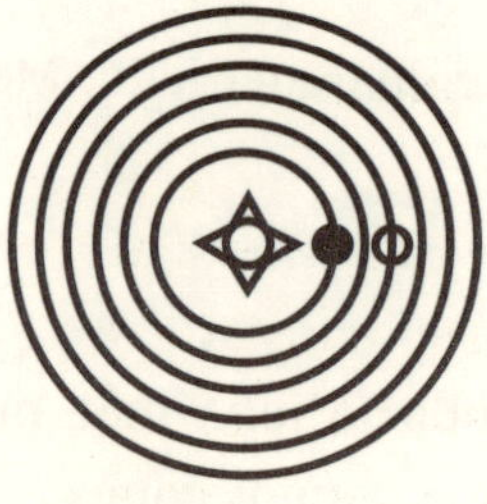

— O que é isso?

— Nosso Universo. O Sol e a Terra e os outros cinco planetas. Cada círculo representa uma órbita.

— Ah, entendi, eles ficam girando — observou. Depois, Tom passou um dedo sobre a figura no centro. — Por que a Terra tem essas pontas? São montanhas?

— Isso não é a Terra — respondi. — É o Sol.

— Por que o Sol está no centro?

— Porque esse é o lugar do Sol.

— É? — questionou Tom, franzindo a testa. — Quem disse?

— Esse homem — respondi, entregando a ele o livro.

Ele estreitou os olhos tentando ler o título.

— *Sys... Systema...* O que é isso?

— *Systema cosmicum* — completei. — Está em latim e significa "sistema cósmico". Esse livro diz que o sol está no centro do Universo e que todos os planetas giram em torno dele.

Tom folheou o livro com uma expressão cética e parou na primeira página.

— "De Galileu Galilei". Para mim, parece nome de católico — disse num tom desaprovador.

— Tudo bem, mas é isso que aparece na figura, entende? O sol no centro e os seis planetas girando em torno dele. Mercúrio é o que está mais perto, depois vem Vênus, a Terra, que é esse círculo no terceiro anel, depois Marte, Júpiter e Saturno. Aí estão todos eles.

Ele virou o cubo.

— E o que são esses outros símbolos?

— São os planetas — expliquei, pegando uma folha de pergaminho que eu havia encontrado dentro do livro com anotações feitas com a letra do mestre Benedict.

Símbolos planetários

⊕	Terra	♃	Júpiter
♂	Marte	♀	Vênus
☿	Mercúrio	♄	Saturno

Tom olhava do pergaminho para o cubo.

♃ ♀ ♄ ⊕ ♂

— Mas aqui só tem cinco símbolos — observou. — Júpiter, Vênus, Saturno, Terra e Marte. Está faltando Mercúrio.

— Certo — concordei. — Dê uma olhada na face superior de novo. O primeiro círculo, o mais próximo do Sol, tem um ponto preto. O ponto onde Mercúrio deveria estar.

Ele examinou melhor.

— Olha, é um furo!

— Acho que é aí que entra a chave. E o símbolo que está faltando é a pista — completei, apontando para a prateleira atrás de nós. Nela havia um pote de cerâmica menor que os outros. — Você pode pegá-lo?

Tom levantou-se, solícito, e pegou o pote com uma das mãos. Ele pareceu surpreso.

— É pesado!

Peguei uma taça vazia na prateleira atrás do balcão e abri o pote.

— Isso é mercúrio.

Com cuidado, despejei todo o conteúdo do pote na taça. Era um líquido prateado e brilhante.

Tom ficou desconcertado.

— Como você derreteu isso?

— Já vem derretido. Não é quente. — Enfiei o dedo no líquido para mostrar a ele. — Está vendo? Você pode tocar.

Cautelosamente, Tom esticou um dedo. Ele mal tocou a superfície e retirou a mão, provocando ondas que desapareceram quase imediatamente. Depois, tentou de novo, afundando mais o dedo.

— Estranho... Não se parece com nada que conheço. É quase como se nem estivesse aí. Para que serve?

— Para tratar doenças. Doenças muito graves, que você pode pegar no seu... Bem, você sabe. Mas nós queremos o mercúrio por causa da... chave! — Dei um grito quando virei o pote.

Nada aconteceu.

— É para aplaudir agora? — perguntou ele.

Olhei dentro do pote, franzindo a testa.

— Não tem nada aqui.

— E por que você achou que teria?

— Porque o mercúrio é a chave — falei, agitando a taça para ver se alguma coisa tinha caído junto com o líquido. — Mercúrio também é o nome de um dos planetas, e aquele buraco está onde deveria estar o planeta Mercúrio.

— Muito esperto — disse Tom, examinando o cubo —, mas não vejo como você vai conseguir encaixar uma chave aqui. O buraco é pequeno demais. E é redondo. Não existe chave redonda.

Ele tinha razão. Uma chave redonda não fazia sentido,

porque ela não teria nenhum dente. Mas o mestre Benedict havia garantido que existia uma chave e que eu poderia encontrá-la ali na botica.

Então, uma ideia me ocorreu.

— Tom, você é um gênio!

— Sou?

Apontei para o buraco.

— Como você colocaria uma chave aqui?

— Eu já disse que não tem como fazer isso. O buraco é muito pequeno. Você precisaria de algo que entrasse nele — observou, arregalando os olhos enquanto eu girava a taça, espalhando o mercúrio. — Uma chave *líquida*? Como isso é possível?

— Vamos descobrir.

Ele segurou o cubo com firmeza. Cuidadosamente, despejei o líquido que estava na taça. Três gotas caíram na superfície, correndo pelos círculos gravados como pequenas contas de prata. Elas escoaram na direção do buraco e entraram. Mesmo assim, nada aconteceu.

— Talvez você precise de mais — sugeriu Tom.

Derramei um pouco e depois ainda mais.

Clique.

As arestas da face superior do cubo cederam. Houve um clique.

Lentamente, levantei a tampa e olhei lá dentro.

Perdi o fôlego.

CAPÍTULO 6

TOM SE INCLINOU PARA OLHAR.

— O que é? O que é?

Tirei o que havia dentro do cubo e coloquei sobre o balcão.

Era uma moeda de prata. Brilhante. Prata de verdade.

Tom arregalou os olhos.

— Um *xelim*. Você tem um *xelim!*

Um xelim. Doze *pence* inteirinhos. Eu estava *rico*.

A moeda era novinha em folha, com o perfil do rei no centro. Na borda havia a inscrição CAROLUS II DEI GRATIA, que significa "Charles II, pela graça de Deus". Dia do Pomo de Carvalho, dia da coroação do rei, dia do aniversário dele. E dia do meu aniversário também.

Fiquei radiante.

Tom pegou o xelim, deslumbrado. Olhei mais uma vez para o cubo com o enigma.

— Veja isso aqui — falei.

A parte interna do cubo também era de antimônio, exceto pela face do lado oposto à abertura. Ali ele era de vidro, permitindo-nos ver o mecanismo da fechadura. Um canal desde o topo levava o mercúrio para um pequeno poço na frente, onde havia uma alavanca. Quando derramamos uma quantidade suficiente de mercúrio, o peso do metal líquido empurrou a alavanca para baixo, o que abriu o trinco.

— Brilhante! — exclamou Tom.

Era brilhante mesmo, mais até do que parecia. Mestre Benedict adorava ocultar coisas dentro de outras coisas. Códigos dentro de códigos, enigmas para abrir cadeados. Ele também tinha feito isso com o cubo: dentro do meu presente de aniversário, um segundo presente. E nesse presente uma lição sobre símbolos.

Não, pensei. *Não apenas uma lição.*

Na noite anterior, antes de me dar o presente, mestre Benedict tinha hesitado. Perguntou se eu queria permanecer em Londres com ele, mesmo sendo perigoso. E quando eu respondi que sim, ele hesitou de novo. Meu mestre havia preparado aquele presente para mim, mas até aquele momento ainda não tinha decidido se deveria ou não entregá-lo.

O cubo, o livro, as palavras dele, esse enigma... Era mais do que uma lição. Era um *teste.*

Mas um teste de quê?

Passei um dedo ao longo das ranhuras do cubo. Tom dissera que aquilo devia valer uma fortuna. Eu não ligava para isso. Qualquer que fosse o motivo de mestre Benedict, era um presente que tinha um grande significado. Eu passaria fome nas ruas antes de vendê-lo.

— Espere aqui — pedi.

Subi até o quarto do meu mestre. Ele ainda estava dormindo; sua respiração estava regular. Não o acordei. Em vez disso, deixei o pedaço de torta de maçã que havia separado para ele na mesa ao lado da cama. De volta à botica, coloquei o cubo aberto sobre o balcão, ao lado do livro do mestre Galileu, onde mestre Benedict com certeza o veria.

Tom ainda acariciava o xelim.

— O que você vai fazer com isso?

— Não sei — respondi. — Talvez procure um melhor amigo que me ajude a gastá-lo.

— Eu sou seu melhor amigo.

— Ah, é? Então o que você acha que devo fazer com a moeda?

— Comprar sorvete? — sugeriu ele, cheio de esperança.

— Hoje? Está tão frio...

— Eu adoro o frio!

— Você acabou de dizer que detesta o frio.

Tom fez uma cara indignada.

— Eu nunca disse isso.

— Tudo bem. — O rosto dele se iluminou e ficou radiante como fogo. — Mas temos que guardar um pouco.

— Para quê?

— Para o que mais poderia ser? — perguntei, sorrindo. — Ovos.

******

Podia até ser um monte de dinheiro, mas um xelim não rende tanto num feriado quanto se pode imaginar. No final da manhã, já tinha parado de chover. As ruas de pedra continuavam cheias de uma lama terrível, e a chuva não havia ajudado a dispersar os acúmulos de detritos nas sarjetas, então a cidade exalava o cheiro horrível de sempre. Mas as nuvens haviam desaparecido e o calor do sol aquecia Londres. Havia bandeiras penduradas por todos os lados, estendidas de uma sacada a outra, exibindo em cores vivas o brasão de armas do rei. As multidões se apertavam, enchendo todas as ruas para ver os jardins, os acrobatas, os malabaristas, os músicos e até mesmo um cavalo que dançava. E, embora oficialmente fosse um dia de descanso, os vendedores de rua estavam por ali, gritando como corvos, apostando na animação do feriado para cobrar preços absurdos por coisas que as pessoas não comprariam em outra situação.

Eu nunca havia comprado nada na vida, já que nunca tivera dinheiro. As poucas libras que herdei quando bebê foram tomadas pelos preceptores do orfanato para pagar minha taxa de admissão e me transformar num aprendiz, e aprendizes não recebem nenhum pagamento. Quanto a Tom, mesmo que sua família vendesse muitas tortas, ele nunca tinha dinheiro para gastar, porque seu pai mantinha o nó de sua bolsa tão apertado quando o laço de uma forca.

Assim, o xelim foi sendo gasto. Gastei os quatro primeiros *pennies* em dois sorvetes de laranja, como havia prometido. O confeiteiro até permitiu que nós mesmos fizéssemos o sorvete. Tom movimentou furiosamente a manivela que misturava a nata, o leite, o açúcar e o suco de laranja num balde imerso em gelo salgado. Estava tão gostoso que comprei um terceiro sorvete para dividirmos, desta vez com mel e limão. Depois, gastamos 1 *penny* cada um para comprar doces de amêndoa e um punhado de goma de mascar importada do Novo Mundo e mais 2 *pennies* numa refeição de carneiro com batatas picantes e ervilhas em molho de cebolinha. Isso nos deixou com 2 *pennies*: um para meia dúzia de ovos podres e o outro no meu bolso.

Os ovos, é claro, não eram para comer. No Dia do Pomo de Carvalho, todos usavam um ramo de carvalho para homenagear o retorno de nosso rei, Charles II, o Monarca Alegre, cuja vida tinha sido poupada por Deus quando ele se escondera de puritanos traidores nos galhos de um carvalho. Após uma década de exílio e opressão, nosso rei havia reconquistado seu lugar por direito em 1660, depois que o tirano Oliver Cromwell morreu e caiu o governo da cidade, liderado por puritanos tristes e brutais. Agora Londres podia ter festas e diversão outra vez.

Nesse dia, só ficavam em casa os homens mais enfadonhos, ou os puritanos, eu suponho, que acham problemático ver crianças dançando em torno de mastros enfeitados, liderados por uma garota que leva uma vara de carvalho com uma caveira desgastada de um puritano espetada na ponta. Quanto a todas as outras pessoas, era melhor que usassem um ramo de carvalho na lapela ou poderiam ser atingidas. Frutas eram uma opção popular e havia lama ao alcance de todos, mas eu sempre achei que ovos podres causavam um grande impacto.

O problema era que todos tinham aprendido a lição nos cinco anos desde que nosso rei retornara. Ninguém ousava andar nas ruas sem os paramentos da festa. Um pouco antes, quase tivemos um momento de sorte quando um pomo de carvalho caiu do sobretudo de um cavalheiro, mas ele já tinha conseguido recuperá-lo da lama quando nos aproximamos, depois de ser atingido por quatro tomates e uma cebola.

No final da tarde, eu estava ficando inquieto.

— Isso é terrível! — observei. — O que vou fazer com meia dúzia de ovos podres?

— Coloque num de seus remédios — sugeriu Tom.

Eu ia retrucar, mas fiquei paralisado.

— Qual é o problema? — perguntou ele.

Nathaniel Stubb era o problema. Eu o vi do outro lado da Lombard Street. Ele avançava pela multidão, batendo com sua bengala nas crianças que chegavam perto demais.

Meu sangue ferveu. Mestre Benedict tinha afirmado que não fora Stubb quem o havia atacado. Eu não sabia se acreditava nele e, francamente, não estava nem ligando para a verdade. Eu queria vingança. E me vingaria naquele homem.

Foi então que olhei para seu colarinho.

Não pude acreditar na minha sorte. Mais um presente de aniversário, e esse viera diretamente de Deus!

Apertei o braço de Tom.

— Ele não está usando nenhum símbolo do carvalho.

— Está, sim — disse Tom, apontando para ele.

Desanimei quando vi que ele usava um pomo de carvalho absurdamente pequeno (e patético) em seu casaco. O pomo escorregara do alfinete e estava pendurado na lapela de Stubb.

Pendurado?

Tom reconheceu o meu olhar.

— Não, não, não!

— Sim, sim, sim!

— Isso é jogar sujo.

— Só Deus pode julgar — falei num tom enfático. — Agora vá lá e derrube o pomo do casaco dele.

Ele me lançou um olhar, tomado pelo pânico.

— Eu? Nem pensar!

— Eu não posso ir. Ele sabe quem eu sou.

Na verdade, ele provavelmente já tinha se esquecido de mim de novo, mas, por via das dúvidas...

— Se ele reconhece você, pode me reconhecer também. Nem pensar.

— Por favor, Tom! — pedi. — Por favooooooor... Ele está indo embora.

Tom cruzou os braços e não saiu do lugar.

Então, tive uma ideia. Uma ótima ideia.

Corri à frente, e Tom me seguiu, mesmo relutante. Na esquina, três meninos do orfanato da paróquia, talvez com 9 ou 10 anos de idade, brincavam de combate, correndo a toda velocidade até colidir uns contra os outros, carregando na mão ramos de bordo retorcidos. Uma garota de mais ou menos 12 anos estava sentada na barraca de um peixeiro, aparentemente sem se importar com o cheiro. Ela assistia à ação, enrolando uma mecha de seu cabelo castanho-avermelhado num dedo e acariciando um gato vira-lata cinzento que estava deitado em seu colo.

— Oi — falei.

Os meninos pararam a brincadeira e olharam para nós desconfiados; para mim por causa dos ovos, e para Tom só porque ele era mais alto que todos ali. Um dos meninos, ossudo e magricela, parou diante de nós em posição de combate, numa curiosa combinação de ousadia e medo.

— Que que vocês querem?

Apontei para Stubb, que estava do outro lado da rua.

— Se derrubar o pomo de carvalho dele, darei a cada um de vocês um ovo para jogar.

Devo dizer, a favor do menino, que ele chegou a considerar a questão. Infelizmente, a ameaçadora bengala com castão de prata levou a melhor.

— Nããã... Ele vai me bater.

— Não se você for rápido o bastante.

Ele balançou a cabeça.

Aquilo era *tão* frustrante. Virei-me para ir embora.

— Conheço você — soou uma voz fina.

Olhei para trás. Era a menina na barraca do peixeiro.

— Você morava no Cripplegate — disse ela.

Ela me surpreendeu. Havia algumas meninas no orfanato, mas elas ficavam num alojamento separado. Nós as víamos durante as refeições, quando as crianças mais velhas tinham que ajudar os preceptores e cuidar das mais novas. Eu tinha sido colocado na cozinha, onde fazia sopas sob a supervisão do cozinheiro-chefe, Sedley, que gostava de desferir golpes na cabeça dos ajudantes com uma longa colher de pau quando eles faziam alguma coisa errada. Levei um número suficiente de colheradas na cabeça até aprender a temperar bem uma sopa.

Na verdade, meus caldos e sopas foram o principal motivo para me tornar aprendiz de boticário. Algumas vezes, homens importantes iam visitar o orfanato. Num domingo, quando eu tinha 9 anos, a instituição recebeu os três membros do Conselho da Guilda dos Boticários para o jantar. Depois que servi a sopa, um dos conselheiros, Oswyn Colthurst, mandou me chamar.

Eu sentia verdadeiro pavor de boticários. Pelo pouco que eu tinha lido, esses homens pareciam ter talentos quase mágicos. E, embora nosso diretor, o reverendo Talbot, sempre tratasse seus convidados com deferência, o modo como ele se desdobrava diante do Conselho da Guilda dos Boticários me fez perceber que aqueles homens eram incrivelmente poderosos.

Embora Oswyn fosse o membro mais novo do conselho, ele era o mais fascinante para mim. Tinha a cabeça raspada e, resistindo à moda, não usava peruca. O homem me olhou com seus olhos inteligentes e falou:

— Pelo que me disseram, devo agradecer a você pela deliciosa refeição.

Tentei não fitar a careca dele.

— Só preparei a sopa, mestre Colthurst — respondi, gaguejando.

— A sopa foi a melhor parte. Você tem talento para as ervas.

Achei que ele só estava sendo gentil com um garoto de orfanato. Um homem na posição dele certamente havia comido em lugares muito melhores do que um refeitório de orfanato, mas mesmo assim meu coração se inflou com o elogio.

— Obrigado, mestre.

O reverendo Talbot se inclinou e disse:

— Christopher recebeu uma pequena herança. Estamos pensando em usar esse dinheiro para colocá-lo como aprendiz de cozinheiro.

— Se ele tem recursos — disse Oswyn —, por que não o envia à nossa guilda?

O reverendo Talbot pareceu tão embasbacado quanto eu. Oswyn parecia achar aquilo divertido.

— Vocês acham que apenas homens de alta posição podem se tornar boticários? Pelo contrário. Nós precisamos principalmente de mentes disciplinadas, que saibam apreciar a natureza e tenham um forte desejo de aprender. — Oswyn continuou, apontando para mim com a colher: — Meninos como Christopher, na verdade, são exatamente do que a nossa guilda precisa: cidadãos ingleses humildes e simples, que cresceram sabendo o que é trabalhar duro. Pense nisso, reverendo.

Com essa observação casual, meu futuro foi definido. No dia seguinte, meus estudos (e, para minha tristeza, as surras que eu recebia quando respondia errado) dobraram de intensidade. O reverendo Talbot não permitiria que eu envergonhasse a escola dele com uma reprovação no exame de admissão da Guilda dos Boticários.

Estudei o rosto da garota sentada na barraca do peixeiro. Eu havia saído do orfanato três anos antes, então naquela época ela devia ter uns 9 anos. Ela tinha grandes olhos verdes e um nariz ligeiramente arrebitado, coberto por uma camada de sardas.

Eu me lembrava dela, *sim.* Ela tinha chegado ao Cripplegate algum tempo antes de eu ir embora, depois que seus pais morreram numa viagem de negócios para a França. Eu havia ajudado as enfermeiras a cuidarem dela no último inverno em que fiquei lá, servindo-lhe canja de galinha durante três semanas quando ela teve uma gripe terrível. O nome dela era... Susanna? Sarah?

Então, lembrei:

— Sally.

Ela ficou corada, feliz por eu ter me lembrado dela.

— O que aconteceu com você? — perguntou ela.

— Virei aprendiz de boticário. Do mestre Benedict Blackthorn — expliquei, orgulhoso. Ela acenou com a cabeça, como se estivesse satisfeita. — Quanto tempo mais você vai ficar no Cripplegate?

— Alguns meses. Eles estão tentando encontrar um emprego para mim, mas... — Ela hesitou, dando os ombros.

Eu sabia o que ela queria dizer. Os preceptores faziam o possível para encontrar uma colocação para as crianças antes que completassem 13 anos, mas nem todas conseguiam um emprego ou uma posição como aprendiz. E se a criança passasse da idade e não tivesse para onde ir... Bem, a vida nas ruas não seria nada agradável. Especialmente para meninas. Eu me lembrei do pouco que tive em Cripplegate: na verdade, nada além de uma minúscula esperança de um futuro melhor. Sally não tinha nem isso.

Pus a mão no bolso, peguei minha última moeda e a entreguei a ela.

— Tome.

Ela arregalou os olhos. Os três meninos do orfanato também olharam para mim. Um dos garotos até deu um passo à frente, mas Sally saltou da barraca antes dele, fazendo o gato pular do seu colo e contornar a esquina, derrubando um cesto de vime ao passar.

Sally fechou a mão e apertou a moeda. Ela olhava para o punho fechado como se tivesse medo de que a moeda derretesse e escapasse por entre os dedos. Eu me virei para ir embora.

— Espere!

Sally fez um gesto com a cabeça na direção de Stubb, que estava parado na rua, aguardando impacientemente que passasse um cortejo de ovelhas pintadas com cores alegres.

— O que ele fez?

— Ele ameaçou o meu mestre.

Ela estendeu a mão.

— Me dê um ovo.

Olhei para a bengala com castão de prata de Stubb. Eu já sentira o peso dela antes.

— Você não precisa fazer isso.

— Eu quero fazer.

Dei a ela um dos ovos. Ela o rolou nos dedos, sem olhar nos meus olhos.

— Você fazia uma sopa boa — disse ela, baixinho. Depois, abriu caminho por entre a multidão.

Os três meninos pediram um ovo cada um. Fomos para a frente da multidão, escondendo-nos atrás de uma carroça parada na lateral da rua. Tom, que tinha ficado para trás, olhava com desaprovação e resmungava algo sobre regras e normas.

Se eu não estivesse prestando atenção, não teria visto o que Sally fez. Ela disparou na direção de Stubb e, como quem não quer nada, derrubou o pomo de carvalho, que caiu nas pedras da rua.

No segundo seguinte, ela gritou:

— Ele não está usando um símbolo de carvalho!

Por um momento, Stubb pareceu não entender o que estava acontecendo. Então, ele viu todos olhando para ele. Suas mãos tocaram a lapela, mas tudo o que seus dedos encontraram foi a agulha de um broche vazio. Stubb olhou desesperado para o chão.

Eu atirei primeiro. O ovo bateu no ombro dele, espirrando uma gosma amarela na sua orelha. Ele recuou como se tivesse sido atingido por um tiro de espingarda.

O ovo que Sally jogou o atingiu no pescoço, espalhando seu conteúdo pelo colarinho cheio de babados. Os três meninos atiraram em seguida. Um errou o alvo, atingindo uma ovelha que já estava bastante irritada. Os outros dois deram tiros certeiros no braço e no quadril.

O resto da multidão nos acompanhou, jogando em Stubb qualquer coisa que tivesse em mãos. O mais impressionante foi Tom. Ele tinha ficado tão para trás que eu nem tinha certeza de que seu ovo chegaria tão longe, mas ele não se deixou intimidar pelas mãos erguidas de Stubb e o atingiu bem na testa.

Eu ri como um alucinado. Até Tom parecia satisfeito. Enquanto fugíamos, gritei uma saudação alegre:

— Vida longa ao rei!

******

Corremos por entre as pessoas, fugindo do caos. Foi divertido, mas, agora que a justiça tinha sido feita, eu realmente não queria ser pego. Sendo ou não o Dia do Pomo de Carvalho, Stubb era um mestre da guilda e eu era apenas um aprendiz. Em outras palavras, eu não estaria do lado vencedor. Ainda assim, havia algo especialmente gratificante no fato de que os ovos podres que o emporcalharam tinham sido comprados com o xelim que meu mestre me dera.

— Esse é o melhor dia da minha vida! — exclamei.

Tom perscrutou a multidão em busca de sinais de perseguição.

— E agora?

— Não sei — respondi, encostando-me na janela da oficina de um vidreiro, tentando recuperar o fôlego. — Estamos sem dinheiro. Talvez haja alguma luta no parque. Ou podemos ir até a Torre de Londres para ver de novo a coleção de animais exóticos do rei. Não, espere...

Percebi que nossa fuga nos levara além das fronteiras de nossa freguesia e que estávamos perto da casa de Hugh.

— Ele saiu com o mestre Benedict ontem à noite — expliquei a Tom. — o mestre Hugh saiba quem o atacou.

— Traidores! — gritou uma voz escabrosa atrás de nós.

Eu me virei, apavorado com a possibilidade de Stubb nos ter alcançado. Em vez do boticário bamboleante, porém, vi um louco com o rosto enrugado e desgastado, sem peruca e com o cabelo bagunçado. Suas roupas esfarrapadas mal cobriam as pernas sarnentas.

Ele me encarou com olhos esbugalhados.

— Traidores! — exclamou novamente.

O homem se inclinou para a frente e agarrou meus braços. Seus dentes escuros exalavam um fedor de carne podre.

— Há traidores entre nós!

Senti os olhos da multidão em cima de mim. Tentei me desvencilhar, mas o homem me segurava com uma força descomunal.

— Ei, me largue! — exclamei.

— Você os conhece? Você está vendo? — perguntou o homem, me sacudindo. — O Culto do Arcanjo saiu à caça. Quem eles estão perseguindo?

Tom tentou se enfiar entre nós dois, mas nem mesmo suas mãos fortes puxando o casaco sujo do meu captor conseguiram separá-lo de mim. O homem se aproximou ainda mais. Fedia tanto que achei que eu fosse vomitar.

— Eles não são quem você pensa — sussurrou ele,

lançando olhares furtivos para a multidão curiosa. — Aqueles não são os rostos deles.

Tom finalmente conseguiu empurrar o homem, que caiu estatelado nas pedras da rua. A lama manchou ainda mais sua calça suja e esfarrapada.

— Proteja-se — disse o homem, suplicante. — A mudança está chegando. A ira de Deus vai queimar a todos nós. Olhe! Seu general vem cavalgando!

Ele apontou para algo atrás de nós, mas Tom já estava cansado. Tom me puxou de forma protetora para dentro da multidão, que havia começado a zombar do louco caído no chão.

— Obrigado — falei, esfregando meus braços. Ainda doía onde o homem havia apertado.

Tom olhou para trás para verificar se o homem estava se aproximando outra vez.

— Você está bem?

Para falar a verdade, eu estava aturdido.

— O que foi aquilo?

— O que quer dizer? Era um louco.

— Você não ouviu o que ele disse?

O Culto do Arcanjo. Embora o dia já estivesse quente, eu tremi ao pensar no ombro queimado do meu mestre e na visita de Stubb à botica na noite anterior.

A mudança está chegando. O boticário tinha dito exatamente a mesma coisa.

— E daí? — perguntou Tom de forma zombeteira. — Estou surpreso por ele não ter dito que a Lua é feita de queijo.

Um murmúrio se espalhou pela multidão ao nosso redor. Primeiro, pensei que fosse por causa do louco, mas parecia que o ruído vinha da direção oposta. Tom esticou o pescoço, olhando por sobre as cabeças. De repente, ele agarrou o meu ombro.

— Olhe lá!

Subi num caixote que havia por perto e vi dois soldados protegidos com armaduras de couro acolchoado carregando uma espada e uma arma grande como uma espingarda. Seus mantos bege traziam no centro do peito o brasão do rei. Embora houvesse muita gente ali, eles forçaram o caminho de forma rude, abrindo espaço para o homem que vinha atrás.

Suas roupas eram bem-feitas, obviamente obras de um mestre alfaiate. Entretanto, o cetim justo parecia estranho nele, como se alguém tivesse tentado vestir uma pantera. Assim como os soldados, ele carregava duas armas: uma espada pesada e bastante usada e uma pistola com punho de madrepérola. Mesmo assim, eram seus olhos negros e profundos que emudeciam a multidão enquanto ele passava. Sua face esquerda era um emaranhado de cicatrizes, uma extensão de pele retorcida do nariz até o pescoço.

— É ele! — sussurrou Tom. — Aquele é lorde Ashcombe — acrescentou meu amigo. — Vamos!

Fomos atrás dele conforme Tom abria caminho por entre as pessoas com seu corpo largo. Os soldados guiaram lorde Ashcombe até uma rua que passava atrás de uma fileira de casas enormes e se abria para um espaço amplo e arejado. A maior parte desse setor estava bloqueada por uma cerca alta de ferro trabalhado. Atrás da cerca havia um lindo jardim particular.

Cinco homens esperavam numa trilha de pedra ao lado de um canteiro de flores revirado, debaixo dos galhos pendentes de um chorão e em frente a uma grande estátua de anjo. Um dos homens tinha uma pá nas mãos. Outro andava de um lado para outro. Um terceiro segurava com força a coleira de um cão de caça, que tinha as patas e o focinho cobertos de lama. O cão latia alucinadamente para o chão. Parecia que havia descoberto alguma coisa.

Quando lorde Ashcombe chegou ao portão, um homem que usava uma faixa da polícia da freguesia se aprumou numa continência.

— Abra — ordenou lorde Ashcombe. Sua voz soava como o sussurro de um demônio.

O policial abriu o cadeado que mantinha o portão fechado. Lorde Ashcombe entrou. O policial trancou o portão atrás de si enquanto a multidão se aproximava da cerca. Eu me esgueirei até a frente e agarrei uma grade. Tom conseguiu vir atrás de mim, mantendo as mãos em meus ombros, resistindo contra a turba que nos carregava.

Lorde Ashcombe foi até o ponto onde os outros o aguardavam. O canteiro se transformara num lamaçal por causa da chuva daquela manhã. O homem com a pá terminara o que o cachorro havia começado, cavando um buraco fundo na terra. O anjo de pedra atrás dele olhava para baixo, com as asas fechadas e uma expressão de tristeza no rosto. O guardião também ficou olhando, como se imitasse o anjo, mas então se agachou e enfiou a mão no buraco.

Ele tirou dali o que parecia um bastão cheio de lama. Não era.

Lorde Ashcombe removeu a terra. Os homens ao seu lado recuaram. A multidão se assustou. A expressão de lorde Ashcombe permaneceu tão inalterada quanto o rosto do anjo.

Era um braço. Um braço de homem arrancado do corpo, mutilado, queimado e enegrecido.

CAPÍTULO 7

TOM E EU ENTRAMOS CORRENDO NA BOTICA, quase tropeçando um no outro.

— Mestre! — gritei. — Aconteceu mais um assassi...

Perdi a fala. Mestre Benedict estava ajoelhado ao lado do balcão, tentando recolher com as mãos enfaixadas os cacos lambuzados de creme de um pote de cerâmica que havia caído e se estilhaçado. Um segundo pote, menor, caído ao lado do primeiro, tinha parte do fundo quebrada, e por ele escoavam as últimas gotas de sangue de javali. O líquido vermelho escorria por entre os tacos do assoalho e manchava os joelhos da calça do mestre Benedict.

Eu me aproximei dele.

— O senhor está bem?

Ele ergueu as mãos e pude ver as pontas dos dedos aparecendo através do tecido grosso.

— Estas bandagens são decididamente inconvenientes.

Ajoelhei-me ao lado dele.

— Deixe-me cuidar disso, mestre. O senhor deveria estar descansando.

— Estou bem — disse ele, enquanto tentava recolher os

cacos escorregadios até eu colocar minhas mãos sobre as mãos dele. Ele suspirou e concordou com um gesto de cabeça. — Vamos precisar de mais creme para queimadura.

— Vou preparar essa noite — falei.

Comecei a recolher os pedaços dos potes quebrados. Tom veio me ajudar, evitando o sangue de javali que se espalhava pelo piso como se estivesse caçando seus sapatos.

— Vou pegar um pouco de areia — disse Tom.

— Traga serragem em vez de areia — falei. — Está numa tina perto do forno na oficina.

Tom trouxe a pesada tina com muito mais facilidade do que eu teria conseguido. Jogamos punhados de serragem no chão. A serragem se aglutinou, ficando vermelha ao absorver rapidamente o sangue.

Mestre Benedict nos observava com curiosidade.

— É por isso que você guarda serragem?

Confirmei com um gesto.

— Os preceptores usavam serragem no orfanato. É melhor que areia para secar líquidos. Tira o cheiro também.

O que era uma bênção quando cinquenta crianças doentes resolviam verter fluidos por todos os orifícios.

Achei incrível como o mestre Benedict ficou fascinado com a serragem. Limpar líquidos derramados era uma tarefa de aprendiz, portanto ele não havia prestado muita atenção nisso desde que se tornara meu mestre. Mesmo assim, usar serragem em vez de areia era tão comum; não era algo que parecia merecer o interesse do meu mestre. Era apenas uma técnica simples que eu tinha visto várias vezes durante a infância. E eu que achava que ele sabia tudo.

Ele olhou pela janela, perdido em seus pensamentos. Então, arregalou os olhos e segurou meus ombros.

— Mestre? — perguntei, assustado.

Ele me chacoalhou.

— Magnífico, meu rapaz. Ótimo. Muito bem!

Sem ao menos parar para limpar o creme que sujara sua camisa, ele pegou o casaco pendurado no gancho e jogou-o por cima das costas. Em seguida, saiu para a rua.

— Espere! Mestre! O senhor precisa trocar de roupa! — gritei, mas ele já se enfiara atrás de uma carroça barulhenta e sumira em meio à multidão que tomava a rua no feriado. Ele nem levara o cinturão de ingredientes, que ficava pendurado atrás do balcão.

Tom me olhou de lado.

— Loucos por todos os lados hoje — murmurou.

Dessa vez, tive que concordar.

SÁBADO, 30 DE MAIO DE 1665

Comemoração do Sacrifício da Herege Joana D'Arc

CAPÍTULO 8

EU NÃO SABIA O QUE FAZER.

Depois de limpar a sujeira no chão, fiz uma nova porção de Creme Blackthorn para Alívio de Queimaduras, como havia prometido. Então, Tom e eu fomos para o telhado e ficamos sentados na beirada, com as pernas balançando e as mãos cheias de milho. Demos metade dos grãos para Bridget, que ficava saltando entre nossos ombros. O resto nós jogamos dali, tentando acertar as perucas dos cavalheiros que passavam lá embaixo. Quando Tom finalmente precisou ir para casa, eu me aninhei ao lado da grande lareira da botica com o livro do mestre Galileu, esperando que meu mestre voltasse.

Devo ter adormecido, porque acordei com o barulho do pregão das seis horas da manhã e ainda estava na cadeira. O fogo se apagara havia muito tempo, e senti o frio impregnado nos meus ossos. Minhas costas doíam como se eu tivesse passado a noite na masmorra menos confortável da Torre de Londres.

Preparei a botica para o dia, varrendo a lama seca acumulada no dia anterior. Verifiquei os estoques e anotei os itens que precisávamos comprar na segunda-feira. Em seguida, subi ao telhado para alimentar os pombos. Enquanto eu descia de volta, uma coisa me chamou a atenção: com tanta gente fora de casa no feriado, as ruas tinham ficado cobertas de lama, mas os degraus da entrada não estavam sujos.

A porta do quarto do mestre Benedict estava fechada.

— Mestre? — chamei.

Não houve resposta.

Bati à porta.

— Mestre? Já amanheceu.

Ainda nenhuma resposta.

Normalmente, eu o teria deixado em paz, mas não havia nada de normal no fato de mestre Benedict perder a hora num dia de trabalho. Entrei. O quarto estava vazio. A cama ainda estava arrumada.

Ele não tinha voltado.

Bati à porta de um vizinho, o confeiteiro Sinclair, e à de outro vizinho, o alfaiate Grobham, mas nenhum dos mestres nem seus aprendizes o tinham visto. Os atendentes da taverna Dedo a Menos, que ficava do outro lado da rua e onde às vezes jantávamos, também não sabiam dele.

A preocupação fez meu estômago revirar. Pensei no braço que Tom e eu tínhamos visto no dia anterior, queimado e enterrado debaixo do anjo no jardim particular, e só quando me controlei consegui lembrar que eu tinha visto meu mestre depois que aquele pobre homem havia sido assassinado.

Uma voz me arrancou dos meus terríveis pensamentos.

— Rapaz! Ei, rapaz!

Diante de nossa botica ainda fechada, uma mulher gorducha num vestido verde desbotado agitava um pote de cerâmica para mim. Eu a reconheci: Margaret Wills, uma das empregadas do barão Cobley.

— Preciso de um novo suprimento! — gritou ela.

Xarope de ipecacuanha, um emético. Atravessei a rua, resmungando comigo mesmo. Eu tinha preocupações mais sérias do que os vômitos do barão Cobley.

Deixei-a entrar na botica, vesti meu avental azul e enchi o pote dela. Anotei o nome da substância no livro de registros, acrescentando o custo à conta do barão, que já estava do tamanho de uma baleia. Eu queria fechar a botica e ir procurar o meu mestre, mas, assim que Margaret saiu, o taverneiro Francis chegou com uma terrível assadura no traseiro. Cuidei dele (da receita dele, quero dizer, porque o homem teria que dar um jeito de aplicar o unguento em si mesmo). Depois, chegou Jonathan Tanner e, antes que eu percebesse, a botica estava cheia de gente.

E então finalmente, finalmente, finalmente, mestre Benedict chegou, vindo da oficina.

Senti um grande alívio, como se um saco de chumbo tivesse sido tirado das minhas costas. Ele estava bem. Na verdade, em vez de estar abatido e com olheiras, parecia feliz. Não tive a oportunidade de falar com ele, porque, assim que ele entrou na botica, uma multidão se reuniu ao seu redor. Ele deu um sorriso cansado na minha direção e começou a trabalhar.

Por volta da hora do almoço, já tínhamos reduzido a multidão a cinco pessoas; eu atendia William Fitz e seu ouvido que estava vazando enquanto mestre Benedict lidava com a mão inchada de lady Brent. Mais três clientes esperavam atendimento antes que pudéssemos fazer um intervalo. Eu tinha acabado de registrar a compra do sr. Fitz no livro de registros quando lady Brent disse:

— O senhor está me ouvindo, sr. Blackthorn?

Meu mestre, em pé atrás do balcão, olhava para a rua como se a mulher não existisse. Tentei ver o que ele estava procurando, mas um cliente bloqueava a janela, um rapaz corpulento de cerca de 16 anos, vestindo seu próprio avental azul e rindo do urso no canto, que ainda não tinha sido consertado.

— Sr. Blackthorn? — ela o chamou mais uma vez.

Ele piscou.

— Um instante, senhora. Preciso verificar nosso estoque.

Quando voltou, um minuto depois, ele estava pálido.

— Então? — disse lady Brent. — O senhor pode preparar o produto?

Mestre Benedict passou uma das mãos na testa.

— Sim, claro. Ficará pronto na segunda-feira.

Ele não parecia nada bem. Tentei olhar nos olhos dele, mas ele mal reparava em mim. Virou-se, buscando algo nas prateleiras. Em seguida, foi até o livro de registros sobre o balcão.

— Christopher! — gritou.

Eu dei um salto.

— Venha cá! — ordenou.

Contornei o balcão. Meu mestre não parecia mais doente, e sim furioso. Ele apontou para o livro de registros com seu dedo ossudo.

— Você atendeu o barão Cobley essa manhã?

— Sim, mestre — gaguejei. — Na verdade, a criada dele.

— E eu já não lhe pedi, duas vezes, para cobrar a conta dele quando ela viesse?

Será que ele tinha pedido?

— Sss... sinto muito, mestre, não me lembro...

Ele me bateu.

Mestre Benedict me acertou no rosto, na lateral da mandíbula, com um tapa de mão aberta tão forte que ecoou como um trovão. Perdi o equilíbrio e bati na prateleira; o impacto foi suficiente para balançar os potes.

— Você é um *inútil!* — gritou ele.

Fiquei lá, curvado sobre a madeira. Meu rosto ardia, mas a dor por dentro era ainda maior. Senti os olhos de todos os clientes sobre mim. Lady Brent me observava com curiosidade, e o rapaz na porta estava bastante entretido com o espetáculo que acabara de presenciar atrás do balcão.

— Faça alguma coisa certa uma vez que seja — disse mestre Benedict, pegando um punhado de tostões e alguns xelins gastos no cofre. — Vá até o mercado e compre todo o sódio que eles tiverem. E não retorne até ter conseguido.

— Mas... — Os olhos furiosos dele me interromperam. Abaixei a cabeça. — Sim, mestre.

— E traga o xarope de lady Brent. E o suco de limão.

Eu trouxe os jarros para ele. Ele bufou.

— Peço desculpas pelo meu aprendiz, lady Brent.

— Não é necessário, sr. Blackthorn — respondeu ela. — Os empregados precisam ser rigorosamente corrigidos. Meu marido comprou uma vara de bambu vinda do Oriente para esse exato propósito.

— E ele também comprou um elefante? Seria necessário um chute de elefante para corrigir esse rapaz.

Ela riu. Ele também.

Eu saí correndo dali.

******

Eu mal sabia para onde estava indo. Estava tão desnorteado que quase atropelei um garoto mais velho que tinha o dobro do tamanho de Tom e que jogava dados com um amigo de cabelo comprido na rua atrás da nossa casa. Murmurei um pedido de desculpas e desviei, ouvindo os batimentos do meu coração a cada passo.

Mestre Benedict tinha me batido.

Meu rosto ainda doía. Minha mão também. Foi só quando olhei para baixo que percebi que era porque eu estava apertando as moedas que ele me dera com tanta força que elas haviam cortado a minha pele.

Eu não estava entendendo nada. Poderia jurar pela minha vida que ele nunca havia pedido para cobrar a conta do barão Cobley. E me mandar buscar sódio... O sódio só chega ao mercado às quartas-feiras. Não haveria sódio nos estoques agora.

Alguma coisa estava errada. Já tinha visto mestre Benedict furioso antes, eu mesmo já o tinha deixado furioso antes, mas nunca daquele jeito. Queria voltar, conversar com ele, pedir que ele me contasse o que eu tinha feito de errado, mas ele havia ordenado que eu não voltasse.

E tinha me batido.

Enxuguei os olhos na manga da camisa.

******

O mercado estava lotado. Comerciantes amontoados anunciavam suas mercadorias, gritando, regateando, discutindo. Fui a todas as bancas, e em todas recebi a mesma resposta.

— Hoje não tem, garoto. Tente na quarta-feira.

Procurei durante horas. Até considerei a ideia de ir a outra botica, mas eles cobrariam muito caro, e mestre Benedict não ia gostar disso. No final, desisti e voltei para casa enquanto ainda era dia. Eu estava com medo do que meu mestre iria dizer, mas precisava saber o que havia acontecido. E queria falar com ele, pedir desculpas, fazer as coisas voltarem a ser como antes.

******

Entrei pela oficina, pois fiquei com muito medo de aparecer na botica com as mãos vazias. Achei esquisito, a porta dos fundos não estava trancada e as venezianas se encontravam fechadas. No forno, brasas que se extinguiam emanavam pouca luz, mas ainda era possível enxergar. Estranhei quando vi a pinça usada na lareira deixada nas cinzas. Fui tirá-la dali, mas me afastei num solavanco e xinguei.

Pus os dedos na boca. A pinça me queimou, devia ter ficado no fogo por muito tempo.

Um pequeno pote de vidro estava aberto sobre o forno e a tampa jazia no chão. Espalhado por ali havia um punhado de pequenas sementes pretas em forma de feijões. Peguei uma das sementes e a rolei entre meus dedos. Ela tinha um leve cheiro de tomates podres.

Estramônio. A primeira receita que mestre Benedict havia me ensinado. Em pequenas doses, ela ajudava pacientes com asma. Em doses maiores, transformava-se num veneno letal. Por que o pote estava aberto?

Eu não ouvia nenhuma conversa vindo da botica. A luz no corredor estava fraca. Estranhei de novo. Faltavam ainda algumas horas para o pôr do sol. A botica não deveria estar tão silenciosa.

Andei em direção à porta. Meus pés ficaram encharcados. Olhei para o chão e vi uma poça. Trilhas longas e escuras partiam da poça, como se algo pesado tivesse sido arrastado.

Segui essas marcas. As janelas da botica estavam fechadas e o fogo fora apagado. A porta de entrada tinha sido trancada com o ferrolho. A trilha molhada encharcava de vermelho as tábuas do assoalho. Um cheiro quente e metálico preenchia o cômodo. E então, no meio de tudo aquilo, vi meu mestre.

Eles o deixaram apoiado na parte da frente do balcão, com os pulsos e os tornozelos amarrados com cordas. Sua camisa estava rasgada. Seu abdome também fora cortado. Seus olhos estavam abertos, e ele olhava para mim, mas não podia me ver. E nunca, nunca mais ele me veria de novo.

CAPÍTULO 9

VIERAM TODOS ELES. O CONFEITEIRO SINCLAIR, o alfaiate Grobham e o taverneiro Francis com seus empregados. Outros vieram também, vizinhos e desconhecidos. Lotaram a botica. Olhavam para a cena, atônitos.

Quando chegaram, eu já havia soltado o meu mestre e deitado seu corpo no chão. Os pedaços de corda ficaram ao lado dele, perto da manta de lã que eu havia usado para cobri-lo e que agora estava manchada de vermelho. Eu também estava sujo de sangue por tê-lo segurado.

Fiquei sentado ao lado dele, com uma das mãos sobre a manta, pousada em seu peito. Todos os outros estavam ao redor em pé, sem saber o que fazer. Exatamente como eu.

Sinclair se inclinou na minha direção.

— Venha, rapaz — disse ele com suavidade. — Vamos sair daqui.

Eu o repeli bruscamente. Não queria ninguém ali. Aquela era nossa casa.

Tantas pessoas ali, olhando para nós. Eu queria me deitar, mergulhar nas tábuas do assoalho, adormecer e nunca mais acordar.

Alguém evacuou a sala para mim. Más notícias correm rápido.

Foram os homens do rei, os dois soldados que eu vira no dia anterior. Eles abriram caminho por entre as pessoas, seguidos pelo mesmo homem. Todos fizeram silêncio.

Lorde Ashcombe deu um passo à frente e parou ao meu lado. De perto, sua face cheia de cicatrizes parecia o mapa do inferno. Ele virou a cabeça na direção da multidão.

— Saiam daqui — ordenou.

Por um momento, ninguém se moveu. Lorde Ashcombe virou-se, lançando um simples olhar por sobre o ombro. Não foi preciso que ele ordenasse novamente.

Fiquei com meu mestre enquanto os outros saíam. Um homem do rei colocou uma das mãos no meu colarinho. Senti cheiro de couro e suor.

— Deixe-o — disse lorde Ashcombe.

O soldado voltou ao seu lugar ao lado do colega, guardando a porta. Lorde Ashcombe agachou-se e retirou a manta de lã. Seus olhos se alternavam entre o corpo do meu mestre, seu rosto e seu sangue. Eu arranhava a madeira do assoalho.

— Foi você que o encontrou?

Fiz que sim com a cabeça.

— Você é...?

— Christopher Rowe — respondi. — Ele era o meu mestre.

O guardião olhou para as cordas que eu havia retirado do corpo do meu mestre. As extremidades desfiadas já tinham começado a se encharcar de sangue.

— Por que você cortou as cordas?

Ergui os olhos para lorde Ashcombe.

— O que eu deveria ter feito?

Por um momento, ele não respondeu.

— Conte o que você sabe.

Eu contei. A maior parte, pelo menos. Abri a botica. Mestre Benedict só voltou pela manhã. Fui enviado para comprar sódio. Voltei. Não falei que ele tinha me batido. Não revelei as últimas palavras do meu mestre.

Ajoelhando-se ao meu lado, lorde Ashcombe examinou a sala. Eu podia sentir o calor dele.

— Seu mestre costumava passar a noite fora?

— Nunca — respondi. — Ele saía quase todas as noites, mas sempre chegava em casa por volta de meia-noite.

— E por que não voltou ontem?

— Não sei.

— Ele tinha alguma desavença com alguém?

— Nathaniel Stubb — respondi. — O boticário. Ele quer a nossa botica. Ele ameaçou o meu mestre — completei, contando-lhe sobre a visita de Stubb na quinta-feira à noite. — E alguém o atacou naquela mesma noite — continuei, descobrindo o ombro do meu mestre para mostrar a queimadura. Seu corpo estava tão frio.

— Seu mestre era especialmente religioso? — perguntou lorde Ashcombe.

A pergunta me surpreendeu.

— Eu... Sim. Ele me levava à missa aos domingos e respeitava as festividades.

— Igreja Anglicana?

— É claro.

— E o que ele achava de Sua Majestade?

Aquilo me enfureceu.

— Ele era leal. Sempre. Como todo verdadeiro inglês.

Lorde Ashcombe se levantou. Ele se aproximou das prateleiras. Lentamente, passou um dedo pelas lombadas dos livros. Então, parou.

— Achei que você tinha dito que seu mestre frequentava a Igreja Anglicana.

— E ele frequentava mesmo.

Lorde Ashcombe retirou um volume da estante. Era um livro grande e revestido com couro marrom-claro. Ele o segurou para que eu pudesse ver a capa. *Os santos da virtude católica romana.*

Mestre Benedict tinha me dado aquele livro para ler três meses antes.

— É apenas um livro. Parte dos meus estudos. Nós frequentamos a Igreja Anglicana. Pergunte ao reverendo Wright.

Lorde Ashcombe folheou o volume, estudando as ilustrações.

— Você tem algum outro livro sobre religião? — perguntou ele. — Ou sobre outros mundos? Sobre o céu e o inferno?

— Mestre Benedict tem livros sobre todas as coisas.

Tinha, eu pensei. Não *tem*. Não mais.

— Ele conversava com você sobre o que lia?

— Todos os dias.

Lorde Ashcombe desviou os olhos do livro e me encarou.

— E ele alguma vez mencionou o Culto do Arcanjo?

As palavras do homem louco ecoaram na minha cabeça. *O Culto do Arcanjo saiu à caça.* Abracei meu próprio corpo. Minha camisa encharcada de sangue grudou no meu peito.

A amargura cresceu dentro de mim. Lorde Ashcombe

protegia Sua Majestade. Onde estava o *nosso* protetor? Onde estava o guardião quando precisamos dele? Por que eles tinham vindo atrás de nós? Por que eles mataram o meu mestre?

E onde *eu* estava quando ele estava morrendo? Quando mestre Benedict precisava de mim?

Abaixei a cabeça.

— E então? — perguntou lorde Ashcombe.

— Mestre Benedict não acreditava que existisse um culto — respondi.

Ele soltou um grunhido, como se eu tivesse dito algo incrivelmente estúpido. Sentado ao lado de uma consequência do Culto do Arcanjo, acho que eu tinha dito mesmo.

— Então lady Brent foi a última cliente que você o viu atender?

— Não — respondi. — William Fitz e Samuel Waltham estavam aqui. Havia mais dois, mas não sei quem eram.

— Descreva-os.

Tentei lembrar.

— Havia um aprendiz de cerca de 16 anos. Um pouco mais alto que eu. Grande. Musculoso, não gordo. Cabelo ruivo. O outro era um homem de uns 30 anos. Na verdade, não olhei muito para ele. Era rico, eu acho. Usava um belo casaco e uma longa peruca preta, daquele tipo com cachos cobrindo as orelhas. O nariz dele era torto, como se já tivesse sido quebrado.

— Mais alguém esperando do lado de fora? Sondando a botica?

Eu não me lembrava de ter visto ninguém vigiando a botica, mas também não estava prestando muita atenção em nada. Fiquei muito ocupado sentindo pena de mim mesmo. Agora me sentia envergonhado.

— Você passou a tarde toda fora — disse lorde Ashcombe. Eu assenti. — Portanto, outros podem ter entrado aqui.

De repente, eu congelei.

— O livro de registros.

Lorde Ashcombe olhou para mim sem entender nada.

— Anotamos tudo o que vendemos — expliquei a ele. — Se houve mais algum cliente... — Parei.

— O que foi?

— O livro de registros. Não está aqui!

O livro não estava no balcão. O vidro de tinta continuava destampado. Havia sangue ali também, já transformado numa casca marrom, manchando a lateral da madeira. A não ser por isso, o balcão estava vazio. Eu dei a volta para ver se o livro de registros tinha caído atrás, mas não o encontrei. Só vi meu colchão de palha, meu travesseiro, meu cubo e a faca pousada no topo dele. O pequeno cofre estava ali também, mas vazio. Virei-o de cabeça para baixo.

— Levaram nosso dinheiro.

Lorde Ashcombe apontou para algo.

— O que é aquilo?

Lá estava ele. O livro de registros estava sobre uma prateleira, embaixo de um jarro de suco de limão, o suco que mestre Benedict me mandara trazer antes de sair. A pena fora deixada em cima da capa de couro. Na verdade, os pedaços da pena. Alguém a havia quebrado em duas.

Lorde Ashcombe chegou primeiro. Ele pegou o livro, fazendo o jarro de cerâmica bater contra a madeira, colocou-o no balcão e o abriu, folheando as páginas até o último registro. Eu ainda sentia o cheiro cítrico do limão.

Ele estudou a última página por alguns segundos.

— Não consigo ler — disse.

Nem eu esperava que ele conseguisse. Mestre Benedict escrevia nomes e remédios em símbolos taquigráficos no livro de registros, muitas vezes em latim. Ele havia me ensinado o código. Nós fazíamos assim porque era mais rápido e porque era mais um jeito de manter segredo sobre nosso negócio.

A maioria dos registros do último dia era minha, mas os últimos quatro tinham sido escritos na letra do meu mestre. Eles diziam:

†Δosia. R: apod. S eot. rop. Sos eo els odo.xiab: a:o trau.
Q: hg. Uh←
↓M08→
neminidixeris *vera.baixo*

Fiquei olhando para aquilo.

Lorde Ashcombe me observava.

— Alguma coisa errada? — perguntou.

— Eu... não — falei, sentindo meu rosto arder. — São apenas... anotações. Lembretes para comprarmos ingredientes que estão faltando. Óleo de vitríolo e... outros. Os números indicam a quantidade — expliquei, deixando uma das mãos sobre a página. — Ele não anotou a venda para lady Brent. Nem nenhuma outra venda depois.

Os olhos negros e profundos de lorde Ashcombe pareciam me perfurar. *Ele sabe,* pensei. *Ele sabe que estou mentindo.*

Lorde Ashcombe estava prestes a falar quando a porta da frente foi aberta com um rangido. Ele se virou. Os guardas também se viraram.

Fiz aquilo sem pensar. Meus dedos agarraram a página e a puxaram antes que eu fechasse o livro de registros. Com a confusão na porta e o barulho vindo da rua, ninguém pareceu ter notado que eu havia arrancado a página do livro de registros.

CAPÍTULO 10

COLOQUEI AS MÃOS ATRÁS DAS COSTAS E dobrei o papel. Em seguida, levantei a camisa e enfiei a página amarfanhada entre as minhas costas e o cós da calça.

Um ancião passou pela porta, mancando e apoiando-se numa bengala de madeira retorcida. Um soldado colocou uma das mãos em seu peito, detendo-o. O homem se manteve calmo e aguardou.

A página retirada do livro de registros escorregou um pouco pelas minhas costas.

— Deixe-o entrar — disse lorde Ashcombe.

Eu o reconheci, assim como os outros dois que o seguiram, embora não tivesse visto nenhum deles nos últimos três anos. Eram membros do Conselho da Guilda dos Boticários.

O homem que mancava, vestido de cima a baixo com seda cor de esmeralda, era sir Edward Thorpe, grão-mestre dos boticários. Era o presidente de nossa guilda desde antes de eu nascer. Havia rumores de que só estava vivo porque descobrira o elixir da juventude. Se fosse verdade, ele andara na terra ao lado de Moisés, porque parecia ter alguns séculos de idade. Até a peruca dele era grisalha.

Os homens que o acompanhavam faziam parte do conselho, Valentine Grey e Oswyn Colthurst. Eu mal conhecia Valentine. Era mais por ouvir falar. Era o secretário da guilda e, acreditava-se, o boticário mais rico da cidade. A corrente de ouro que levava no pescoço era grossa o bastante para ser vista do céu. Também se dizia que ele era rígido nas repreensões, e havia algo estranho na curva de seu lábio inferior que parecia confirmar essa hipótese.

Eu me lembrava bem de Oswyn. Ele havia encorajado o diretor do orfanato a me mandar para a Guilda dos Boticários. Também foi o responsável por aplicar meu teste de admissão. Como ele é que tinha manifestado o desejo de que eu entrasse para a guilda, imaginei que ele não seria tão rígido, mas, no final das contas, fiquei tremendo na presença dele enquanto me sabatinava, com voz soturna e olhar agudo, sobre ciências, matemática, história, teologia e, especialmente, latim. Oswyn achou que me derrubaria no latim, mas eu já tinha levado surras suficientes no orfanato para aprender a falar como o próprio Júlio César. Nesse dia, suando durante todo o exame, pensei que o homem era um tirano, mas, depois que passei no teste, enquanto sir Edward e sir Valentine simplesmente expressaram seus parabéns com um gesto de cabeça, Oswyn sorriu e me recebeu calorosamente na guilda.

Hoje não era um dia para sorrisos. Ele me fez um aceno triste antes de se juntar aos outros em torno do corpo do meu mestre.

— Que Deus nos preserve — murmurou Valentine, fazendo o sinal da cruz. Oswyn cruzou os braços e se afastou.

Sir Edward balançou a cabeça num gesto preocupado e

falou com lorde Ashcombe numa voz mais grave do que eu achava que seu corpo ancião podia suportar.

— Nossa guilda está sendo atacada, Richard. Imploramos pela ajuda de Sua Majestade.

— E eu estou aqui, Edward — respondeu lorde Ashcombe.

— Fazendo o quê, precisamente? — indagou Oswyn, numa voz cheia de escárnio.

A resposta do guardião não foi menos hostil.

— Meu trabalho, puritano.

Eu tinha notado que lorde Ashcombe se irritara ao ver Oswyn. Agora sabia por quê.

O que eu não tinha percebido era que Oswyn era um puritano. Suas roupas com certeza eram mais simples que os trajes dos dois outros homens do conselho. Ele usava apenas um casaco de lã marrom comum sobre as roupas de linho claro, e sua cabeça raspada, sem peruca, o distinguia bastante dos outros. Havia também uma severidade bem definida nele. Suas duras repreensões quando eu não conseguia responder alguma pergunta do teste de admissão me machucaram tanto quanto os golpes do reverendo Talbot. Porém, quando falei com ele depois, percebi que ele não tinha me tratado com tanto rigor por maldade. Ele só precisava ter certeza de que eu estava preparado para me tornar um aprendiz.

— Muitas pessoas aqui não vão gostar nada de ter um órfão entre elas — dissera ele naquela época, apontando para os outros meninos e mestres que circulavam pelo salão da guilda. — Eles esperam que você fracasse. Mas não se deixe enganar, Christopher, pois o valor de um homem não tem nada a ver com a sua origem.

Depois disso, me senti muito melhor em relação ao fato de ter sido criado no orfanato Cripplegate. Portanto, puritano ou não, ele não me parecia uma pessoa horrível.

Mesmo assim, lorde Ashcombe, que tinha passado nove anos no exílio, acompanhando o rei Charles em sua estadia na França e nos Países Baixos, tinha motivos suficientes para não sentir o mesmo. Quando o rei retornou, lorde Ashcombe liderou as ações para retirar os puritanos das posições de poder. Aqueles que foram considerados traidores, e até outros, foram executados. O olhar raivoso que ele lançava para Oswyn me fez pensar que o guardião queria adicionar outra cabeça às estacas fincadas na Ponte de Londres.

Sir Edward pousou uma mão pacificadora no ombro de Oswyn.

— Perdoe a aspereza do meu colega, Richard, mas o que ele disse faz sentido. Benedict Blackthorn é o quarto de nossa guilda a sucumbir.

— Então talvez um de vocês possa me contar algo sobre o Culto do Arcanjo — retorquiu lorde Ashcombe.

Sir Edward franziu a testa.

— Você acha que o assassino é um boticário?

— Os membros da nossa guilda são homens honestos — disse Valentine, conseguindo parecer ainda mais amargo. — E leais à Coroa.

— Alguns de vocês são — disse lorde Ashcombe.

Oswyn ficou ainda mais tenso. Antes que ele pudesse responder, a porta foi escancarada por Nathaniel Stubb.

O ódio ardeu dentro de mim. Meu sangue fervia. Ter aquele rato na minha casa afundava ainda mais a faca que já haviam cravado no meu coração.

Os soldados o agarraram.

— Tirem suas mãos de cima de mim! — exigiu.

— Quem é esse? — perguntou lorde Ashcombe.

Stubb tentou se desvencilhar.

— Estou aqui para registrar uma queixa e reivindicar os bens desta botica.

— Agora não, Nathaniel — disse Oswyn, bastante irritado.

— Tenho meus direitos — insistiu.

Eu sabia que devia ficar calado, especialmente diante do Conselho da Guilda. Não era permitido que um aprendiz falasse sem permissão. Mas alguma coisa se rompeu dentro de mim. Ou talvez já estivesse rompida.

— O senhor não tem direito nenhum aqui.

Os homens do conselho olharam para mim, chocados. Até mesmo lorde Ashcombe arqueou uma sobrancelha.

— Como ousa?! — reclamou Stubb, voltando-se para o guardião. — Prenda-o! Esse rapaz me atacou.

— Do que você está falando? — perguntou Oswyn.

— Ontem, ele e algumas crianças delinquentes me atacaram na rua.

Todos olharam na minha direção com uma expressão interrogativa. Pelo jeito, Stubb tinha me visto com os ovos.

— Ele não estava usando nenhum símbolo do carvalho — murmurei. Assim que o conselho percebeu o que eu dizia, todos ficaram realmente embaraçados. Em circunstâncias normais, aquilo seria um problema. Na presença do cadáver do meu mestre, ninguém se importou.

Especialmente lorde Ashcombe.

— Esse é Stubb? — perguntou ele, voltando-se para o boticário. — Você discutiu com Blackthorn na quinta-feira.

— O que está dizendo? Soltem-me! — Stubb finalmente conseguiu se desvencilhar dos guardas. Pelos narizes franzidos, deu para ver que eles não se incomodavam por não terem mais que segurá-lo.

Valentine também parecia estar perdendo a paciência com Stubb.

— Qual é o fundamento de sua reivindicação sobre os bens desta botica? — perguntou ele, franzindo a testa.

— Minha desavença com Benedict é conhecida por todos, senhor. Ele vinha roubando os meus segredos. Pelas leis da nossa guilda, tenho direito a uma compensação justa.

— O senhor é um mentiroso! — exclamei.

Valentine estava de queixo caído.

— Olhe como fala, rapaz.

— *Silêncio*, todos! — pediu sir Edward. Até mesmo Stubb, com sua cara vermelha feito um tomate, se calou. — Temos pleno conhecimento de nossas leis, mestre Stubb. Como *você* deve saber muito bem, qualquer reivindicação relativa aos bens de um membro deve ser julgada pelo *conselho* — afirmou, lançando um olhar raivoso para o boticário, que se encolheu, intimidado. — Primeiro será preciso determinar quem é o proprietário da botica.

— O testamento de Benedict deve constar de nossos registros — disse Oswyn. — Vou pedir que os escriturários o procurem.

— Isso é aceitável para a Coroa? — indagou sir Edward.

Lorde Ashcombe deu de ombros.

— Seus negócios não me interessam.

Sir Edward virou-se para mim.

— Você. Ahn...

— Christopher Rowe — disse Oswyn.

— Apresente-se no salão da guilda na segunda-feira pela manhã, Rowe. Vamos cuidar da sua situação se tivermos tempo.

Eu queria expressar minha revolta contra todos eles, mas tive bom senso suficiente para saber que gritar contra o grão-mestre seria muito, muito ruim. Então, travei os dentes e disse:

— Posso falar, grão-mestre?

— Você terá permissão para falar na segunda-feira — respondeu ele. — E, quando o fizer, aprendiz, é bom se lembrar do seu lugar — completou, examinando a botica ao seu redor. — Por enquanto, você precisa encontrar outro local para viver.

Meu estômago revirou. Enquanto eu estava sentado ao lado do meu mestre no chão, uma pergunta nojenta e vergonhosa surgira no fundo de minha mente. *O que vai acontecer comigo?* Acho que tinha uma resposta.

— A Botica Blackthorn é o meu lar.

— Você não pode ficar aqui, rapaz — disse Valentine, apontando para o cadáver do meu mestre. — Não com essa... desgraça.

— Mas... — insisti, tentando encontrar um motivo. — Preciso alimentar os pombos.

Foi o melhor que consegui.

— Alguém da guilda vai cuidar dos pombos — disse Oswyn. — Esta botica não está mais sob sua responsabilidade.

Os olhos dele foram do grão-mestre para mim com um aviso. *Segure a língua.* O único jeito para segurar minha língua foi mordê-la. Em silêncio, fui para trás do balcão e peguei meu cubo.

— O que ele está fazendo? — disse Stubb. — Detenha-o!

Lorde Ashcombe fez o que o boticário ordenou.

— O que é isso?

Mostrei o cubo para ele.

— Mestre Benedict me deu esse cubo de presente de aniversário.

— Ele está roubando isso aí — disse Stubb.

— Ele me *deu*! — gritei. — O cubo é *meu*!

Valentine estendeu a mão.

— Deixe-me vê-lo.

O secretário da guilda inspecionou o objeto e o passou para Oswyn, que o virou nas mãos com curiosidade.

— É prata? — perguntou sir Edward para Valentine.

— Latão, eu acho.

Oswyn balançou a cabeça.

— Antimônio.

Se Stubb tocasse no cubo, eu iria gritar.

— Ele é meu — repeti.

Sir Edward me lançou um olhar severo.

— Um aprendiz não tem posses — disse, pegando o cubo das mãos de Oswyn e colocando-o no balcão. — Isso fica aqui. O testamento decidirá a quem ele pertence.

Ele estava certo. De acordo com a lei, tudo, até minhas roupas manchadas de sangue, pertencia ao meu mestre. Fiquei me perguntando, com amargura, se eu teria que ir nu para o olho da rua.

Estava claro que Stubb havia considerado essa hipótese.

— Façam uma revista nele. Ele pode estar levando mais alguma coisa.

Fiquei paralisado. Com tanta raiva, eu havia esquecido.

Eu tinha *mesmo* mais uma coisa comigo. De repente, o papel que escorregava pelas minhas costas pareceu uma lâmina contra a pele. Se eles o encontrassem, fariam perguntas que eu não conseguiria responder. E lorde Ashcombe me forçaria a falar. No calabouço da Torre de Londres. Usando carvão quente.

Porém, o Conselho da Guilda demonstrou sua desaprovação diante da mera sugestão de Stubb.

— Ah, cale a boca, Nathaniel — disse Oswyn, permitindo-me respirar outra vez. Eu não iria para a Torre.

Mas o Culto do Arcanjo tinha levado o meu mestre. E agora a guilda tomava o meu lar.

CAPÍTULO 11

O PAI DE TOM PAROU NA SOLEIRA DA PORTA E cruzou os braços roliços.

— De jeito nenhum!

— Mas, pai... — começou Tom.

William Bailey apontou um polegar que mais parecia uma linguiça para as cinco garotinhas que espreitavam atrás dele. O gesto fez todo o seu corpo balançar.

— Já tenho muitas bocas para alimentar. Ele pode pagar a hospedagem? Vai trabalhar?

— Ele trabalha mais que todo mundo — disse Tom.

— Mesmo assim, não preciso de mais gente para trabalhar.

Meu coração afundou no peito. Não era por acaso que Tom e eu raramente ficávamos naquela casa. O pai dele era cruel.

As irmãs pequenas de Tom puxavam o avental sujo de farinha do pai.

— Por favor, papai, deixe o Christopher ficar.

As meninas eram gentis, assim como Tom, pois todos os filhos puxaram à mãe. Também sabiam que, se eu ficasse, leria histórias para elas na hora de dormir.

No final das contas, foi a mãe de Tom quem resolveu a questão. Mary Bailey, que tinha metade da altura do marido, mas era igualmente redonda, inclinou o corpo para fora da janela do terceiro andar e gritou:

— Deixe o menino ficar, Bill. Temos condições para fazer essa caridade. É o que qualquer bom cristão faria.

O pai de Tom apontou para a rua.

— A igreja é lá do outro lado.

Uma toalha encharcada caiu no ombro dele.

— Você devia se envergonhar, William Bailey! — gritou a mãe de Tom, estalando os dedos para chamar minha atenção. — Suba aqui agora mesmo, Christopher.

William Bailey lançou-me um olhar furioso, mas me deixou passar. Tom levou um tapa na cabeça.

******

Seguido por um bando de meninas pequenas, subi até o quarto dos pais de Tom. A sra. Bailey silenciou as risadinhas das filhas, mandou que voltassem para o térreo e me colocou sentado perto da janela.

Uma velha cama de madeira, com um colchão castigado pelo peso de tantos anos, ficava junto à parede. Num canto, via-se um pequeno sofá de veludo gasto e, em outro, uma cômoda cuja tinta amarela estava descascando. A mesa à minha frente era a única peça mais luxuosa, com pernas de madeira de cerejeira curvas e entalhadas, que subiam em direção a um tampo de mármore branco. Sobre ele havia uma bacia de latão e uma toalha áspera estampada. Atrás da bacia, um espelho de prata.

— Eu ia me lavar agora mesmo — disse a mãe de Tom. — Você pode usar a minha água — completou, olhando-me de alto a baixo. — Não me desfiz das roupas velhas de Tom. Com certeza algumas peças vão lhe servir. — Em seguida, ela saiu do cômodo, deixando-me sozinho.

Tirei meu avental de aprendiz. O sangue que o manchava, já seco, se rachou. Minha camisa, igualmente inutilizada, juntou-se ao avental no chão. A página dobrada que eu havia arrancado do livro de registros da botica caiu ao lado das roupas.

Olhei para o espelho. Meu reflexo me encarou. Parecia tão quieto, tão calmo.

Está tudo bem, disse ele.

Mas o reflexo também estava sujo de sangue, com uma mancha no rosto. Lembrei-me da maciez do peito do meu mestre, onde eu encostara a cabeça.

Coloquei um dedo na água, causando ondas na superfície. Levantei a mão e passei o dedo pelo rosto. Uma gota de água ensanguentada escorreu pela palma e pingou do meu punho. Ela caiu no mármore e formou uma mancha vermelha bem feia.

Eu estava sozinho.

Pela primeira vez desde que o encontrara morto, eu estava sozinho.

Não consegui falar. Não consegui respirar. Tudo o que pude fazer foi soluçar.

O desespero me engoliu como um demônio. Uivava na minha cabeça, apertava meu peito, enterrava as garras na minha alma e me arranhava. *Venha,* dizia. *Aqui é tranquilo.*

Eu quis ir. Eu quis morrer. Desejei intensamente que o Culto do Arcanjo tivesse me levado também.

Uma brisa entrou pela janela e agitou meu cabelo, que caiu sobre as pálpebras. Aos meus pés, ouvi um ruído. Era a página arrancada do livro de registros. Levado pelo vento, o papel roçava nas tábuas do assoalho.

O desespero cantava, me procurando e me chamando.

Não, falei.

Dei um murro na mesa. Um golpe forte que ecoou como uma martelada. A pele do dedo médio se abriu junto à articulação. O sangue brotou e pingou, misturando-se ao sangue do meu mestre na água sobre o mármore.

Minha mão estava latejando. A dor me trouxe de volta à vida.

Você está *vivo, Christopher. Ele o salvou. Foi por isso que mandou você sair para comprar sódio.*

E ele lhe deixou uma mensagem.

O papel tremeu na brisa e pousou no chão. Endireitei-me na cadeira, forçando o corpo contra o encosto de carvalho e sentindo o desenho esculpido na madeira.

Eu queria adormecer, dormir para sempre, reencontrar o meu mestre. E eu o reencontraria.

Mas não agora.

Mestre Benedict tinha deixado aquela mensagem no livro de registros para mim por algum motivo. O que quer que quisesse dizer, era importante a ponto de meu mestre ter parado para escrever em vez de fugir para salvar a própria vida.

Ele precisava de mim. Três anos antes, eu tinha precisado dele, e ele me salvara, me levando para a botica, para meu primeiro lar de verdade. Agora aquela minha vida terminara, junto com a vida de meu mestre. Não tinha importância. Ele precisava de mim, mesmo morto.

Enxuguei as lágrimas, com o coração ainda queimando. Soltei um grito que vinha dessas chamas dentro de mim, para que ele o ouvisse lá do céu. *Eu prometo, mestre. Independentemente do que o senhor tenha pedido, vou fazer. Não vou chorar. Não vou descansar. Não vou fracassar.*

E vou encontrar quem o matou. Vou fazer os assassinos pagarem. Diante de Deus e de todos os santos, eu juro!

Ouvi batidas na porta. A mãe de Tom perguntou do outro lado:

— Christopher, está tudo bem com você?

Olhei-me no espelho. Meu reflexo respondeu.

— Está tudo bem.

CAPÍTULO 12

A MÃE DE TOM ARRUMOU MEU COLARINHO.

— Pronto. Não está tão ruim.

Tom havia crescido tanto e tão depressa que ela teve que buscar roupas de três anos antes para encontrar alguma coisa que me servisse. Vesti uma calça de lã e linho marrom e uma camisa de linho branca com uma mancha marrom na manga. Eu me lembrava da camisa. Tom a usava no dia em que o conheci.

Nesse dia, eu havia completado três meses como aprendiz. Mestre Benedict me dera um livro sobre antigos instrumentos de guerra para estudar. Após ler sobre catapultas, fiquei fascinado com a ideia de construir uma. Ele deixou que eu usasse os pedaços de madeira que estavam sobrando na oficina e alguns galhos de bordo para construí-la. No domingo, depois da missa, arrastei meu mecanismo até o cemitério de Bunhill, no norte da cidade, para testá-lo, levando como munição uma seleção de frutas podres num saco de pano pendurado no ombro.

No final das contas, a catapulta se mostrou ótima para lançar objetos. O problema era que ela não tinha muita precisão.

Fiquei horrorizado quando o primeiro projétil que lancei (uma romã muito mais que madura) desviou violentamente para a esquerda e atingiu um rapaz grandalhão bem na cabeça, esparramando a polpa da fruta por toda a sua camisa.

Intrigado, ele olhou para o céu, como se estivesse se perguntando por que Deus atirava romãs nele. Em seguida, ele viu minha pequena catapulta sobre o gramado. Ele veio na minha direção, carregando nos braços uma menininha, que ria das sementes vermelhas que escorriam pelo colarinho dele.

Meu primeiro pensamento foi correr o mais rápido que conseguisse. Eu crescera rodeado por meninos maiores em Cripplegate, então pensei que levaria uma bela surra. Em vez disso, o rapaz falou com muita calma, especialmente se considerarmos que ele estava fedendo a fruta podre.

— Por que você está atirando frutas em mim? — perguntou ele.

— Desculpe — falei, palavras que eu repetiria muitas e muitas vezes nos três anos seguintes. — Eu não estava apontando para você, juro!

A garotinha no colo dele jogou as mãozinhas para o ar e aplaudiu.

— Faz de novo!

Apontei para o galho que formava o braço lançador da catapulta.

— Ele deveria atirar reto. Acho que quebrei a catapulta enquanto vinha para cá.

O rapaz observou o galho torto.

— Isso aí é bordo?

Fiz que sim com a cabeça.

— Era a única coisa que eu tinha. Provavelmente deveria ter montado a catapulta com teixo.

O rapaz inclinou a cabeça e pensou por um instante.

— Há pés de teixo perto do cemitério. Por acaso você tem uma faca?

Usamos um novo galho de teixo para consertar o braço lançador da catapulta enquanto Molly, irmã mais nova de Tom, enterrava os dedinhos na grama. Em seguida, lançamos as frutas que tinham sobrado, comemorando a cada tiro. Depois, corri para casa, ansioso para mostrar ao mestre Benedict minha catapulta e contar sobre Tom, meu novo amigo.

Lembro que o mestre Benedict me ouviu e sorriu.

— Muito bom! — disse ele.

Ao voltar à realidade, eu me virei para que a mãe de Tom não visse o meu rosto.

******

Quando desci a escada, o pai de Tom já tinha feito os filhos reassumirem suas tarefas. As meninas estavam na sala lateral, lavando roupa e encharcando seus aventais de padeiro com água e sabão. Cecily, a mais velha, com 12 anos, soprou espuma no meu cabelo quando passei por elas. As outras riram e começaram a recolher porções de bolhas de sabão. Saí correndo antes que elas me cobrissem de espuma.

Encontrei Tom na porta dos fundos, esfregando os degraus. Ele balançou a cabeça quando viu a roupa que eu estava usando.

— Eu deveria ter fugido.

— De mim ou da catapulta? — perguntei.

— Você é uma catapulta — disse ele, mas eu sabia que seu coração estava triste. Depois, ele suspirou. — Lamento muito pelo mestre Benedict. De verdade. Eu gostava dele.

— Você tinha medo dele.

— Tinha, mas ele era bom para você.

Tom observou meu rosto e, suspirando outra vez, agora mais profundamente, disse:

— Está bem.

— Está bem o quê?

— Vou ajudar.

— Ajudar no quê?

— No seu novo *esquema*, qualquer que seja ele.

Tirei do bolso a página arrancada do livro de registros e a levantei.

— Meu plano é encontrarmos os assassinos do mestre Benedict.

******

Tom olhou para as quatro últimas linhas da página.

†Δosia. R: apod. S eot. rop. Sos eo els odo.xiab: a:o trau.
Q: hg. Uh←
↓M08→
neminidixeris *vera.baixo*

Tínhamos entrado para ler o papel, alisando-o sobre uma mesa de trabalho na padaria. Embora o trabalho do dia estivesse encerrado, o cheiro de massa recém-assada ainda enchia o ar como uma nuvem.

— É uma mensagem — expliquei. — Para mim. Mestre Benedict a escreveu quando... — Não consegui terminar a frase.

Pare com isso, recriminei a mim mesmo. *Você disse que não ia chorar. Você prometeu.*

Limpei a garganta.

— Mestre Benedict provavelmente sabia quem eram seus assassinos — falei. — Ele escreveu isso quando soube que ia morrer.

Tom arregalou os olhos.

— Os nomes dos assassinos estão aqui?

— Acho que sim, mas ainda não os decifrei. Os códigos...

— Espere... — disse Tom. — Se esse recado aí diz quem são os assassinos, por que você não entregou o papel para lorde Ashcombe?

— Mestre Benedict disse que eu não deveria entregar.

— Ele disse isso?

— Na última linha.

Tom leu o papel. Ou pelo menos tentou ler.

— *Nemi*...Ahn? O quê? Isso é uma palavra?

— São duas palavras. Estão em latim. Está escrito *nemini dixeris.* Mestre Benedict não escreveu essa parte em código para que eu soubesse o que fazer assim que visse as palavras no papel.

— Roubar essa página?

— Mantê-la em segredo. *Nemini dixeris* significa "Não conte a ninguém".

— E por que ele ia querer manter os nomes dos assassinos em segredo?

— Não sei — respondi. — Mas, se você tiver um pedaço de papel, podemos descobrir.

******

Começamos com a primeira parte da mensagem. Ela estava oculta por um dos primeiros códigos que mestre Benedict me ensinou.

†Δosia. R: apod. S eot. rop. Sos eo els odo.xiab: a:o trau. Q: hg. Uh←

— Que bagunça! — disse Tom.

— Na verdade, são só letras. — expliquei. — O bom e velho alfabeto.

Ele franziu a testa.

— Estou identificando *algumas*...

— É esse o truque. Parece que são palavras, mas é só para confundir. O mesmo acontece com os pontos. A única coisa que importa é a flecha. Ela indica o que fazer.

Ele apontou para a esquerda.

— Ir para lá?

— Isso.

— Não estou entendendo.

— Na linha — expliquei. — Vá para esse lado na linha.

Tom pensou.

— Ah, você quer dizer ler *de trás para a frente*?

— Isso. Não devemos levar em conta a pontuação.

Reescrevi as letras.

osiarapodseotropsoseoelsodoxiabaotrauqhguh

— Agora, leia de trás para a frente — continuei.

hughquartoabaixodosleoesosportoesdoparaiso

— E, por fim, separe as palavras.

Hugh quarto abaixo dos leões os portões do paraíso

Tom ficou impressionado. Então, ele falou:

— Isso não significa... que foi o mestre *Hugh* quem o matou?

— O quê? — perguntei, sentindo meu corpo tenso. — Claro que não.

— Mas você disse que mestre Benedict tinha escrito os nomes de seus assassinos. Eu realmente estava esperando algo mais parecido com "Arthur Quackenbush é o assassino. Que desgraçado!".

— Aqui não está dizendo só "Hugh". Está dizendo "Hugh quarto".

— Hugh é o quarto em quê? — indagou Tom. — E que leões são esses? Aqueles da coleção de animais exóticos do rei? Aqueles que ficam na Torre?

— Não tenho certeza — respondi. — Talvez a explicação esteja na segunda parte.

↓M08→ *vera.baixo*

— Eu me lembro disso — disse Tom. — É o mesmo código usado na receita da pólvora. Mas não deveria haver números?

— E há números — falei, aproximando a página do rosto dele. — Cheire.

Tom pareceu confuso.

— Você está brincando?

— Estou falando sério.

Desconfiado, ele se inclinou para a frente e cheirou o papel.

— Isso é cheiro de... — ele começou a falar, arrumando-se na cadeira. — Limão. Tem cheiro de limão.

— Antes de mestre Benedict me mandar ir ao mercado, ele me pediu suco de limão. Não entendi por quê, já que suco de limão é usado no tratamento de escorbuto, doença que nenhum dos nossos clientes tem. Depois, quando voltei, o livro de registros estava embaixo do jarro. Foi só quando vi a mensagem que entendi o que ele havia feito. Ele escreveu os números com suco de limão. Escondeu um código dentro de outro código.

— Por que ele faria isso? — perguntou Tom.

— Porque ele *realmente* não queria que ninguém além de mim visse a mensagem.

— E como *nós* vamos decifrar?

— Com fogo — expliquei. — O calor vai cozinhar o suco de limão. Precisamos de uma vela ou coisa parecida.

Tom usou pedaços de carvão ainda em brasa, tirados dos fornos da padaria, para acender uma vela. Pedi que ele a segurasse com firmeza.

— Se o papel pegar fogo...

Ele agarrou a vela com tanta força que pensei que fosse esmagá-la. Também tive que firmar minhas mãos no momento em que aproximei o papel da chama. Lentamente, passei o papel sobre a vela. Senti o aroma cítrico. Como mágica, marcas marrom-escuras apareceram na página.

↓M08→ 0514202022220720160108042021 0115 vera.baixo

Por um momento, ficamos apenas olhando para o papel. Em seguida, escrevi a chave do código.

A	*B*	*C*	*D*	*E*	*F*	*G*	*H*	*I*	*J*	*K*	*L*	*M*
22	*23*	*24*	*25*	*26*	*01*	*02*	*03*	*04*	*05*	*06*	*07*	*08*

N	*O*	*P*	*Q*	*R*	*S*	*T*	*U*	*V*	*W*	*X*	*Y*	*Z*
09	*10*	*11*	*12*	*13*	*14*	*15*	*16*	*17*	*18*	*19*	*20*	*21*

Traduzimos a mensagem e nos recostamos nas cadeiras.

— O que *isso* quer dizer? — indagou Tom.

CAPÍTULO 13

OLHEI PARA O PAPEL.

— Eu... não sei.

JSYYAALYUFMIYZFT

Tom coçou a cabeça.

— É latim?

— Não pode ser — falei. — Em latim não existe a letra J nem a letra U.

— Talvez seja outro código, como você disse. Talvez esse seja secreto *de verdade*.

Outro código era uma possibilidade.

— Mas como vou decifrá-lo? Onde está a chave?

— Bem, talvez aqueles símbolos do início signifiquem alguma coisa. No início da mensagem.

†Δ

— É uma cruz? — perguntou Tom.

Olhei bem para o símbolo.

— Acho que é uma espada.

— Uma espada? Ah... E está apontando para baixo! — exclamou Tom, indicando o final da segunda linha. — Olhe aqui. Está dizendo "vera.baixo".

Uma espada. Um triângulo. Baixo. Abaixo.

Hugh quarto. Leões e portões. E um monte de letras ilegíveis. A mensagem se resumia a isso.

Eu não estava entendendo *nada*.

Mestre Benedict me ensinara a escrita inversa no primeiro verão que passei com ele. Ele sabia que eu tinha desvendado o código numérico da receita de pólvora. E havia deliberadamente colocado o suco de limão diante do meu nariz. Era óbvio que esperava que eu decifrasse a mensagem, mas agora eu não sabia o que fazer.

Desmontei na cadeira. Tom colocou uma das mãos no meu ombro.

— Não se preocupe. Você vai resolver o código. Mestre Benedict acreditava em você.

Fiquei com vontade de vomitar.

******

Ajudei Tom a esfregar a escada dos fundos antes que seu pai voltasse. Tom tentava conversar, mas eu não conseguia prestar atenção. Estava pensando no que ele havia dito antes.

Quando o Conselho da Guilda dos Boticários me expulsou da botica, eu tive vontade de procurar Hugh imediatamente. A última linha da mensagem de mestre Benedict me fez mudar de ideia.

Não conte a ninguém.

Quando vi pela primeira vez aquela página no livro de registros, pensei que o mestre Benedict tinha escrito a mensagem para revelar quem eram os assassinos. Agora, depois do que Tom e eu havíamos decifrado, eu não tinha mais certeza disso. Havia algo mais escondido naquele código.

Era isso que me intrigava. Os códigos eram feitos para enganar estranhos, exatamente como haviam enganado lorde Ashcombe. Hugh não era um estranho. Fora aprendiz de mestre Benedict. Ele decifraria a mensagem muito mais rápido que eu.

Então, por que meu mestre não dissera para eu ir procurá-lo?

Balancei a cabeça. Hugh não podia fazer parte do Culto do Arcanjo. Ele não era um assassino. Eu tinha certeza. Mestre Benedict teria me advertido.

Mas, por outro lado, talvez ele fosse.

Não conte a ninguém.

Terminei de esfregar a escada e sentei-me num degrau. Eu não tinha escolha. Algo naquela mensagem era mais importante para mestre Benedict do que sua própria vida. Significava tudo para ele. Para decifrá-la, eu precisaria da ajuda de Hugh.

Decidi que não contaria a Hugh sobre a mensagem. Em vez disso, conversaria com ele de forma indireta, talvez mencionando um dos símbolos. Diria que tinha visto num livro ou coisa assim. Eu tinha que correr esse risco. O que quer que fosse aquele "quarto", Hugh Coggshall era a única pessoa que conhecia seu significado.

******

Hugh não possuía uma botica. Quando ainda era aprendiz de mestre Benedict, ele conhecera Nicholas Lange, que na época era aprendiz da Escola Real de Medicina. Segundo o meu mestre, os dois passavam quase tanto tempo juntos quanto Tom e eu. Eles haviam concluído os estudos no mesmo ano e se casado com moças quase idênticas, e ambos se tornaram mestres alguns anos depois. Como médico, o dr. Lange precisava de alguém que manipulasse as receitas de seus pacientes, então contratou seu amigo. Hugh era seu boticário exclusivo. Dessa forma, o dr. Lange podia contar com um boticário confiável, e Hugh, que tinha adorado cada minuto na oficina do meu mestre e odiado cada minuto de atendimento na botica, nunca mais precisaria trabalhar atrás de um balcão.

O dinheiro que Hugh ganhava também não trazia nenhuma tristeza. Sua casa, na Chelsea Street, vizinha da residência de Lange, era pequena, mas muito boa. Era feita de tijolos aparentes e tinha um andar a mais que a maioria das casas das redondezas. Sua oficina funcionava no térreo, e os cômodos da família ficavam nos três andares acima.

Tom e eu chegamos à porta da casa de Hugh, feita de carvalho laqueado e com uma moldura de ferro fundido. Embora estivesse escurecendo, não havia luzes acesas na casa; nem mesmo a lareira.

Tom espiou pela janela.

— Será que ele não está?

Bati à porta. Não houve resposta. Então, bati de novo, mais forte.

Uma porta se abriu, mas não foi aquela na minha frente. Da casa vizinha, surgiu o dr. Lange acompanhado de sua esposa. Os dois usavam roupas elegantes.

— Dr. Lange! — exclamei, correndo para alcançá-lo antes que ele entrasse na carruagem que o esperava em frente à sua casa. — Dr. Lange!

Ele se virou e afastou a longa peruca castanha que cobria seus olhos.

— Sim? Ah, ah... — hesitou ele, tentando lembrar meu nome.

— Christopher Rowe, senhor — respondi. — Aprendiz de Benedict Blackthorn. Nós nos conhecemos no último Natal, quando o senhor esteve na botica dele.

— Sim, é claro — disse ele, franzindo a testa. — Estou feliz por tê-lo encontrado. Você tem visto Hugh?

— Não — respondi, surpreso. — Eu já ia perguntar a mesma coisa ao senhor.

Ele bufou.

— Eu não o vi. Estou furioso, na verdade. Hugh deveria ter vindo jantar conosco no Dia do Pomo de Carvalho, mas nos deixou esperando. Nosso carneiro esfriou — disse ele com uma expressão de quem tinha sido forçado a beber veneno. — E o pior é que eu tinha várias receitas para manipular hoje. Precisei mandar meus pacientes a um boticário idiota em Cornhill. Hugh não está com o mestre Blackthorn?

Era óbvio que o dr. Lange ainda não soubera da notícia. Balancei a cabeça.

— Então o senhor não vê o mestre Hugh desde quinta-feira?

Ele coçou a barba.

— Sim, isso mesmo. Tomamos café da manhã juntos no Dia da Ascensão. Se ele foi visitar a esposa sem me informar, vou dar um belo chute no traseiro dele — disse e apontou um dedo para mim. — E, se você encontrá-lo, dê-lhe esse recado.

******

Na volta para a casa de Tom, eu avançava com passos pesados. Ele não olhava para mim.

— Mestre Hugh não fez isso — falei.

Tom ergueu as mãos.

— Eu não disse nada.

— Posso ler seus pensamentos.

— Está certo. Acredito em você. Mas então onde ele está?

Talvez tivesse acontecido o que o dr. Lange dissera. A mulher de Hugh não suportava o barulho (nem o cheiro) da cidade grande. Ela costumava passar alguns meses com as duas filhas na casa de campo da família. Talvez ele tivesse ido visitá-las. Lembrei a conversa que entreouvira na quinta-feira à noite.

Hugh, preocupado, dissera: "Simon já fugiu da cidade."

Mestre Benedict havia respondido resignado: "Você quer ir embora também?"

E, na sequência, meu mestre fora atacado.

Talvez a situação tivesse exigido demais de Hugh, fazendo-o fugir. Mas por que ele não convencera mestre Benedict a ir embora com ele?

De qualquer forma, mestre Benedict tinha preferido ficar. E não era uma das muitas qualidades dele havia saído de Londres, eu precisava achar outro modo de descobrir o que significava a mensagem do meu mestre.

Chegamos à rua de Tom, mas, em vez de descermos por ela, ele nos conduziu por uma ruela que dava acesso aos fundos da casa. Sua mãe estava à porta, com um saco de pano na mão.

— Você deu a notícia ao mestre Coggshall? — perguntou.

— Ele não estava em casa — respondi.

— Que pena! É sempre melhor receber esse tipo de notícia por amigos — observou, entregando o saco a Tom. — O jantar vai sair em cinco minutos.

Tom impediu que eu a seguisse para dentro da casa.

— Temos que esperar.

— Esperar o quê? — Dentro do saco, havia um pão branco salgado, um pão de centeio e alguns pãezinhos doces. — É isso que vamos comer?

— Não — respondeu Tom, indicando com a cabeça o final da ruela.

Um homem apareceu. A certa distância, ele parecia rico; isso era estranho porque, embora não fosse exatamente ruim, aquela rua também não era o tipo de lugar em que homens ricos optariam por passear. Mas, quando ele chegou mais perto, vi que não era nada do que eu havia imaginado.

Suas roupas já tinham sido boas, mas não eram mais. A peruca era um ninho de rato. O fino casaco de lã estava rasgado e desfiado nas extremidades. A camisa estava tão manchada que era difícil adivinhar a cor original. E a calça de couro de antílope estava tão desgastada que era possível ver seus joelhos.

Era o dr. Parrett. Ele costumava passar na nossa botica. Entretanto, sua casa fora incendiada no último verão. Ele não a tinha reconstruído. Também não havia se mudado. Ainda vivia na casa, sozinho, entre os escombros e as cinzas de sua vida passada.

— Boa noite, dr. Parrett — disse Tom.

— Boa noite, Tom. E para você também... — disse ele inclinando a cabeça, como se tentasse ouvir alguma coisa. — Christopher.

Ele chegou mais perto. Seu corpo estava tão sujo quanto as roupas.

— É bom vê-lo de novo, senhor — falei.

Ele me lançou um olhar triste.

— Lamento muito o que aconteceu com seu mestre, rapaz. Se precisar de alguma coisa, minha casa é sua por quanto tempo quiser. E sei que James adoraria a companhia.

Senti um arrepio na espinha. James, o filho de 12 anos do dr. Parrett, tinha morrido no incêndio.

— O senhor é muito gentil — murmurei.

Tom lhe entregou o saco de pano.

— Aqui está, dr. Parrett. Pão doce e salgado.

— James vai ficar satisfeito. Ele adora pães doces. É difícil fazê-lo comer qualquer outra coisa — disse ele, batendo nos bolsos rasgados. — Eu... receio ter esquecido meu porta-níqueis outra vez. Posso ir e...

— Não se preocupe — disse Tom. — Coloco a despesa na sua conta.

O dr. Parrett pegou o saco com as mãos trêmulas e aninhou-o junto ao peito como se fosse um bebê.

— Obrigado — disse baixinho.

— Vejo o senhor na segunda-feira.

Observamos enquanto ele se afastava. Quando entramos na casa, Tom pousou uma das mãos no meu braço.

— Não conte ao meu pai — pediu.

******

Tom chamou as irmãs. Num segundo, todas as cinco desceram a escada aos trambolhões e sentaram-se à mesa do jantar. Em outras circunstâncias, eu teria me deliciado com o bife grelhado à perfeição com pimenta e sálvia, mas, a cada mordida que eu dava, o pai de Tom comprimia os lábios como se eu estivesse devorando seu futuro. E eu não conseguia parar de pensar no pobre dr. Parrett. Aquilo tinha me assustado. Eu também havia perdido tudo. Será que dali a um ano eu também ficaria como ele? Vivendo entre os escombros da minha própria vida, implorando por migalhas, imaginando que mestre Benedict ainda estava vivo?

Depois do jantar, Tom e eu recebemos a ordem de tirar a mesa e lavar as panelas. Normalmente, as meninas teriam desempenhado essa tarefa, mas o pai de Tom parecia estar disposto a compensar o custo da minha estadia me obrigando a fazer todo tipo de serviço. Livres do trabalho, as meninas decidiram ficar ali pela cozinha e se divertir às nossas custas.

Cecily, que estava felicíssima com essa mudança em sua rotina, decidiu que seria a supervisora das tarefas. Ela dava ordens enquanto trabalhávamos, dizendo que *aquela* panela devia ser mais bem esfregada e que *aquela outra* também merecia o mesmo esforço de limpeza. A rechonchuda e alegre Isabel ficou sentada no balcão, balançando as pernas sob sua anágua laranja e jogando conversa fora, alguma coisa sobre um pato que tinha um carneiro como amigo, sem se preocupar se alguém a ouvia ou não. As outras três, Catherine, Emma e a pequena Molly, encontraram uma bola de lã e começaram um jogo chamado tique-taque. Não sei quais eram as regras, mas elas pareciam marcar um ponto toda vez que a bola atingia Tom ou a mim. E o ponto era duplo se a bola acertasse as nossas cabeças.

Quando Tom e eu terminamos de lavar as panelas, as três meninas mais novas pularam no meu colo, declarando que eu era um prisioneiro e recusando-se a me soltar até que eu pagasse pela minha liberdade com uma história. Então, fomos para o quarto delas, onde os Bailey mantinham seu único livro, um velho e surrado exemplar de *A morte de Arthur.*

Nós nos acomodamos na cama de Cecily enquanto eu abria o livro. Cecily, sentando-se atrás de mim, parecia mais interessada em mexer no meu cabelo do que em ouvir a história. Isabel se divertia passando maquiagem no meu rosto e dando muita risada. As outras três ouviam, com toda a atenção, enquanto eu lia o conto "Rei Arthur e o Gigante do Monte St. Michel". O gigante aterrorizava a região, matando as pessoas e saqueando as mercadorias, até que os habitantes do local pediram ao rei que os salvasse. Molly, a irmã mais nova, com 4 anos, escondeu seu rosto no meu colo no momento em que o gigante devorou doze crianças como frangos no espeto. Ela e a doce Emma se agarraram à minha cintura durante a batalha final, quando os dois rolaram pela encosta da colina até chegarem ao mar, e então o Glorioso Rei da Grã-Bretanha matou o monstro com sua adaga.

Cecily tinha apoiado a cabeça na minha nuca.

— Eu queria que ele estivesse aqui — disse, melancólica.

— O rei Arthur? — indaguei.

— Ahã! — murmurou, pousando o queixo no meu ombro e me abraçando. — Ele poderia deter o Culto do Arcanjo. E eles não teriam machucado o seu mestre — disse com um suspiro. — Mas acho que ele só existe nas histórias.

Ela continuou abraçada a mim enquanto Molly e Emma tentavam avançar para a próxima página do livro, implorando para que eu continuasse a leitura. Tom, que observava tudo do batente da porta, acalmou-as e acomodou-as na cama.

— Chega de brincadeira por hoje. Amanhã vocês podem ouvir outra história.

Tom e eu apagamos as velas e fomos nos sentar na escada dos fundos da casa, que havia sido tão bem lavada por nós dois. Tom me deu um pedaço de pano para que eu limpasse a mancha de maquiagem no rosto. Enquanto eu fazia isso, ele me olhava pelo canto do olho.

— O que foi? — perguntei.

— Você ficou tão quieto.

— Fiquei?

— Ahã — disse ele com um suspiro. — Então, em que tipo de esquema você vai me meter desta vez?

— O que está querendo dizer?

— Já vi essa expressão nos seus olhos antes.

Acho que eu não teria conseguido esconder aquele sentimento. Cecily estava certa. O rei Arthur era apenas um herói das histórias. Ninguém viria me salvar. Mas isso não significava que eu deveria permitir que me tomassem tudo que eu apreciava. Talvez eu não soubesse decifrar o enigma do mestre Benedict, mas sabia o que faria naquela noite.

O Culto do Arcanjo levou o meu mestre. O Conselho da Guilda dos Boticários levou a minha casa. Só uma coisa me restava: meu cubo. E eu morreria antes de permitir que o levassem também.

CAPÍTULO 14

— ISSO É LOUCURA — MURMUROU TOM.

— Você já disse isso — sussurrei.

— E, mesmo assim, aqui estamos nós. Então, se você não se incomoda, isso é loucura.

Ele tinha razão. Andar escondido pelas vielas de Londres à meia-noite não era a melhor ideia do mundo. Na melhor das hipóteses, encontraríamos um bando de bêbados. Na pior, não veríamos o sol nascer. E, se cruzássemos com um policial fazendo a ronda, ele racharia nossa cabeça antes de perguntar o que fazíamos na rua, já que não suporia ser boa coisa.

Não havia lampiões nas ruas. As leis da cidade os proibiam após as nove horas da noite. Era possível contratar meninos para carregar tochas, mas isso obviamente não era uma opção para nós. Em vez disso, avançamos à luz da meia-lua, que envolvia a cidade numa luminosidade embaçada e prateada. Felizmente, a botica não era longe, a apenas três ruas da casa de Tom. Nós nos escondemos atrás da barulhenta carroça dos coletores noturnos de dejetos, corremos por mais uma viela e pulamos uma cerca de pedra para chegar à entrada dos fundos da oficina Blackthorn.

— Como vamos entrar? — indagou Tom. — O Conselho da Guilda não levou a chave?

Eles tinham levado mesmo, mas não sabiam sobre a chave que mestre Benedict mantinha escondida, e eu não havia dito nada sobre onde encontrá-la. Nos fundos da casa, tinha uma coluna de tijolos expostos meio rachada, que subia até a lateral da chaminé. Passei os dedos por ela, tateando. Eu o encontrei do lado esquerdo, riscado à altura dos olhos e camuflado pela aparência natural do tijolo.

♂

Tom inclinou a cabeça.

— Isso aí não é um planeta?

Ele estava certo. Aquele era o símbolo de Marte. Fiquei me perguntando por que mestre Benedict o havia escolhido para indicar o local da chave. Eu ainda estava pensando quando algo bateu as asas freneticamente diante do meu rosto. Dei um salto. Tom soltou um gritinho abafado que eu não imaginava que um garoto do tamanho dele pudesse emitir.

Meu coração voltou ao normal quando percebi que era apenas uma pomba. Ela bateu as asas e pousou perto de mim. À luz da lua, levei uns segundos até reconhecê-la.

— Bridget!

Ela soltou um arrulho.

Eu me ajoelhei e a peguei nas mãos. A pomba se aconchegou entre meus dedos.

— O que você está fazendo aqui fora?

Tom apontou para cima.

— Olhe.

Bem acima de nós, naquela extremidade do telhado, a porta do viveiro de pombos oscilava com a brisa. Soltei um xingamento. O idiota enviado pelo Conselho da Guilda para alimentar os pássaros, fosse quem fosse, não havia fechado a porta ao sair. Todas as aves fugiriam. E, ao ar livre, Bridget poderia ter sido ferida.

Ela estremeceu, assustada com a minha voz alterada. Afaguei suas penas para acalmá-la. Mesmo assim, ainda parecia ofendida.

Tom olhou ao redor, nervoso.

— Não podemos passar a noite toda aqui fora.

Ele estava certo de novo. Acomodei Bridget num braço e puxei o tijolo com o símbolo de Marte. Ele saiu, arranhando a alvenaria. Atrás dele havia um pequeno esconderijo, onde estava a chave de casa.

No entanto, quando cheguei à porta dos fundos, ela já estava aberta. O mesmo idiota que havia soltado as aves não trancara a casa ao sair. Eu já ia começar a xingar outra vez, mas fiquei sem voz ao entrar.

Nossa oficina havia sido saqueada.

Um fogo fraco, que ainda queimava no forno, emitia luz suficiente para que enxergássemos o estrago. Frascos e vasilhas estavam espalhados pelas bancadas. Livros abertos e jogados no chão como se fossem lixo. Os potes de cerâmica estavam revirados e um arco-íris de pós cobria a terra batida. Até mesmo o reservatório de gelo estava aberto e os preciosos cubos, expostos ao calor, derretiam.

Quando Bridget emitiu um grito estrangulado, percebi que a estava sufocando.

Tom puxou minha manga.

— Precisamos sair daqui.

Não consegui. Apesar da insistência de Tom, avancei, tremendo, para o interior da botica. Não esperava coisa boa, mas o que encontrei foi bem pior.

Metade dos potes estava fora das prateleiras, alguns tombados, alguns quebrados, com ervas e pós espalhados por toda parte. Os livros tinham sido rasgados e as páginas cobriam o assoalho como um cobertor de neve manchado de tinta. Nem mesmo os animais empalhados escaparam. Todos foram destruídos, e a palha de seu interior estava espalhada com o resto da bagunça.

Meu corpo tremia. Aqueles monstros! Horríveis! Odiosos! Será que eles iam acabar com tudo o que era importante para mim? Por um momento, senti que ia desmaiar. Mas não quebrei minha promessa. Enxuguei os olhos e refreei meu acesso de fúria, engolindo o ódio.

O cinturão de meu mestre estava num canto, parcialmente coberto por folhas de amora. Deixei a chave sobre o balcão e acomodei Bridget ali também. Peguei o cinturão, que ainda tinha um leve cheiro de incenso egípcio, reavivando mais do que nunca a lembrança do meu mestre. Sacudi as folhas e experimentei colocar o cinturão. Servia perfeitamente.

Eu não tinha voltado lá por causa do cinturão, mas não iria embora sem ele. Não agora. Amarrei-o sobre a camisa. Depois, examinei a bagunça, varrendo os grãos multicoloridos com meus dedos até finalmente enxergar aquilo que me levara à botica, oculto no chão sob um punhado de cinábrio.

Meu cubo. O presente de aniversário que mestre Benedict tinha me dado. Meu.

Eu o segurei, avaliando o peso na palma da mão. Por um breve instante, senti que tudo estava bem de novo.

— Ela pode comer aquilo? — perguntou Tom.

Eu me virei. Bridget, sobre o balcão, estava bicando uma pilha de finos cristais brancos.

— Bridget! Não! — exclamei, correndo na direção dela, que se afastou, batendo as asas.

Coloquei um dedo nos grãos e o encostei na ponta da língua. O sabor era doce. Respirei aliviado ao perceber que era apenas açúcar. Inofensivo, ainda bem. Embora eu soubesse o que mestre Benedict teria dito se me pegasse alimentando uma pomba com seu precioso açúcar.

Foi então que me dei conta. O açúcar *era* valioso.

Açúcar, folhas de amora, salitre, cinábrio... Eram todos ingredientes de botica comercializados por uma fortuna no mercado. Mesmo que os assaltantes não entendessem o valor desses artigos, tínhamos potes de ouro e de prata em pó, itens obviamente desejáveis. Apesar disso, estávamos no meio de um tesouro, espalhado por toda parte como areia.

Então percebi outra coisa. Eram apenas os ingredientes *secos* que estavam jogados pelo chão da botica. Pós, minerais, folhas. Nenhum dos recipientes deixados na prateleira continha algo sólido. E nenhum dos jarros que continham líquidos havia sido tocado.

Livros rasgados. Bichos empalhados abertos. Artigos secos jogados por toda parte.

Quem quer que tivesse invadido a botica, não fora lá para de roubar. Eles estavam *procurando* alguma coisa. Algo específico ocultado por meu mestre. Algo tão valioso que eles estavam dispostos a jogar fora centenas de libras em ingredientes só para encontrá-lo.

E eles podiam ler os rótulos dos recipientes.

Enfiei o cubo no cinturão e apanhei Bridget.

— Precisamos ir embora.

Tom parecia exasperado.

— Foi o que *eu* falei — disse ele, praticamente correndo em direção à porta da oficina. Eu fui atrás, mas então bati contra suas costas.

Bridget grasnou e agitou as asas. Dei um passo para trás. Tom estava paralisado.

— O que é que você... — Parei de falar quando Tom ergueu a mão e arregalou os olhos.

Então eu também ouvi.

CAPÍTULO 15

UM LEVE RANGIDO VINDO DA ESCADA QUE levava ao segundo andar. Um passo na terra. Uma voz baixa.

— Quem está aí?

Puxei a camisa de Tom. Nós nos escondemos sob a outra bancada de trabalho, que ficava mais distante da luz da lareira.

Ouvi passos em direção à porta, lentos e cautelosos.

— Mestre? É o senhor?

Mais um passo à frente. Consegui ver uma bota coberta de lama e de finos grãos brancos, com um pedaço de pergaminho grudado no salto. A perna da calça, feita de lã cinzenta, estava enfiada no cano da bota.

Ele chegou mais perto e finalmente pude ver seu rosto. A luz estava fraca, mas foi suficiente para que eu pudesse reconhecê-lo. Olhos próximos um do outro, testa inclinada, cabelo ruivo, músculos. Cerca de 16 anos de idade. Desta vez, sem avental azul.

Era o aprendiz, aquele que estivera na botica naquela manhã. Aquele que bloqueara metade da janela, aquele que tinha rido quando meu mestre me bateu.

Encostei-me ainda mais nas pernas da mesa. Rezei para que o fato de mal conseguir ver Tom morrendo de medo na outra extremidade da bancada de trabalho significasse que ainda estávamos na sombra. Também rezei para que Bridget não emitisse nenhum som. Trêmula, ela se acomodou contra meu corpo. Fiquei me perguntando se ela conseguia sentir o cheiro do meu pavor.

Outra voz soou, um sussurro vindo da oficina.

— Wat? Onde você está?

— Aqui dentro — respondeu o aprendiz.

O segundo homem entrou na botica.

— Você deixou a porta dos fundos abert... — Ele levou um susto e perdeu a voz.

Eu conhecia aquela voz. E a conhecia muito bem. Eu o reconheci antes mesmo de vê-lo.

Era Nathaniel Stubb.

Ele bufou, consternado diante da bagunça.

— Wat! O que diabos você fez aqui?!

— Fiz o que me mandaram fazer — respondeu Wat num tom irritado. — Vim procurar o maldito fogo.

Stubb deu um tapa forte na orelha de Wat.

— Você entende quanto vale tudo isso? — perguntou ele, com os olhos arregalados. — Aquilo ali é *açafrão?* Seu imbecil!

Stubb foi cambaleando até a extremidade do balcão e tentou separar os grãos dourados de açafrão do cinábrio vermelho com o qual se misturara. Ele não viu o olhar que Wat lhe lançou. Nem o modo como os dedos do rapaz agarraram o cabo da faca longa e curvada que trazia presa ao cinto.

— Você encontrou alguma coisa pelo menos? — indagou Stubb. — Ou destruiu a botica por destruir?

Wat respondeu entre os dentes:

— Não está aqui.

— Tem que estar aqui. Se você não tivesse matado Benedict tão depressa, ele teria revelado.

Suas palavras penetraram no meu coração como uma lança. Parte de mim já sabia que Stubb estava envolvido de alguma forma com a morte do meu mestre. Mesmo assim, ouvir aquilo doeu de qualquer forma.

— Não foi culpa minha! — afirmou Wat, taciturno. — Ele se envenenou antes que eu pudesse arrancar qualquer informação.

— Só porque você se traiu.

— Eu não me traí!

Stubb lançou-lhe um olhar irônico.

— Ah, é mesmo? Tenho certeza de que o mestre Benedict Blackthorn comeu estramônio por acidente!

O estramônio. Eu nunca mais pensara nele. Lembrei-me de ter visto as sementes pretas, no formato de feijões, espalhadas em torno do pote de vidro na oficina logo antes de encontrar o cadáver do meu mestre. Eu havia pensado que talvez o Culto do Arcanjo tivesse roubado as sementes para usá-las contra inimigos futuros, mas mestre Benedict havia envenenado *a si mesmo.*

Minha mente tinha virado um turbilhão. Por que ele fez isso? Para escapar da tortura que Wat lhe infligiria, como fizera com as outras vítimas do Culto do Arcanjo? Ou era mais que isso? Wat havia arrasado a botica do meu mestre em busca de alguma coisa. Será que mestre Benedict se envenenara para não dizer ao rapaz onde essa coisa estava?

Pensei na mensagem oculta que meu mestre havia deixado para mim no livro de registros. Eu tinha guardado a página na casa de Tom, enfiada embaixo do colchão da cama dele. Ocorreu-me que talvez fosse a melhor ideia que tive naquele dia, porque, independentemente do que eles estivessem procurando, o segredo para encontrá-lo havia sido transmitido a *mim*.

Foi como se Stubb tivesse ouvido meus pensamentos.

— Por que você não ficou para interrogar o aprendiz? — perguntou. Meu coração congelou.

Wat cruzou os braços.

— Ele não sabe de nada. Blackthorn o odiava. Não ensinaria a ele nem como limpar o próprio traseiro.

Na escuridão da botica, toquei o meu rosto. *Você é um inútil,* dissera mestre Benedict antes de bater em mim. Então ele sabia durante todo aquele tempo que Wat estava ali para matá-lo.

Mestre Benedict havia me batido na frente do aprendiz para me *salvar*, para desviar o rapaz do meu caminho. A lembrança cruel se evaporou, deixando em seu lugar um vazio doloroso. *Ah, mestre,* gritei por dentro. *Por que o senhor ficou quando sabia que iriam matá-lo? Por que não veio comigo? Por que não pegou minha mão e correu?*

— Não me interessa se Benedict gostava ou não do aprendiz — disse Stubb. — O menino pode ter visto alguma coisa, pode ter ouvido ou lido alguma coisa. Procure-o para interrogá-lo. Depois livre-se dele da mesma forma que fez com os outros, saiba ele ou não sobre o fogo. Não podemos correr o risco de mantê-lo vivo.

Parecia que todo o meu corpo tinha virado gelo. Acho que Tom também parou de respirar.

Wat encolheu os ombros.

— Está bem — disse, preparando-se para sair.

— Não agora, seu idiota — disse Stubb. — Como você vai descobrir agora, no meio da noite, para onde ele foi? Faça isso amanhã. Termine de revistar os livros.

Wat não gostou e fez uma carranca.

— O senhor tem ideia de quantos livros aquele velho tinha?

Stubb levantou a mão para bater no rapaz.

— Olhe como fala!

Os dois se encararam. Por um momento, tive certeza de que Wat puxaria a faca. Em vez disso, ele esticou o braço lentamente e pegou no chão um volume com capa de couro. Ele o jogou sobre o balcão, levantando no ar uma nuvem de pó alaranjado. Stubb tossiu. Wat sorriu com malícia e começou a folhear o livro.

Stubb voltou ao açafrão, tentando recuperar o que pudesse da especiaria. Os dois estavam de costas para nós, mas aquela situação não duraria para sempre.

Precisávamos sair dali. Sem demora.

Stubb estava bloqueando a porta que levava à oficina. A porta da entrada da botica, que ficava atrás de mim, estava fechada. Talvez eu pudesse retirar o ferrolho e destrancar a porta enquanto eles estivessem olhando para o outro lado. Quase saí de baixo da bancada, mas percebi a tempo que tinha cometido um erro terrível.

A chave. Eu tinha deixado a chave da botica sobre o balcão.

Ela ainda estava lá, um objeto cinzento sobre um monte de açúcar. Xinguei por dentro. Talvez eu conseguisse me arrastar até o outro lado do cômodo sem ser visto, mas era impossível chegar ao balcão sem que ninguém percebesse.

Só restava uma saída.

Eu precisava tirar Stubb de perto da porta da oficina.

Tentei pensar num plano. Um canto do cubo que eu guardara no cinturão do mestre Benedict cutucava minha barriga. Mudei de posição para não sentir mais esse incômodo. Do lado oposto da bancada de trabalho, Tom se encolheu ainda mais. Ele parecia tão amedrontado que achei que iria chorar. Eu sabia exatamente como ele se sentia.

Foi olhando para Tom que tive a ideia.

Entreguei Bridget a ele. Com os dedos trêmulos, ele a recolheu em suas mãos enormes e gentis e aproximou-a do corpo. Tom arregalou os olhos quando saí dali me arrastando.

Dei a volta na mesa, mantendo a madeira entre mim e os intrusos. Eu precisaria atravessar uma parte desprotegida no meio da sala, mas alimentava a esperança de que eles não me vissem se me mantivesse na sombra.

Arrastei-me até a outra mesa, que ficava perto da lareira. Meu coração estava disparado. Tateei o cinturão do meu mestre. Felizmente, Wat não tinha quebrado os frascos que estavam nele quando o jogara no chão. Tive que tirar metade dos recipientes de seus lugares e ler os rótulos antes de encontrar os três materiais que estava procurando.

Enxofre. Carvão. Salitre.

A inspeção dos livros feita por Wat havia espalhado papéis rasgados por todo o cômodo. Eu poderia me aproveitar disso. Em silêncio, tirei as rolhas dos frascos e esvaziei os conteúdos sobre uma das páginas. Meus dedos misturaram a pólvora da melhor maneira possível. Sem o pilão, o resultado não seria tão bom quanto no caso do canhão. Rezei para que mesmo assim meu plano desse certo.

Estando tão próximo do fogo, eu só teria alguns segundos para fazer tudo. Coloquei o papel com a pólvora perto da lareira e uma segunda folha por cima, cuidando para que um canto tocasse a pólvora e o outro encostasse na chama.

O papel pegou fogo no mesmo instante e se encrespou mais rápido do que eu esperava. Arrastei-me para o espaço descoberto e mergulhei de volta sob a bancada onde Tom e Bridget estavam escondidos.

Stubb se virou e franziu os olhos.

— O que foi iss...

De repente, a lareira se iluminou com um clarão. Ouviu-se um chiado terrível e, em seguida, houve uma explosão e páginas incendiadas começaram a esvoaçar pelo cômodo.

— Fogo! — gritou Stubb. — Apague! Apague!

Num movimento frenético, ele olhou para a prateleira atrás do balcão em busca de água. Em meio à fumaça, Wat correu até a lareira e pisou com força sobre o fogo, tentando evitar que os papéis em chamas se espalhassem por todos os lados.

Peguei Tom pelo colarinho e o puxei. Saímos correndo dali.

******

Tom correu pela noite londrina, segurando com força a pobre Bridget, que estava tomada pelo pânico. Eu fui atrás dele, virando-me a cada esquina para ver se alguém nos seguia.

Eles não nos viram ou nós os despistamos, porque conseguimos chegar à ruela nos fundos da casa de Tom sem sinal de Wat ou Nathaniel Stubb. Quase nos esmagamos para passar pela porta dos fundos ao mesmo tempo (ou, para ser mais preciso, ele quase me esmagou). Passei o ferrolho e me inclinei sobre a mesa, ofegante. Tom se apoiou contra a parede e foi escorregando até o chão, tentando recuperar o fôlego.

A pobre Bridget se debatia nas mãos dele. Tive que pegá-la e encostá-la no meu rosto até que ela se acalmasse. Aquela pomba era realmente forte, porque se acalmou muito mais rápido que nós.

Fui até a janela. Tentei enxergar algum clarão, fumaça ou qualquer coisa que indicasse que a pólvora que eu explodira tivesse provocado um incêndio que destruíra minha própria casa. Mas não vi nada, e sabia que haveria um grande alarde se a botica tivesse pegado fogo. Mesmo assim, continuei observando e aguardando.

Tom também estava olhando na mesma direção, ao meu lado, com um braço sobre meu ombro.

— Estamos a salvo? — perguntou ele.

Aquilo eu não sabia responder.

DOMINGO, 31 DE MAIO DE 1665

Dia da Visitação de Maria

CAPÍTULO 16

EU NÃO CONSEGUIA DORMIR.

Não era só porque o chão do quarto de Tom era uma floresta de farpas. Também não era o medo que ainda sentia. Tom ficara tão amedrontado quanto eu, mas, mesmo assim, dez minutos após sua cabeça tocar o travesseiro, ele já estava roncando mais alto que as rodas de uma carroça batendo nas ruas de pedras.

Eu não conseguia dormir porque sabia quem tinha matado o meu mestre. Não podia dormir porque os assassinos dele viriam atrás de mim. E não sabia o que fazer.

Tive vontade de procurar lorde Ashcombe e contar o que eu testemunhara. Mas não podia. Mesmo que ele acreditasse em mim, e o guardião não parecia ser uma pessoa que confiava nas outras, eu não tinha nenhuma prova de que Stubb e Wat haviam matado meu mestre. Seria minha palavra contra a palavra de Stubb, e eu não era tão idiota a ponto de não saber como essa história terminaria. Ele era o mestre, e eu, o aprendiz. Ninguém me daria ouvidos.

Tom poderia confirmar meu depoimento, é claro, mas não seria levado mais a sério que eu. Além disso, tínhamos cometido um crime grave. Invadir uma casa (mesmo que fosse a *minha* casa) era uma coisa muito séria. Levar o cubo e o cinturão de boticário — que agora estavam escondidos sob a cama de Tom junto com a página arrancada do livro de registros — era roubo. A pena por roubar qualquer um dos dois itens era a morte. Nós dois acabaríamos pendurados na forca, independente de o Culto do Arcanjo existir ou não.

A porta do quarto de Tom se abriu, emitindo um rangido. Sua irmã mais nova, Molly, descalça, se encolheu no chão e se aconchegou a mim, abraçada ao seu cobertor preferido. Fiquei ouvindo a respiração dela enquanto pensava sobre o que havia acontecido. Para ver Stubb e seu aprendiz enforcados por seus crimes, eu precisaria me apresentar a lorde Ashcombe com evidências convincentes ou ter o apoio de alguém mais importante que Stubb. Alguém respeitado, acima dos homens comuns. Eu não sabia como encontrar a primeira pessoa, mas a segunda talvez eu conhecesse.

******

Desvencilhei-me dos braços de Molly e saí da casa sem fazer barulho. Já estava amanhecendo. Na maioria dos dias, a rua estaria movimentada, com lojistas a caminho do trabalho, vendedores anunciando mercadorias e cocheiros xingando pedestres, mas era domingo, o dia do Senhor, dedicado ao descanso. Embora houvesse um ou outro para me saudar com um bom-dia, a cidade estava vazia.

Mesmo assim, eu não me sentia seguro. Por um lado,

ruas vazias tornavam mais fácil encontrar Stubb ou Wat, qualquer um que tivesse saído à minha procura. Por outro lado, havia menos testemunhas para espantar os potenciais sequestradores. O melhor que eu podia fazer era ficar o mais distante possível das ruas próximas da botica de Stubb. Esperava que estivessem cansados depois de passarem a noite revistando nossa botica e precisassem dormir até mais tarde.

Eu havia levado comigo o cinturão do meu mestre, atado sob a camisa para que ninguém o visse. Também carregava a página do livro de registros e meu cubo, que fazia volume no bolso. Quem eu realmente gostaria que estivesse comigo era Tom. E Bridget. Fui obrigado a soltá-la antes de irmos dormir, já que o pai de Tom faria uma torta com ela se encontrasse uma ave dentro de casa. Bridget voara para a noite, na direção da lua brilhante, antes de desaparecer atrás de um telhado longínquo. Fiquei olhando para os céus à procura dela enquanto caminhava, desejando que retornasse.

Demorei algum tempo para chegar aonde desejava. Eu sabia que a casa que estava procurando ficava em Cornhill, mas não tinha certeza de onde era. Pedi informações a um homem que passava por ali, em roupas esfarrapadas e com um saco engordurado pendurado no ombro. Ele me indicou a esquina. Chegando lá, bati à porta da casa do grão-mestre dos boticários, sir Edward Thorpe.

— Ele não pode atender — disse a serviçal desengonçada que me atendeu.

— Quando posso falar com ele?

Ela me olhou de cima a baixo. Seu olhar dizia “Nunca!”.

Eu não tivera a chance de me limpar depois da noite anterior e devia estar parecendo um mendigo.

— Por favor, moça... É um assunto importante da guilda. Sou aprendiz.

Ela franziu os lábios, mas me deu uma resposta:

— Ele foi para a sede.

— Num domingo? — perguntei, surpreso.

Ela encolheu os ombros.

— Não tenho nada com os assuntos dele.

Fui embora antes que ela batesse a porta na minha cara.

******

Em três anos, eu jamais voltara à sede da Guilda dos Boticários. Depois de ter sido aprovado no exame de admissão, mestre Benedict me levara para minha nova casa, e nenhum de nós voltou lá. Aquilo não era estranho para alguém como eu. Aprendizes ainda não eram membros da guilda, de modo que não havia nada para um aprendiz fazer ali, a não ser receber alguma punição ou trabalhar no laboratório. Mesmo assim, eu ficava pensando no meu mestre. Ele não tinha muitos amigos. Hugh era o único que costumava ir até nossa casa. É claro que havia o livreiro Isaac, mas eu nunca o conhecera pessoalmente. Nem saberia de sua existência se não fosse pelas pilhas de livros crescendo como pés de milho lá em casa. Uma vez, eu havia perguntado ao mestre Benedict por que ele nunca ia à sede.

— Não gosto de política — respondeu.

Enquanto caminhava até lá, perguntei-me se não era na verdade o fedor que o afastava. A sede ficava perto do Tâmisa, na Blackfriars Lane. O rio exalava um odor horroroso, especialmente na maré baixa, quando a lama nas margens tinha um cheiro de... bem, um cheiro podre. O odor nas ruas não era melhor, sufocadas como estavam pelos frequentadores do teatro ali perto, onde atores, escritores e outros integrantes das castas inferiores saíam bêbados das portas escuras para se aliviar, emporcalhando as sarjetas.

Mas a sede era impressionante. Já havia sido um monastério, casa dos frades beneditinos, ou "black friars", que deram nome à rua. E parecia isso mesmo, com escuras paredes de tijolos que subiam por três andares. Na primeira vez em que estivera ali, fiquei parado do lado de fora examinando as janelas altas e estreitas, observando os homens indo e vindo, imaginando a vida que eles levavam (e esperando que logo aquela fosse a minha vida também). Eu havia analisado os rostos, pensando em quem seria meu novo mestre, torcendo para que fosse esse ou para que não fosse aquele, sem ter outro motivo além de simpatizar com sua aparência. Lembrei-me de quando conheci mestre Benedict, ainda entusiasmado por ter passado no teste. Ele estendera a mão e, como se eu fosse uma pessoa de verdade, dissera:

— Prazer em conhecê-lo, Christopher Rowe.

E aquela porta... Daquela vez, a entrada da sede me deixara nervoso. Era uma porta grandiosa, de carvalho, que tinha o dobro da minha altura, ladeada por dois pilares e com um arco no topo, que dizia VENERÁVEL SOCIEDADE DOS BOTICÁRIOS, e o escudo azul do emblema da guilda em cima. No escudo estava Apolo, deus grego da cura, pisando o negro dragão alado da doença e apoiado sobre dois unicórnios dourados. Um pergaminho se abria abaixo dele, trazendo o lema dos boticários: *OPIFERQUE PER ORBEM DICOR*, que significa "Em todo o mundo, chamam-me de aquele que traz socorro".

Dessa vez, a enorme porta estava fechada. Bati com o punho cerrado.

Um minuto se passou antes que fosse aberta com um rangido. Um jovem com olhos cinzentos enfiou a cabeça pela abertura e disse:

— A sede da guilda fica fechada aos domingos. Candidatos a aprendizes devem fazer a inscrição durante a semana. — Ele começou a fechar a porta.

— Espere! Já sou aprendiz. Preciso falar com o grão-mestre Thorpe.

— Volte amanhã. Ele o atenderá.

— É sobre a morte de Benedict Blackthorn.

O rapaz me olhou de cima a baixo. Mais uma vez, desejei estar um pouco mais limpo.

— Um momento — disse ele, fechando a porta.

Passaram-se vários minutos antes que ele voltasse.

— Venha comigo.

Ele me levou por um corredor com arcos até um pátio aberto e pavimentado com pedras. No centro ficava o poço que fornecia água para os laboratórios e oficinas da guilda. Em toda a volta, encostados em paredes recém-pintadas num tom ocre, havia bancos de ferro. As janelas das oficinas dos andares superiores se abriam para o pátio. Todas pareciam vazias, o que era normal num domingo.

Uma escada levava à ala sul à direita. Ela conduzia às salas dos mestres e ao Grande Salão, onde eu havia feito meu teste. A porta para os laboratórios estava à nossa frente.

Por um momento, pensei que o rapaz estava me levando para lá, mas ele virou à esquerda no final do pátio e fomos na direção norte, entrando numa câmara onde havia uma porta para as salas dos escreventes e um par de cadeiras simples.

Ele apontou para uma das cadeiras.

— Logo alguém virá ver você.

Esperei.

******

Uma mão me chacoalhou para me acordar.

Abri os olhos e pisquei. Com os olhos embaçados, vi a cabeça raspada de Oswyn Colthurst olhando para mim.

— Você está babando — disse ele.

— Desculpe-me — respondi, limpando a boca na manga da camisa, que ainda cheirava a pólvora.

Oswyn cruzou os braços.

— Se me lembro, Christopher, você deveria vir aqui na segunda-feira. Sabe que dia é hoje?

Levantei-me.

— Peço desculpas, mestre Colthurst, mas preciso falar com o grão-mestre imediatamente.

Oswyn conseguiu me olhar com o semblante ao mesmo tempo irritado e divertido diante de tanta presunção.

— Você deve ter enlouquecido o pobre Benedict — disse, passando a mão na cabeça. — Sir Edward não está aqui.

— Mas me disseram que ele veio para a sede.

— Ele saiu faz uma hora. Foi à igreja. Espero que volte essa tarde. E que você volte *amanhã* — disse, colocando uma das mãos no meu ombro, com gentileza e firmeza, e começando a me conduzir para fora.

— Espere, mestre, por favor — pedi. — É sobre o assassinato do mestre Benedict. Eu sei quem o matou.

— Todos sabem quem o matou — disse Oswyn. — O Culto do Arcanjo.

— Sim, mestre, mas quis dizer que sei *quem* o matou.

Ele parou, surpreso.

— Continue.

— Foi Nathaniel Stubb.

Oswyn ficou parado, com o queixo caído. Depois, ele me puxou pela orelha, torceu-a e abriu a porta para as salas dos escreventes com a minha cabeça.

CAPÍTULO 17

OSWYN APARENTEMENTE ACHOU QUE MEU crânio fizera um bom trabalho ao abrir a primeira porta, pois o usou outra vez na porta seguinte. Ele me arrastou por um corredor estreito e me jogou num escritório vazio. Caí sobre a mesa, derrubando um peso para papéis feito de cerâmica e no formato de um ganso.

— Você enlouqueceu? — perguntou. — Stubb é um *mestre*. Se ouvisse você, ele o expulsaria da guilda. E lhe daria uma surra de chicote. Eu mesmo deveria fazer isso!

Pus a mão na testa. Carvalho dói muito.

— Mas é verdade.

Tive medo de que, dessa vez, Oswyn quisesse usar minha cabeça para abrir a janela, mas ele apenas bufou e disse:

— Ridículo! Nathaniel Stubb pode ser traiçoeiro, mas não é um assassino. Ele não tem coragem para isso.

— Ele não matou com as próprias mãos — expliquei. — Foi seu aprendiz.

Oswyn ficou espantado.

— O aprendiz?

— Ele estava na botica logo antes do assassinato do mestre Benedict. Seu nome é Wat — falei, em seguida descrevendo o rapaz.

Oswyn franziu a testa.

— Esse não é o aprendiz de Stubb.

— Mas ele chamava Stubb de "mestre" e usava um avental azul.

— "Mestre" é um título comum. E qualquer pessoa pode usar um avental azul.

— Mas...

— Nathaniel Stubb tem dois aprendizes. — Oswyn já estava irritado. — Edgar Raleigh e Adam Horwath. Edgar também tem 16 anos, mas seu cabelo é preto, e não ruivo, e "musculoso" não é um termo que alguém usaria para descrevê-lo. Adam é um ano mais novo que você e meio palmo mais baixo. Stubb não tem mais nenhum aprendiz. Tenho certeza porque, como você bem sabe, apliquei todos os exames de admissão dos aprendizes nos últimos dez anos. Quem falou essa besteira para você?

— Eu ouvi uma conversa entre os dois — falei. — Ontem à noite na botica do meu mestre.

— O que você estava fazendo na botica de seu mestre?!

Meu rosto ferveu. Tentei não olhar para o volume que o cubo formava no meu bolso ou para o cinturão de boticário sob a camisa, que também produzia um bom volume. Não adiantou nada.

— Você foi buscar o cubo, não foi? — perguntou.

Respondi com um olhar culpado. Oswyn suspirou.

— Ah, Christopher! O que vou fazer com você? — disse ele, fazendo um gesto para que eu me sentasse. — Tudo bem, pode me contar o que aconteceu.

Descrevi como encontrei nossa botica completamente revirada. Ele não se importou com as aves que escaparam, mas se interessou pela conversa que entreouvi.

Oswyn ficou chocado.

— Por que Nathaniel mataria Benedict? As coisas andavam tão ruins assim entre eles?

— Ele estava procurando alguma coisa — respondi. — Wat chamava essa coisa de "fogo".

— Fogo? Será um dos remédios do seu mestre?

— Não sei — respondi. — Ele nunca mencionou isso.

Oswyn continuava confuso.

— Existe o fogo *grego*, mas qualquer boticário sabe a receita — observou, batendo a mão no queixo. Depois, ele franziu a testa. — Hum...

— Mestre?

— O testamento de Benedict sumiu — disse Oswyn. — Um testamento novo que ele registrou três meses atrás. Alguém o levou do cofre.

Mais um ultraje.

— Por que eles fariam isso?

— Acho que não gostaram do que estava escrito.

— Mas, então, o que vai acontecer com a botica? — perguntei. *Nossa* botica!

— Benedict comprou a propriedade há uns trinta anos. Sem testamento e sem família para reivindicá-la, a botica voltará para a guilda. As solicitações que Stubb faz, sobre ter direito aos artigos, provavelmente serão rejeitadas, mas ele era o concorrente mais próximo de Benedict e tem ouro mais que suficiente para comprá-la. Se ele quiser, conseguirá obtê-la.

Fiquei enjoado.

— Stubb só se preocupa com dinheiro — disse Oswyn. — Você tem certeza de que ele não estava procurando dinheiro? Alguma quantia que seu mestre mantinha escondida? — Fiz que não com a cabeça. — Então devemos considerar que esse foi mais um ataque do Culto do Arcanjo.

— Mestre Benedict me contou que esse culto não existe, mas ele existe, não é?

— Ah, sim! Embora, Stubb, no Culto do Arcanjo... — disse Oswyn, piscando. — Não posso nem imaginar uma coisa dessas.

— Por que eles estão fazendo isso? O que eles querem?

Ele deu de ombros.

— Querem o mesmo que todo mundo quer. Poder.

— Não entendo.

Oswyn se endireitou na cadeira.

— Diga-me, de onde vem o poder de cura de nossos remédios?

Eu me senti como se tivesse 11 anos outra vez, suando durante o exame de admissão da Guilda dos Boticários.

— De Deus.

— Certo — disse Oswyn. — As ervas, os óleos e os unguentos que manipulamos não têm poder próprio. Eles são apenas um canal pelo qual as santas bênçãos de Deus podem agir. Nossos remédios, embora milagrosos, são apenas retirados das verdades que Deus deu aos homens. Existem outras verdades, verdades maiores, que Nosso Senhor reserva apenas para seu exército celeste. E essas maravilhas, Christopher, fariam nossos milagres terrenos se esconderem de tanta vergonha. É isso que o Culto do Arcanjo está procurando: o poder de Deus. E o que quer que seja esse "fogo", está claro que eles acreditam que é a chave para desvendá-lo. — Ele apertou os olhos. — Então, é *por isso* que o Culto do Arcanjo está torturando suas vítimas. Não submetem as pessoas a sacrifícios, mas a interrogatórios. Devem achar que esses homens sabem onde está o tal fogo.

— Mas o que eles farão se o encontrarem?

— O que qualquer um com poder nas mãos faz: moldar o mundo segundo sua própria vontade.

Moldar o mundo, pensei. Lembrei-me do louco que vi na rua no Dia do Pomo de Carvalho. *O Culto do Arcanjo saiu à caça. A quem eles perseguem?*

Lembrei-me também de lorde Ashcombe interrogando-me na botica. *E o que mestre Benedict achava de Sua Majestade?*

De repente, eu entendi.

— Rei Charles... — murmurei. — Eles estão tentando derrubar o rei.

Oswyn fez um gesto com a cabeça, confirmando o que falei.

— Sempre existiu uma luta pela Coroa e, como você sabe, nos últimos tempos essa luta tem sido bastante acirrada. Matando o rei e forçando o Parlamento a aceitar o que eles impõem, a Inglaterra será deles — explicou o mestre com um suspiro. — Na verdade, não é tão difícil entender. Você e eu podemos ser leais, Christopher, mas essa nação não é nenhum paraíso. Seu mestre era um homem bom, sem nenhuma paciência para nobres conspiradores, e assim você foi protegido dos piores entre eles. Mas você não imagina a corrupção que existe entre as classes dominantes. Até mesmo nossa guilda, que supostamente deve se concentrar no conhecimento e na cura, não está livre disso. Não me surpreende esses homens pensarem que podem fazer melhor. — Ele arqueou uma sobrancelha. — E, muitas vezes, são eles que professam sua lealdade com mais ênfase.

Pensei no mestre Benedict. Ele era fiel a Deus e buscava as verdades mais profundas, mas nunca quisera poder, nunca quisera estar acima dos outros. Ele amava o conhecimento por si só.

Senti saudade dele.

— Independentemente de tudo isso, temos questões mais urgentes — disse Oswyn. — Precisamos de alguém que possa confirmar sua história.

Eu não podia mencionar Tom a Oswyn. Ele se tornaria um alvo do Culto do Arcanjo tanto quanto eu. E isso não ajudaria em nada. Oswyn precisava de uma testemunha adulta, e não um aprendiz de padeiro.

— Eu estava sozinho — respondi.

Oswyn contraiu os lábios.

— Então temos um problema. Quando nos conhecemos, mencionei que a guilda precisava de homens de origem humilde. Nem todos concordam com isso. O grão-mestre é um homem honesto, mas é um pouco cego para a verdadeira face de alguns membros. Além disso, existe a vergonha que uma descoberta como essa vai trazer. Ele simplesmente não vai querer acreditar que um boticário faz parte do Culto do Arcanjo. E você já está pendurado pelo pescoço. Sir Edward *não* gostou nada quando você falou sem permissão ontem. E xingar um mestre foi pior ainda. Valentine acha que você deve ser chicoteado — disse ele, olhando para mim com cautela. — Por favor, diga-me que você não sujou ainda mais o nome de Stubb.

Não. *Depois* daquele encontro, eu não dissera mais nada.

— Não, mestre. Eu garanto.

— Então ainda podemos resolver a situação — disse ele, levantando-se. — Vou mandar alguém para vistoriar a botica de Benedict. E vou falar com sir Edward hoje à tarde, sem Valentine por perto. Mais ou menos às quatro horas. Se o Culto do Arcanjo está realmente atrás de você, é melhor sumir das ruas até lá. Você pode se esconder aqui — sugeriu ele, apontando um dedo na minha direção. — Eu disse *aqui*, Christopher, nesta sala. Não ande pelo pátio. Se Stubb está atrás de você, ele pode muito bem vir procurá-lo na sede.

Engoli em seco. Isso nem havia passado pela minha cabeça.

— Sim, mestre.

— Depois que eu falar com o grão-mestre, vou pedir que você conte sua versão da história para ele. Seja breve. Seja respeitoso. Não diga nada que não seja a verdade pura e simples. E, pelo amor de nosso Santo Salvador, controle seu temperamento dessa vez, entendeu?

— Sim, mestre.

Ele se virou para sair, mas parou de repente, estreitando os olhos.

— Se você estiver mentindo para mim, menino...

Levantei a mão.

— Eu juro, mestre Colthurst. Tudo o que eu disse é a mais absoluta verdade.

Está bem. Com *uma* mentirinha só.

CAPÍTULO 18

PARA FALAR A VERDADE, DUAS.

Enfiando a cabeça pela porta, vi Oswyn se afastar. Ele parou nos degraus do pátio para falar com o escrevente que me deixara entrar. O homem concordou com um gesto de cabeça e subiu a escada. Oswyn saiu pela entrada principal. Esperei até quanto pude aguentar (o que nem chegou a um minuto) e corri atrás dele na direção da rua.

Ignorei o que havia prometido ao mestre. As ruas podiam não ser seguras, mas a sede parecia ainda pior. Eu não acreditava que tinha ido até lá sem perceber que Stubb podia aparecer por ali mesmo num domingo. *Ele também é um boticário*, pensei, xingando a mim mesmo. *Tem mais direito de estar na sede do que você.*

Além disso, ainda era manhã. Eu tinha pelo menos seis horas antes de me encontrar com sir Edward. E também tinha um trabalho a fazer.

******

Os Baileys me encontraram na porta da casa quando voltaram da igreja. As meninas ficaram felizes em me ver, e as mais novas rodopiaram para exibir seus vestidos de domingo, mas a mãe de Tom não estava nada satisfeita.

— Não sei em que seu mestre estava metido, Christopher, mas, se você vai ficar nessa casa, terá que ir à missa como um bom cristão.

— Desculpe-me, sra. Bailey — respondi. — Precisei encontrar os mestres na sede da guilda. Vou à missa ao meio-dia na Igreja de São Pedro. Tom poderia vir comigo?

Ela ficou satisfeita com a ideia.

— É claro! Uma segunda dose da sabedoria de Deus vai fazer bem a ele.

Tom franziu a testa. Quando ficamos sozinhos, ele disse:

— Não quero uma segunda dose de sabedoria. O reverendo Stills é tão *chato*.

— A gente não vai à missa — expliquei, pedindo desculpas em silêncio, na esperança de que o Senhor entendesse. — Vamos voltar à casa do mestre Hugh.

******

A casa ainda estava fechada e trancada como no dia anterior. Eu tinha uma esperança de que ele houvesse voltado, mas na verdade não achava que isso aconteceria.

— Então, por que estamos aqui? — perguntou Tom.

— Precisamos revistar a casa dele — respondi.

— Mas não há ninguém... — Ele parou e cruzou os braços. — Christopher, a gente *não vai* arrombar a porta.

— Seria arrombar se tivéssemos a chave?

— Seria, sim! — exclamou Tom, franzindo a testa. — Espere aí! Como temos a chave?

Não tínhamos a chave, mas estávamos prestes a tê-la. Eu o levei até os fundos, onde os tijolos da chaminé também cobriam a lateral da casa. Examinei a parede, passando meus dedos lentamente pelos tijolos até encontrar algo.

Exatamente como meu mestre fazia. Peguei a chave que estava atrás do tijolo e mostrei-a a Tom, triunfante.

Ele não pareceu nem um pouco satisfeito.

— E se mestre Hugh voltar para casa? — perguntou.

— Acho que ele saiu da cidade.

— Você acha? E se ele... — Tom hesitou, arregalando os olhos. — Ah, não. Não, não. Não, não, não.

— Acalme-se — falei. — Ele não está aqui. Tenho certeza.

Bem, eu tinha *quase* certeza. Era possível que Hugh tivesse sido assassinado, mas eu não achava que isso tinha acontecido. Os assassinos do Culto do Arcanjo eram... exibidos. Era como se quisessem que todos vissem o que eles tinham feito. Se tivessem matado Hugh, eles teriam deixado um sinal macabro de seu ato, como haviam feito com todos os outros.

Pelo menos era assim que eu pensava. Por mais que tentasse esconder, eu tinha tanto medo quanto Tom. Não queria encontrar outro cadáver. Eu... não podia. Mas não havia escolha.

Arrastei Tom até a porta dos fundos. Tive que me arrastar também.

******

A casa estava às escuras. Raios de sol atravessavam as venezianas, deixando entrar alguma luz que permitia que enxergássemos lá dentro. Não havia cômodos separados no térreo, como em nossa casa, apenas um espaço comprido e abarrotado de coisas que funcionava como a oficina de Hugh.

A casa não havia sido roubada. E, graças ao Menino Jesus, não havia nenhum corpo ensanguentado para ser encontrado. Fora isso, a disposição da oficina era exatamente como a de mestre Benedict, até o forno no canto. Eu me lembrei do futuro com o qual tinha sonhado, pensando em ter minha própria botica. É claro que eu a arrumaria do mesmo jeito. *Se eu ainda tivesse um futuro*, lembrei a mim mesmo.

Ninguém trabalhara ali por um bom tempo. Tanto a lareira quanto o forno estavam frios como pedra.

— O que estamos procurando? — perguntou Tom.

— O "Hugh quarto" — falei, pegando a página arrancada do livro de registros que estava embaixo do cinturão do meu mestre. — Como diz a mensagem.

— Quarto o quê?

Eu não sabia. Era óbvio que mestre Benedict havia esperado que eu desvendasse a resposta, mas ele era um gênio nesse tipo de coisa. Algumas vezes, ele se esquecia de que os outros (mais especificamente, eu) não eram tão bons para decifrar enigmas. Pior ainda, a mente dele funcionava de um jeito estranho. Eu esperava que, uma vez dentro da casa, a solução viesse até mim, mas, a não ser pela estranha sensação de que já estivera ali antes, tudo o que eu podia ver era uma velha oficina.

Como nada surgiu diante de mim, subimos a escada. No segundo andar, ficava o quarto da mulher de Hugh. Havia também uma cozinha, uma despensa com alguns mantimentos e uma sala de jantar. Sobre a mesa, estava uma única tigela com restos endurecidos de um cozido com a colher caída no fundo. Havia também um pedacinho de vela, com sua cera roxa derretida sobre a madeira polida.

O terceiro andar era dividido em três quartos e uma sala de costura. Dois quartos estavam cheios de bonecas e babados, então certamente eram de suas filhas. O outro era pequeno e simples e parecia pertencer à empregada da sra. Coggshall. Eu não conseguia imaginar que encontraria ali o que quer que meu mestre quisesse que eu visse.

Havia mais dois cômodos no último andar. Um deles não era tão feminino quanto os do andar inferior, mas tinha a mesma quantidade de babados e uma cama com um dossel de veludo verde-água. O outro quarto era evidentemente de Hugh.

Como acontecia com a oficina, o cômodo tinha uma disposição quase idêntica à do quarto de mestre Benedict. Cama simples, criado-mudo e mesa perto da janela coberta de papéis. Até mesmo a mobília parecia ter sido feita pelo mesmo marceneiro. E ali também pilhas de livros subiam do chão como árvores, mas em número bem menor.

Os lençóis estavam amassados. Sobre o assoalho, perto de uma pilha bamba de livros, estava o resto de um pão. Toquei nele com o dedo; ele estava duro feito pedra.

— Faz dias que ninguém vem aqui — disse Tom, observando os papéis sobre a mesa. — Vamos ter que examinar tudo aquilo?

Realmente, parecia um bom lugar para começar. Sentei-me à mesa e comecei a mexer nos papéis de Hugh. Tom revistava as roupas guardadas no armário, revirando os bolsos.

Havia muitas anotações, receitas e pensamentos sobre ervas e misturas em geral. Na busca do "Hugh quarto", examinei a quarta página, a quarta linha de cada página, a quarta palavra. Nada parecia promissor. Estava difícil me concentrar também. O cubo no meu bolso cutucava minha perna e, embora eu gostasse de usá-lo, as costuras do cinturão de boticário do meu mestre me arranhavam. Ele era feito para ser usado por cima da roupa, e não oculto junto à pele. Eu o retirei, colocando-o sobre a cama.

Depois da noite anterior, Tom tinha tantos motivos quanto eu para gostar do cinturão.

— Isso é realmente impressionante — disse ele, sentando-se no chão com as pernas abertas, como se ainda fosse um menino, e examinando os frascos um a um. O estômago dele rugia como um tigre irritado. — Suponho que nada aqui é comida — perguntou, com um tom pouco esperançoso.

— Isso é comida — falei, apontando para o frasco que segurava. — Um tipo de comida. Óleo de rícino.

Tom fez uma careta.

— Isso me dá diarreia.

— É para isso que serve — expliquei, colocando de lado os papéis de Hugh e olhando para a página arrancada do livro de registros. — Tem ipecacuanha perto do óleo de rícino se você preferir. Ela faz as coisas saírem pelo outro lado.

— Se você está tentando me fazer perder o apetite, não vai conseguir.

Eu também estava com fome. Havia saído da casa de Tom tão cedo que nem tivera a oportunidade de tomar café da manhã e agora também havíamos perdido o almoço. Pensei em assaltar a despensa de Hugh, mas me forcei a ficar à mesa, lendo a página do livro de registros repetidas vezes. Então, percebi que ainda não tínhamos decifrado toda a mensagem. Na verdade, não prestamos atenção nas palavras "vera.baixo" na segunda linha. Mestre Benedict não teria escrito aquilo sem um motivo. Com certeza essas palavras também faziam parte da pista.

A questão era como decifrá-las. O ponto final podia ser um separador, como parecia, mas também podia significar outra coisa, como um ponto de partida, uma vírgula ou um apóstrofo. Também podia não ser nada, apenas uma distração para despistar um possível espião. Vera baixo. Ver abaixo. Vera, verdade. Ver abaixo? Abaixo do quê?

— O que é isto? — perguntou Tom, curioso.

Ele ergueu um frasco que estava guardado no cinturão do meu mestre. O líquido era claro e amarelo. Diferentemente dos outros, ele estava lacrado com cera e amarrado forte com um barbante.

— Óleo de vitríolo — respondi.

— É igual a óleo de rícino? — perguntou, começando a puxar o barbante.

— Não toque nisso! — gritei.

Ele ficou paralisado.

— Isso não é comestível — expliquei. — O óleo de vitríolo dissolve ferro.

Ele piscou.

— Verdade?

— E também dissolve pessoas. Se você colocar um pouco sobre a pele, ele vai dissolver a sua carne.

Tom retirou os dedos da tampa imediatamente. Depois, ele disse:

— Podemos testá-lo em alguma coisa?

— Se você quiser... — falei, olhando pela janela e tentando pensar. O quarto de Hugh, no quarto andar, ficava num ponto mais alto do que as outras casas em frente, proporcionando uma bela vista da cidade. Dava até para ver as árvores de um jardim particular que ficava ao lado de uma ruela estreita.

E havia uma pomba pousada no batente da janela.

— Meu Deu... — Eu nem terminei a frase. Tom ergueu a cabeça. — É Bridget! — exclamei, surpreso.

A ave inclinou a cabeça e bicou o vidro.

— Ela nos seguiu até aqui? — perguntou Tom. — O que você dá para essa pomba comer?

Destranquei a janela. A dobradiça ficava na parte de cima, e a janela se abria para fora, de modo que comecei a empurrá-la para fora do batente. Bridget bateu as asas, reclamando.

— Não posso abrir a janela se você não sair daí — falei, tentando explicar a ela. Depois, parei.

Peguei a página do livro de registros. Reli a mensagem do meu mestre. Meu coração disparou.

Hugh quarto abaixo dos leões os portões do paraíso

— Alguma coisa errada? — perguntou Tom.

— Eu... acho que sei onde é o "Hugh quarto".

— Onde?

— Aqui — respondi. — Bem aqui.

— É o quarto de Hugh?

— Em que andar estamos?

Tom contou.

— No quarto andar — disse ele, surpreso. — O quarto de Hugh. No quarto andar. Faz sentido. Mas como saberemos se é a resposta certa?

Apontei para a janela.

— Olhe.

Bridget tentava enfiar a cabeça na fresta do canto inferior da janela. Tom seguiu meu olhar, passando por ela e chegando ao jardim particular lá embaixo. Ele era separado da ruela por um portão com dois pilares de pedra, que eram ligados por uma cerca de ferro. Em cima dos pilares, havia duas estátuas olhando na direção oposta. As caudas estavam enroladas em torno da base.

Tom me olhou intrigado. Estendi a página do livro de registros para ele. Ele a leu e olhou de novo para o jardim, arregalando os olhos.

— As estátuas!

Fiz um gesto afirmativo com a cabeça.

— São leões.

CAPÍTULO 19

PAREI ASSIM QUE VIREI A ESQUINA. OLHEI PARA a parede de tijolo que bloqueava nosso caminho. De novo.

— Deveríamos ter virado à esquerda — disse Tom.

Olhei por onde tínhamos chegado e não vi nada além de mais tijolos.

— Pela esquerda, teríamos chegado à rua.

— Não, a rua fica à direita. À esquerda ficam as casas.

— Esse lugar é um labirinto.

— Acho que essa é a ideia.

E parecia ser mesmo. Havíamos saído da casa de Hugh em direção à ruela que levava às estátuas dos leões. Deveria ser um caminho agradável e direto até o jardim particular. Em vez disso, alguém tinha construído um complexo padrão de muros altos entre as casas, de 3 metros de altura, cheio de curvas fechadas e becos sem saída. Havia pontas de ferro dispostas no alto dos muros para impedir que alguém os pulasse.

— Essa coisa tem mais curvas que um *pretzel*.

— O que é um *pretzel*? — perguntou Tom.

— É um tipo de pão que o cozinheiro do orfanato fazia. Você mergulha na manteiga e... Ah, não importa. Vamos pela direita.

— É pela *esquerda*.

— É pela *direita*.

Bridget passou voando acima de nossas cabeças e dirigiu-se para a esquerda. Tom me olhou fixamente.

— Está bem, está bem — respondi. — Pela esquerda.

Tom cruzou os braços.

— Acho melhor deixar a pomba no comando.

******

A pomba estava certa. Seguindo pela esquerda, atravessamos o labirinto por um caminho que nos deixou na frente dos dois pilares. Atrás da cerca de ferro forjado estava o jardim particular, que era muito parecido com aquele onde lorde Ashcombe encontrara um corpo enterrado no Dia do Pomo de Carvalho. O portão também estava fechado, mas não trancado. No topo de cada pilar, os leões de pedra olhavam para a mansão mais além, com uma pata levantada.

— E agora? — indagou Tom.

Estendi a mão com a página arrancada do livro de registros.

... abaixo dos leões os portões do paraíso

Tom olhou para mim.

— E o que isso significa?

Havia um portão entre as estátuas. Seriam aqueles os portões do paraíso? Eu não conseguia ver nada de especial.

Os pilares pareciam grandes superfícies cinzentas grudadas com argamassa. Passei meus dedos por eles. Eles continuaram parecendo grandes superfícies cinzentas grudadas com argamassa.

Além da cerca, um caminho de pedra se bifurcava ao redor de uma estrutura de granito com 3 metros de altura e 4 metros de largura, com hera subindo pelas laterais. Uma simples cruz de pedra adornava o topo. Bridget nos esperava em cima da cruz, passando o bico por uma asa aberta.

O caminho de pedra terminava na porta dos fundos da mansão. Dos dois lados do caminho, a grama crescia de forma irregular. Os arbustos, que em algum momento tinham sido cuidados, cresciam desordenados, formando contornos disformes com seus galhos.

Abri o portão.

— Vamos dar uma olhada — falei.

— Não podemos entrar. É uma propriedade particular.

Não havia nenhuma luz acesa na casa. O único som que se ouvia no jardim era Bridget arrulhando para nós no alto da cruz.

— Acho que ninguém vem aqui há semanas.

Andamos pelo caminho até o outro lado da estrutura de pedra, que descobrimos ser um mausoléu. Na frente, virada para a casa, havia uma porta de madeira com um trinco de ferro. Mais heras subiam pelas laterais, exibindo flores brancas que pareciam cornetas. Sobre a porta estava uma placa de latão esverdeada pela ação das intempéries ao longo de séculos.

IN MEMORIAM

GWYNEDD MORTIMER 1322 D. C.

REQUIESCAT IN PACE

Franzi a testa.

— Mortimer. De onde conheço esse nome?

— Henry — lembrou Tom. — Lorde Henry Mortimer. Foi o terceiro homem assassinado pelo Culto do Arcanjo — disse, dirigindo-se para a mansão e espiando por uma janela. — Você acha que essa era a casa dele?

Bridget voou até a grama. Quando a peguei, ela bicou meus dedos, buscando comida.

— Não trouxe nada para você — falei.

— Christopher...

Ele estava olhando para trás, com a cabeça inclinada para um lado.

— Venha aqui — pediu.

Foi o que fiz. Ele me virou para que eu olhasse para o jardim.

— Olhe.

Do ponto onde estávamos, o mausoléu bloqueava a vista da maior parte do portão de ferro que levava para o labirinto. Ainda conseguíamos ver os leões sobre os pilares. Do modo como estavam, eles pareciam guardar os cantos do túmulo. Além das casas com os fundos voltados para o jardim fechado, cujas janelas tinham sido bloqueadas com tijolos, estava a janela do quarto de Hugh, de onde tínhamos visto o jardim oculto pela primeira vez. Atrás da casa dele, via-se o campanário de uma igreja. Mesmo com toda aquela distância, pude distinguir a estátua sobre a torre. Era um homem barbado com uma auréola; a mão direita estava erguida como se abençoasse algo e a mão esquerda segurava uma chave.

— É São Pedro, o guardião dos portões do céu — disse Tom.

São Pedro pairava diretamente sobre o mausoléu, com os leões aos seus pés. As heras recobriam a porta, com botões de flores brancas.

... abaixo dos leões os portões do paraíso.

Nós havíamos encontrado.

******

O mausoléu era escuro e apertado. Um sarcófago de mármore de 2 metros de altura ficava no centro. Não havia nenhuma marca nele, a não ser manchas de água e uma inscrição em latim na lateral.

DOMINUS ILLUMINATIO MEA

O Senhor é minha luz.

Três paredes tinham nichos. Em cada nicho havia uma estátua de cerca de 45 centímetros de altura, feita com o mesmo mármore usado no sarcófago. Na estátua à esquerda, um homem de rosto redondo e lábios curvados para baixo tinha uma torre e um livro nas mãos. Na estátua em frente, à direita, um homem calvo com uma barba longa segurava a pata de um leão deitado tranquilamente aos seus pés. Fiquei surpreso ao perceber que conhecia as duas estátuas. Eu vira suas imagens no livro que meu mestre tinha me dado três meses antes, que chamou a atenção de lorde Ashcombe. Eram santos católicos: São Tomás de Aquino e São Jerônimo. Os santos padroeiros do conhecimento e da erudição.

A estátua no lado oposto à porta era de um anjo. O rosto anguloso e os olhos vazios estavam adornados por longos cabelos ondulados. As asas estavam abertas, e cada pena fora esculpida tão detalhadamente que parecia quase real. Na mão direita, o anjo segurava uma espada virada para baixo, com a ponta da lâmina um pouco acima da pedra. A outra mão estava aberta, com a palma virada para a frente e os dedos apontados para o chão.

Bridget enfiou a cabeça na entrada do mausoléu e aproximou-se cuidadosamente colocando uma pata no escuro. Tom inclinou-se para olhar para o leão de São Jerônimo. Eu não conseguia tirar os olhos do anjo.

Vera.baixo.

Dei a volta no sarcófago. Passei os dedos pela lâmina da espada, chegando até a ponta.

Vera abaixo? Verdade abaixo?

Empurrei a pedra delicadamente para não quebrar a estátua. Cutuquei a ponta e olhei o punho da espada. O anjo olhava na minha direção completamente imóvel.

Tom se aproximou de mim. Ele tocou a mão aberta do anjo.

— Parece que ele está tentando indicar alguma coisa.

Abaixo da estátua havia apenas pedra bruta. Olhei para o sarcófago atrás de nós. Naquela luz fraca, percebi uma forma na parte inferior do túmulo.

— Tom — chamei.

Ele se virou e olhou para o mesmo lugar.

Para qualquer outra pessoa, aquilo seria apenas outra mancha no mármore, mas nós já tínhamos visto aquele símbolo antes.

♂

Ajoelhei-me e comecei a procurar. Não vi nenhuma emenda, nenhum tijolo a ser removido. Passei os dedos sobre a marca, sentindo as ondulações da pedra levemente corroída ao redor do desenho. O sulco se ajustava perfeitamente ao círculo.

Eu o apertei. O círculo de pedra afundou.

Ouvimos um leve clique.

Um ruído áspero ecoou na câmara. Caí para trás quando Tom me puxou pela blusa. Bridget bateu as asas e saiu em busca da luz.

O sarcófago se moveu cerca de 10 centímetros na direção de São Jerônimo e parou.

Sob ele, havia um buraco cavado no chão.

CAPÍTULO 20

TENTEI ENXERGAR EM MEIO À ESCURIDÃO. Senti cheiro de mofo.

— Isso é ruim — disse Tom.

— Isso é bom — discordei.

Tom balançou a cabeça.

— Tenho certeza de que é ruim.

Eu não conseguia ver nada, mas o modo como o buraco engolia o som da minha voz deixava claro que, o que quer que houvesse ali, era em grande quantidade. Precisava ter um jeito de entrar lá.

Bridget voltou e espiou dentro do buraco. Eu a coloquei ao lado e empurrei o sarcófago na direção de São Jerônimo. Ele se moveu mais uns 2 centímetros.

— Tom, me ajude.

Com relutância, ele empurrou o sarcófago, que se moveu, raspando no chão até parar com um tranco. O buraco embaixo era quadrado e tinha 90 centímetros de largura. No lado mais próximo do anjo, uma escada de madeira marcada por cortes descia para dentro da escuridão.

— Precisamos de luz — falei.

— A gente não vai descer até lá.

— Mas a gente veio aqui para isso.

Tom ergueu as mãos.

— Eu não sabia que encontraríamos um poço debaixo de um sarcófago.

Havia uma tocha apagada no canto perto da porta. Usei a pederneira e a estopa que estavam no cinturão do meu mestre para acender sua extremidade embebida em óleo.

A tocha brilhou com força na câmara apertada. Eu a segurei acima do buraco e mal pude ver o fundo.

— Cerca de 6 metros — falei, calculando a profundidade. — Vamos lá.

Apoiei-me na escada. Bridget saltitava ao redor do buraco, enfiando a cabeça no escuro e encrespando as penas. Ela soltou um trinado, parecendo alarmada.

— Escute a pomba — disse Tom.

Desci. O ar ficava mais úmido a cada degrau. Resmungando, Tom veio atrás de mim. Bridget bateu as asas, mas não estava disposta a nos seguir.

Chegamos a um lugar que parecia ser uma cripta antiga. Uma passagem, com largura de mais de quase 3 metros, parecia seguir em direção à casa. Dos dois lados, em prateleiras estreitas cavadas na pedra, havia esqueletos.

Tom chegou ao fim da escada.

— Ah, é claro que não podiam faltar os corpos.

Era óbvio que aqueles restos estavam ali havia muito tempo. As roupas e os sudários tinham desintegrado, deixando apenas uma ou outra algema enferrujada entre ossos manchados pelo tempo.

— Essa cripta deve ter sido construída séculos atrás — falei. — Vamos ver onde ela vai dar.

Tom juntou as mãos e murmurou uma prece.

— Jesus, em sua misericórdia, proteja tolos como nós. Amém.

A passagem continuava por cerca de 15 metros, com esqueletos dos dois lados, até virar para a esquerda formando um ângulo fechado. Ela ficou mais estreita, com espaço para passar apenas uma pessoa de cada vez, e depois se alargou, transformando-se numa câmara quadrada de paredes polidas.

Diferentemente do que tínhamos visto na passagem, os itens na câmara eram novos. Havia bancadas de trabalho dos dois lados. Na bancada à esquerda, havia cerca de trinta jarros de vidro, cada um com um rótulo que identificava um líquido: água, mercúrio, *aqua vitae*, óleo de antimônio e outros. Havia um número igual de potes de vidro menores na outra bancada, também com rótulos, mas contendo pós. Sal, sódio, areia, trevo, todos conhecidos. Mas o que realmente chamou minha atenção foi o que estava à nossa frente.

A parede no lado oposto à entrada era recoberta por um painel. No topo, um anjo fincava sua espada nas entranhas de um dragão abaixo dele. O dragão se contorcia todo, em agonia, prestes a engolir uma pequena bola preta. Abaixo dessa fera, havia mais dois dragões, com seus corpos enrolados, cada um engolindo uma bola idêntica. A cena era emoldurada por uma enorme serpente com as costas vermelhas e a barriga verde, e sua cabeça, sobre a cabeça do anjo, engolia a própria cauda.

Tom puxou a manga da minha camisa com tanta força que quase a rasgou.

— Precisamos sair daqui, Christopher. *Precisamos sair daqui!*

Quase perdi o equilíbrio.

— O que você está fazendo?

— Você não entende onde estamos? Este é o covil do Culto do Arcanjo.

— Não é, não — respondi.

Tom apontou para o painel.

— Culto — disse. Depois, apontou para a figura no topo. — Arcanjo — completou, chacoalhando meu corpo. — Agora junte as duas coisas. Não é muito difícil, é?

— Este lugar não pode pertencer ao Culto do Arcanjo — afirmei. — Mestre Benedict queria que eu encontrasse esta cripta. Ele não nos enviaria para o covil dos assassinos sem aviso. — Eu nunca acreditaria que ele seria capaz disso.

Tom não estava tão seguro quanto eu, mas pelo menos parou de tentar arrancar o meu braço.

— Então, que lugar é este? Algum tipo de oficina secreta?

— Não é uma oficina.

Não havia nenhum outro equipamento além dos ingredientes nos potes. Havia apenas alguns béqueres de vidro com longas pipetas na bancada com os líquidos e uma colher de metal com cabo comprido na outra.

— Parece um lugar para estocar coisas.

— Para quê?

Eu não sabia ao certo. Havia vários ingredientes, mas nada que não fosse possível encontrar em qualquer botica. Não imaginava por que alguém esconderia aquilo numa cripta.

Ainda olhando para o painel, Tom se aproximou de mim e sussurrou no meu ouvido:

— E se estivermos sendo observados?

— Tom... — falei. — É só um painel.

— Então para que servem aqueles buracos?

Por um momento, não entendi o que ele queria dizer, mas depois percebi que Tom tinha razão.

As bolas pretas nas bocas dos dragões. Achei que eram pintadas, como o restante da imagem, mas, chegando mais perto, pude ver que cada uma era um pequeno buraco na parede e que as três formavam as pontas de um triângulo perfeito. Olhei através da bola que estava sendo devorada pelo dragão à esquerda, mas, mesmo com a tocha acesa, estava escuro demais para enxergar qualquer coisa. Ignorando a advertência de Tom, enfiei meu dedo lá dentro.

Também não encontrei nada. Tinha um espaço atrás da parede, e o que quer que houvesse além (se é que existia alguma coisa) estava afastado o suficiente para tocá-lo. Uma coisa eu percebi, no entanto. Pela homogeneidade da superfície e por seu toque frio na minha pele, constatei que o painel não era de pedra, e sim de ferro.

Visto mais de perto, ele era ainda mais impressionante. Centenas de formas e símbolos haviam sido inscritos em torno dos dragões. Alguns eram simples, como círculos e quadrados. Outros se pareciam mais com letras avulsas de uma língua esquecida. Olhando para os símbolos, percebi que perto de cada buraco nas bocas dos dragões havia alguns glifos folheados a ouro, mas com uma camada tão leve que mal se percebia.

Um desses símbolos dourados, perto da serpente no topo, era um triângulo com uma linha que o atravessava, como o pico de uma montanha coberto de neve.

No dragão em frente a Tom, havia três símbolos destacados: um triângulo de cabeça para baixo, uma curiosa escada de pontas tortuosas e um círculo atravessado por uma linha horizontal.

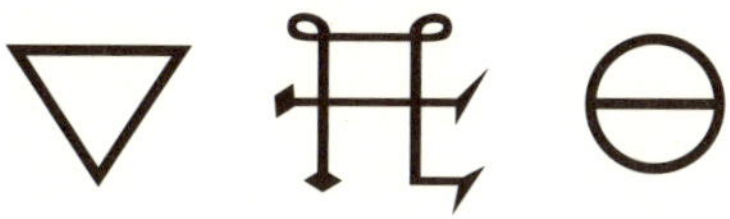

No último dragão, à minha frente, havia um único glifo dourado.

Eu me detive nesse símbolo. Já o tinha visto antes.

Era o símbolo do planeta Mercúrio. Olhei para trás, na direção das bancadas de trabalho com os ingredientes sobre elas. Tirei meu cubo do bolso e o virei na mão.

— O que foi? — perguntou Tom.

Toquei a parede.

— Acho que sei o que é isto. Não é apenas uma pintura — falei, deslizando os dedos sobre o dragão até o buraco. — Acho que isto é uma *porta*.

CAPÍTULO 21

TOM SE AFASTOU DO PAINEL.

— Uma porta?

Apontei para os símbolos acima dos buracos.

— Acho que os ingredientes nas bancadas servem para abrir a porta. Os líquidos, os pós, o béquer, a colher. É tudo como o meu presente — expliquei, estendendo o cubo. — Se você derramar a coisa certa, a porta se abre.

— O que é a coisa certa?

— Bem, esse símbolo aqui indica Mercúrio. Então suponho que seja o metal mercúrio.

Havia um monte de mercúrio num dos jarros na bancada, muito mais do que eu jamais tinha visto num único lugar antes. Derramei um pouco do metal num dos béqueres graduados. O recipiente ficou pesado quando eu o enchi até a marca.

Voltando à porta, o bico do béquer ajustou-se perfeitamente ao buraco na boca do dragão. Eu o inclinei, despejando o mercúrio ali. Com as últimas gotas, ouviu-se um ruído abafado vindo de trás do painel. *Tum.*

— Funcionou! — exclamou Tom.

Mas não aconteceu mais nada. Empurrei a parede. Tom me ajudou, forçando com o ombro. A parede não saiu do lugar. Ouvimos outro ruído abafado, como se alguma coisa tivesse se encaixado novamente.

Afastei-me do painel.

— Existem mais dois buracos — observei. — Talvez a gente tenha que colocar alguma coisa em todas as aberturas para abrir a porta. — E, pelo jeito, não tínhamos mais de um minuto para fazer aquilo.

Os símbolos, que indicavam os ingredientes corretos, eram a chave. Fiquei surpreso com a engenhosidade do mecanismo. Era muito melhor do que uma chave de ferro ou de latão, que pode ser perdida ou roubada. Nessa porta, era preciso saber a chave para conseguir entrar. Exatamente o que não sabíamos.

— E o resto da mensagem? — perguntou Tom. — Aquelas letras escritas com suco de limão... Talvez indiquem os ingredientes.

Tirei do bolso o pergaminho com o código.

JSYYAALYUFMIYZFT

— Olhe... — disse Tom. — Se o *M* corresponde a "mercúrio", então, o *J* corresponde a "jiló" ou alguma coisa parecida.

Se ignorássemos a parte com o jiló, a ideia de Tom era boa, mas havia mais dois buracos e mais quatro símbolos, e a mensagem do meu mestre tinha letras suficientes para começar um novo alfabeto. Mesmo que Tom estivesse certo, eu não conseguia nem calcular quantas combinações precisaríamos tentar. Estávamos perdidos.

De novo.

******

Retornamos à superfície e empurramos o sarcófago de volta ao lugar original. Bridget já tinha ido embora. Embora quisesse desesperadamente permanecer um pouco mais lá embaixo, eu também não podia ficar. A tarde estava passando depressa e eu precisava voltar para a sede da Guilda dos Boticários.

No caminho, paramos na casa de Tom. Relutante, deixei o cubo no quarto dele. O cinturão do meu mestre ainda poderia ficar mais ou menos escondido sob a minha camisa, mas o cubo era muito volumoso, e a última coisa de que eu precisava era o grão-mestre Thorpe perguntando o que havia no meu bolso. Fiquei com a página arrancada do livro de registros e o retalho de pergaminho com a tradução. Guardei os dois sob o cinturão.

Quando estávamos saindo do quarto de Tom, Cecily apareceu na porta do quarto dela. Ela estava com os olhos arregalados e uma expressão de medo.

— Corra! — sussurrou.

A pequena Molly correu, ultrapassando a irmã; seus cachos desgrenhados balançavam enquanto a menina se aproximava. Ela me abraçou, enterrou o rosto no meu estômago e começou a soluçar.

Olhei para Tom, confuso. Ele se ajoelhou ao lado da irmã.

— Molly? Cecily? O que está acontecendo?

Um punho carnudo agarrou o vestido de Molly pelas costas e arrancou-a dali. A menina caiu no chão, de costas, gemendo.

Tom ficou chocado.

— Pai!

Em seguida, William Bailey me agarrou. Eu nunca tinha sido arrastado pelos cabelos, muito menos escada abaixo. Catherine e Isabel, que brincavam no hall, largaram suas bonecas e foram atrás da mãe, que observava o marido me expulsar da casa.

— Pai! — gritou Tom, correndo atrás de nós. — Pai, por favor! Pare com isso!

William Bailey abriu a porta da frente com um chute e me jogou na rua. Escorreguei nas pedras do pavimento. Minha camisa (bem, a camisa de Tom) rasgou no ombro. Minha pele também se rasgou.

Fiquei ali, deitado na sarjeta, machucado demais para me mexer. Com uma das mãos, pressionei o braço ferido. A dor lancinante no couro cabeludo me fez pensar se o pai de Tom tinha arrancado cabelo suficiente para me deixar careca.

Tom tentou me ajudar, mas seu pai lhe deu um soco antes que ele pudesse passar pela porta. Tom bateu contra a parede e pôs a mão no rosto, em choque.

William Bailey se aproximou de mim.

— Você abusou da minha confiança, menino.

Era verdade que o pai de Tom permitira que eu ficasse na casa dele, mas eu tinha certeza absoluta de que isso não tinha nada a ver com confiança.

— O que foi que eu fiz? — perguntei num grasnido.

— O policial veio procurar você.

Policial? Várias possibilidades passaram pela minha cabeça, mas nenhuma era boa. Será que alguém tinha visto Tom e eu entrando na casa de Hugh? Essa pessoa sabia que eu tinha pegado o cubo? E o cinturão?

Vizinhos que haviam saído de suas casas olhavam, curiosos, enquanto o pai de Tom apontava um dedo gordo para mim.

— O policial disse que lorde Ashcombe está atrás de você. Ficou sabendo que você estava hospedado aqui. Eu falei que não admitimos estranhos em nossa casa. Que não conhecemos você. Que não queremos conhecer você. Nunca mais chegue perto do meu filho!

Ele entrou na casa furioso. Tom correu para dentro na frente dele. Ouvi uma briga e os passos pesados de Tom subindo a escada.

A mãe de Tom ainda estava na entrada da casa. Parecia mais triste do que furiosa.

— Sinto muito, Christopher, mas meu marido tem razão. Tenho que proteger minha família. Por favor, não venha mais aqui.

Ela fechou a porta.

CAPÍTULO 22

ALGUNS MESES DEPOIS DE COMPLETAR 12 ANOS, eu quase abri a cabeça. Estava jogando bola quando outro menino me deu uma rasteira e bati de cabeça contra uma árvore. Não conseguia andar. Não conseguia nem ficar de pé. Então, Tom me carregou até a botica. Ele me deitou no meu colchão de palha, e mestre Benedict se inclinou sobre mim.

Eu não tinha percebido onde estava. Apavorado, tentei fugir dali.

Com gentileza, mestre Benedict me deteve.

— Está tudo bem, Christopher — disse ele. — Sou eu, sou eu.

Recuperei os sentidos.

— Pensei que estava de novo no orfanato — falei, ainda tremendo.

— Você não precisa mais se preocupar com isso — respondeu o mestre Benedict. — Blackthorn é sua casa agora. E sempre vai ser.

Mas essa foi uma promessa que ele não pôde cumprir. E agora todo o resto também estava desmoronando.

Meu ombro queimava como se eu tivesse sido atacado por dez marimbondos. Tom provavelmente estava levando uma surra ainda pior do pai. Eu nunca mais poderia vê-lo. E agora não tinha lugar para ficar. Pensei em me entregar à misericórdia da guilda, mas talvez eu nem tivesse essa opção. Se o grão-mestre Thorpe não acreditasse na minha história, eu estaria sozinho: sem casa, sem comida e sem amigos, sozinho contra o Culto do Arcanjo.

Achei que não era possível pensar em nada mais aterrador, mas, se lorde Ashcombe estava realmente atrás de mim, minha vida, já em cacos, só piorava.

Fiquei enjoado.

******

O jovem com olhos cinzentos me deixou entrar outra vez na sede da guilda. Ele pareceu irritado com meu retorno.

— Entre — disse ele, fazendo um gesto impaciente para que eu passasse.

Entrei com cuidado, irritando-o mais ainda.

— Stubb... Mestre Stubb está aqui? — perguntei.

O rapaz fechou a porta atrás de mim e se afastou.

— Ele não apareceu por aqui hoje.

Eu me senti aliviado, embora o fato de ele saber sobre quem eu estava falando significasse que Stubb era uma presença constante. Ele poderia aparecer a qualquer momento. Rezei para não precisar esperar muito até o encontro com o grão-mestre.

Atravessei o pátio, pensando em voltar para a sala dos escreventes no andar principal, onde Oswyn me dissera para esperar naquela manhã. Um aprendiz com longos cabelos escuros estava parado na escada principal que levava aos pisos superiores, jogando para o alto e pegando uma pequena adaga, parecendo meio desajeitado. Fiquei olhando e me encolhi um pouco, na certeza de que dedos voariam pelos ares a qualquer momento.

O lançador de adagas devia ter uns 16 anos. Ele percebeu que eu o observava num momento em que a adaga estava suspensa no ar. Ela passou por entre os dedos dele e bateu no seu avental azul, exatamente naquele ponto em que ninguém desejaria que adagas fossem parar. Atrapalhado, ele se levantou.

— Quem é você? — perguntou.

— Estou aqui para falar com o grão-mestre Thorpe — respondi. — Mestre Colthurst pediu que voltasse às quatro horas para uma reunião.

O aprendiz olhou para trás, na direção das janelas.

— Certo, então você pode aguardar na sala do mestre Colthurst.

— Não sei onde fica.

Ele guardou a adaga no cinto.

— Eu mostro.

Os degraus de pedra no pátio levavam para o interior com assoalho de cerejeira polida. Fazia três anos que eu estivera ali para fazer meu exame de admissão no Grande Salão. As mesmas tapeçarias finas estavam penduradas nas paredes, como eu vira naquela época: de um lado ficava o brasão azul da Guilda dos Boticários e, do outro, um homem colhia ervas enquanto um unicórnio o observava. A luz do céu, atravessando nuvens entreabertas, brilhava sobre ele.

O aprendiz me conduziu pelo andar que levava ao Grande Salão e, em seguida, ao terceiro andar. Quando subimos a escada, tive a vaga impressão de que já o tinha visto antes. Perguntei-me se ele estivera lá no dia do meu exame de admissão. Ele provavelmente era muito velho para ter feito o exame junto comigo, mas talvez tivesse sido designado para alguma função no salão naquele dia.

— Você é aprendiz do mestre Colthurst? — perguntei.

— Eu? Não — respondeu, afastando o cabelo que escondia o rosto e me conduzindo por um longo corredor revestido com painéis de madeira. No final do corredor, chegamos a uma porta simples com a chave ainda na fechadura. O aprendiz bateu à porta e escutou por um momento. Não havendo resposta, ele a abriu.

— Espere aqui. Vou dizer aos mestres que você chegou.

Entrei na sala. Ele fechou a porta atrás de mim e passou o trinco.

Então aquela era a sala de Oswyn. Era arrumada (eu esperava a organização de um puritano), mas menor do que pensei. Uma mesa simples no centro. Uma cadeira de madeira que parecia desconfortável, de costas para a janela que se abria para o pátio. Uma cadeira idêntica no lado oposto. A mesa estava coberta com papéis meticulosamente empilhados; uma pilha havia sido manchada com óleo que vazara de uma lamparina pendurada ali perto. As paredes de gesso eram sóbrias e sem cor, sem decoração alguma a não ser uma série de folhas de pergaminho penduradas; algumas com coisas escritas, outras com desenhos de várias figuras e ícones. Alguns potes estavam dispostos de um lado e havia meia dúzia de livros do outro.

Sentei-me na cadeira em frente à mesa e aguardei. Havia um desenho curioso na parede ao meu lado. Dois homens e duas mulheres montavam animais mágicos: um grifo, uma mantícora, um centauro e um cavalo alado. Cada figura tinha uma legenda em latim com os nomes dos quatro elementos, as bases de toda a criação: *aer, ignis, aqua, terra.* Ar, fogo, água, terra.

As feras no desenho me fizeram lembrar o painel embaixo da casa dos Mortimer. Pensei na fechadura oculta atrás dela, na cripta sob o sarcófago, nas estátuas dos santos nos nichos.

Segredos sob segredos, pensei. *Códigos dentro de códigos.*

O Culto do Arcanjo havia começado sua campanha assassina quatro meses antes. Um mês mais tarde, mestre Benedict me mostrara o livro dos santos. Na época, eu tinha ficado confuso. Santos católicos?

— É importante conhecer a história — dissera meu mestre. — Você nunca sabe quando vai precisar dela.

E eu precisei mesmo dela.

Depois, ele me deu o cubo. Não era apenas um incrível presente de aniversário. Era uma lição sobre símbolos, com chaves líquidas. Vi essas chaves líquidas mais uma vez no painel sob a cripta.

Agora eu entendia.

Ele estava me treinando. Mesmo em segredo, mestre Benedict nunca deixara de me treinar. Ele quis que eu encontrasse a câmara na cripta. Ele me conduziu em cada passo do caminho. Para isso, ele havia me ensinado tudo que era preciso. Menos uma coisa: o que significam aqueles símbolos no painel.

Ele devia saber que eu não entenderia os símbolos. Não me levaria tão longe para simplesmente me abandonar ali. Com certeza tinha deixado a solução.

E ela tinha que estar na mensagem da página do livro de registros.

Colei a orelha no buraco da fechadura da porta de Oswyn e tentei escutar. Como não ouvi passos, voltei para a mesa e peguei a página do livro de registros e o pedaço de pergaminho guardados no meu cinturão.

Aquela linha. A linha que eu não conseguia entender.

JSYYAALYUFMIYZFT

O que será que eu não tinha percebido? Examinei a mensagem original, vendo a coisa toda junta.

†Δosia. R: apod. S eot. rop. Sos eo els odo.xiab: a:o trau.
Q: hg. Uh←
↓M08→ 05142020222207201601080420210115 vera.baixo
Neminidixeris

Cada linha escondia algo diferente. A primeira linha, com a espada e o triângulo que eu ainda não entendia, indicava como encontrar a cripta, onde vi símbolos semelhantes que também não entendi. A última linha era a advertência, em latim, para manter a informação em segredo.

Restava a linha do meio, que Tom e eu tínhamos decifrado como um monte de letras. A chave para desvendar os símbolos *precisava* estar naquela frase. Ocorreu-me que eu ainda não descobrira o que significava "vera.baixo". Com certeza aquilo tinha relação com o que vinha antes.

Vera baixo. Como aquilo poderia me ajudar a solucionar o código?

Ultimamente, eu tinha visto muitas espadas viradas para baixo: o símbolo na primeira linha da mensagem, a estátua do anjo no mausoléu, o painel na parede de ferro embaixo dele. Será que eu tinha deixado de reparar em algum detalhe? Teria outra espada apontada para baixo em outro lugar que eu ainda não descobrira?

Balancei a cabeça, com a sensação de estar errado. Embora eu já tivesse visto muitas, espadas não pareciam fazer sentido nenhum. Aquela linha era uma cifra. Ela ocultava palavras.

Vera.baixo. Verdade? Baixo? Abaixo? Ver abaixo?

Da mensagem?

O que havia no final da mensagem?

Nemini dixeris, dizia ali. *Não conte a ninguém.*

Fiquei pensando. Aquilo era um aviso. Com duas palavras escritas como uma palavra só. Estava em latim.

Latim?

Mestre Benedict, boticário. Latim, o idioma dos boticários.

Segredos sob segredos. Códigos dentro de códigos.

Será que a cifra estava em latim?

Franzi o rosto. Tom já havia questionado se a mensagem estava em latim. Eu disse que não poderia ser. O alfabeto latino tem 23 letras. Não tem *J*, e o *I* é usado para as duas letras. E também não tem *U*, e o *V* é usado em seu lugar. E não tem *W*. Assim, JULIUS CAESAR é escrito IVLIVS CAESAR. Nunca haveria um *J*.

Foi então que gelei.

Um erro. Eu tinha cometido um erro.

Nunca haveria um *J*. *Porque essa letra não faz parte do alfabeto.*

Eu tinha traduzido a mensagem como se ela estivesse em inglês, mas, se a mensagem estava em latim, meu código estava errado desde o princípio. Com um alfabeto diferente, a sequência de letras não seria a mesma. "Vera.baixo" queria dizer exatamente isso: *ver abaixo*. Elas compunham uma mensagem em latim, indicando que os números deveriam ser decifrados de acordo com o alfabeto latino.

Peguei uma pena que estava na mesa de Oswyn. Escrevi a cifra, começando como antes, com 08 correspondendo a *M*, mas dessa vez usei o alfabeto latino.

A	*B*	*C*	*D*	*E*	*F*	*G*	*H*	*I*	*K*	*L*	*M*
20	*21*	*22*	*23*	*01*	*02*	*03*	*04*	*05*	*06*	*07*	*08*

N	*O*	*P*	*Q*	*R*	*S*	*T*	*V*	*X*	*Y*	*Z*
09	*10*	*11*	*12*	*13*	*14*	*15*	*16*	*17*	*18*	*19*

Comecei a fazer uma nova tradução. Depois das primeiras cinco letras, meus dedos começaram a tremer. Precisei usar a mão esquerda para mantê-los firmes.

Formei a nova sequência de letras e fiquei olhando para ela.

ISAACCLAVEMHABET

Tom estava certo. Era *mesmo* latim.

Isaac clavem habet, dizia a mensagem.

Isaac tem a chave.

CAPÍTULO 23

EU ANDAVA DE UM LADO PARA OUTRO NA SALA de Oswyn, ouvindo meus passos ecoarem nas tábuas do assoalho. Minha mente estava tão agitada quanto meu corpo.

Isaac tem a chave. Isaac, o livreiro, o amigo sem rosto do mestre Benedict. Eu nunca o vira, mas mestre Benedict me disse uma vez onde ficava sua loja. Queria correr para lá, mas não podia. Ainda precisava ficar para o encontro com o Conselho da Guilda dos Boticários. De qualquer forma, não adiantaria ir. Era domingo, então a loja de Isaac estaria fechada.

Nada disso me deixava mais calmo. Agitado, andei mais rápido ainda, de lá para cá, de cá para lá, na sala de Oswyn, como um cão arrebanhando ovelhas. Numa das viradas, vi pela janela uma figura lá embaixo no pátio. Era outro aprendiz, que saía pela porta que dava nos laboratórios.

Eu achava que Tom era grande, mas esse jovem tinha duas vezes o tamanho dele. Era um verdadeiro gigante. A caixa torácica sobressaía sob o avental azul. O modo como ele andava, avançando pesadamente sobre as pedras do chão, me fez pensar que um elefante tinha fugido da coleção de animais do rei.

Ele se deixou cair sentado num dos bancos em frente à escada que conduzia ao Grande Salão. O ferro gemeu sob o peso dele. Como acontecera com o aprendiz de cabelos longos que eu vira antes, o Elefante também me pareceu familiar. Mais uma vez, lembrei-me do meu exame de admissão, mas não fora nessa ocasião que o vira. Eu tinha a sensação de que havia me encontrado com ele recentemente e tentava lembrar onde tinha sido.

Nesse momento, Oswyn entrou no pátio. Ele estava com o grão-mestre, dando apoio ao ancião e ajudando-o a descer lentamente a escada principal. Sir Edward parecia perturbado. Oswyn não estava muito melhor. Conversavam sobre alguma coisa, mas, dois andares acima e com a janela fechada, mal pude captar as palavras.

— ... botica... assaltada — disse Oswyn. — Stubb... procurando... desapareceu.

— Você acha... — retrucou sir Edward. — ... precisa parar... encontrar lorde Ashcombe....

Oswyn concordou com a cabeça.

— ... já enviei... Christopher... assassinatos... culto...

Oswyn conduziu sir Edward através do pátio. A batida da bengala do grão-mestre nas pedras era mais alta que a conversa entre eles. Abri a janela, tentando entender o que diziam, mas agora eles estavam de costas para mim, dirigindo-se à entrada da sede. O pouco que pude ouvir foram fragmentos igualmente frustrantes.

— ... arcanjo... — disse Oswyn. — Não posso acreditar... nós?

— ... Stubb... — disse o grão-mestre. — ... aprendiz...

O vento levou embora o resto da conversa quando desapareceram sob um arco que conduzia à saída pela Blackfriars Lane. A luz do sol entrou quando o portão exterior foi aberto. Depois, tudo ficou às escuras de novo. Continuei parado ali, piscando.

Eles tinham acabado de sair da sede?

Eu estava tão ocupado tentando ouvir a conversa que nem me ocorreu que caminhavam na direção da saída. Esperei um pouco para ver se voltavam. Mas não voltaram.

O aprendiz de cabelos longos não disse a Oswyn nem ao grão-mestre que eu estava ali? Será que ele não os encontrara? Quis sair correndo atrás deles, mas fui impedido.

A porta da sala de Oswyn não abriu.

Eu a forcei, mas a maçaneta permanecia imóvel, com a lingueta da fechadura inserida no batente. Olhei pelo buraco para ver se a chave estava lá, mas o que enxerguei foi a parede do outro lado. A chave não estava na fechadura. Simplesmente não estava lá.

O aprendiz havia me trancado ali.

Fiquei olhando para a porta por um momento, com o coração batendo cada vez mais forte. Depois, corri de novo até a janela. O Elefante ainda estava sentado no banco de ferro, distraído, atirando pedrinhas num bando de andorinhas que tinha se reunido perto do poço. Quase o chamei para pedir ajuda, mas o modo como ele jogava as pedras desenterrou uma lembrança.

Dados.

Eu já tinha visto o Elefante jogando dados. Quase havia tropeçado nele ao sair correndo da botica no dia anterior, depois de mestre Benedict bater em mim. Ele estava atrás da nossa casa, na ruela, jogando dados. Outro rapaz estava com ele. Eu não vira seu rosto, mas ele tinha cabelo longo e escuro. Naquele momento, eu ficara tão perturbado que mal olhei para eles. Agora me recordava dos dois.

Eles estavam na ruela atrás da botica logo antes do assassinato do meu mestre. O Elefante e o aprendiz de cabelo comprido, aquele que me trouxera para aquela sala.

Minhas entranhas começaram a se contorcer. O aprendiz não tinha ido avisar sir Edward e Oswyn sobre minha chegada. Na verdade, deu um jeito de fazê-los sair do prédio. Eles saíram sem nem saber que eu estava lá. E agora eu estava encurralado.

Finalmente entendi por que meu mestre não havia fugido. Ele também ficara encurralado pelos mesmos inimigos. Eles queriam descobrir o segredo do mestre Benedict. Se ele houvesse fugido comigo, eles nos teriam pegado ali mesmo na ruela ou então depois, perseguindo-nos para onde quer que fugíssemos. O melhor que o mestre Benedict pôde fazer foi me tirar dali. Ele se sacrificara para me salvar. Agora, trancado na sala de Oswyn, eu tinha estragado tudo. Deixei que eles me encurralassem exatamente como fizeram com meu mestre.

Um movimento no pátio me resgatou do meu crescente desespero. Era Valentine Grey, o terceiro membro do Conselho da Guilda, aquele que achava que eu deveria ser açoitado pela minha insolência. Sua gigantesca corrente de ouro batia na barriga enquanto ele descia apressadamente os degraus. Grey interrompeu a descida, derrapando um pouco no final da escada, e, quase sem fôlego, dirigiu-se ao Elefante.

— Onde está sir Edward?

O aprendiz apontou para a entrada.

— Ele acabou de sair, mestre.

Valentine correu atrás de Oswyn e do grão-mestre, segurando a corrente. Como o resto do conselho, ele desapareceu sob o arco e não voltou mais.

Todos os mestres tinham saído. Eu rezava para estar errado, para que isso fosse um mal-entendido. Quando vi o arco se iluminar com a luz da rua de novo, segurei a respiração. *Eles voltaram*, pensei. Então, vi quem havia chegado.

Era Wat.

Ele atravessou o pátio, desamarrando seu avental azul, que jogou no banco de ferro ao lado do Elefante.

— O aprendiz de Blackthorn está aqui — disse o Elefante.

Os dedos de Wat brincaram no cabo de sua faca.

— Onde?

— Martin o levou lá para cima.

O aprendiz de cabelo comprido, Martin, apareceu no topo da escada.

— Onde ele está? — perguntou Wat mais uma vez.

— Eu o tranquei na sala do mestre Colthurst — disse Martin.

Os três olharam para a janela aberta. Eu saltei para dentro, esperando que eles não tivessem me visto. Como se isso fosse fazer alguma diferença àquela altura.

— Por que você o colocou lá? — perguntou Wat, com um tom mais furioso que o usual.

— Ele disse que estava aqui para conversar com o mestre Colthurst — respondeu Martin, defendendo-se. — O que você queria que eu fizesse?

— Escondê-lo em outro lugar. Ninguém deve vê-lo. E se os mestres tivessem subido até lá?

— E por que eles subiriam?

— Chega! — reclamou o Elefante com sua voz forte. — Não faz diferença. Os mestres saíram. Ninguém vai encontrá--lo agora.

— Vamos acabar com isso, então — disse Wat. Eu juro que pude ouvir sua faca sendo retirada da bainha.

— Ainda não — ponderou o Elefante. — O porteiro ainda está aqui. Livre-se dele. Não, não *desse* jeito. Mande-o fazer alguma coisa que o mantenha longe por um tempo. Martin e eu vamos dar uma olhada no resto do prédio para ter certeza de que não tem mais ninguém aqui.

— Basta perguntar ao porteiro — disse Martin. — Ele vai saber.

— Nosso mestre pediu para termos certeza — interferiu o Elefante. — Então tratem de ter certeza. Quando o prédio estiver vazio, leve Christopher para o porão. Vamos cuidar dele por lá. — Ouvi o banco de ferro ranger e o contato dos sapatos de couro com o piso de pedras. — Ele não tem para onde fugir.

CAPÍTULO 24

MEU CORAÇÃO BATIA COMO UM MARTELO, ecoando em meu crânio. Cada batida vinha com a mesma pergunta: como eu pude ser tão *burro*?

Se eu não estivesse tão envolvido em meus próprios pensamentos. Se tivesse olhado para aqueles dois do lado de fora da nossa botica por mais um segundo. Se não tivesse seguido Martin até essa sala sem questionar. Não era como se eu não soubesse que Stubb não era o único que fazia parte do Culto do Arcanjo.

Balancei a cabeça. Poderia deixar aquelas recriminações para mais tarde. Agora, eu precisava sair dali.

A janela, pensei. Cuidadosamente, olhei para baixo. O pátio estava vazio. Coloquei a cabeça ainda mais para fora, tentando ver se havia como descer por ali.

Sem chance. Eu estava no terceiro andar e o chão do pátio era de pedra. Descer pela janela não me permitiria escapar. Seria só uma boa maneira de quebrar as pernas.

Eu queria gritar pelo porteiro. Teria gritado se não soubesse que Wat o mataria para mantê-lo calado. Em vez disso, voltei para a porta da sala de Oswyn e puxei a maçaneta, forçando-a ao máximo que consegui. Não adiantou. O batente da porta era forte, feito de carvalho, e o trinco era de ferro. O máximo que aconteceria era arrancar a maçaneta.

Examinei a sala em busca de uma arma, alguma coisa que eu pudesse usar. As cadeiras eram robustas. Elas poderiam render bons tacos, mas a sala de Oswyn era tão pequena que mal havia espaço para desferir um golpe. Os livros não serviam para nada, a não ser que fosse possível fabricar uma arma de papel. A lamparina, talvez. A base era de latão, pesada o suficiente para fazer algum estrago. Continha óleo também, que podia ser perigoso. Infelizmente, eu não tinha como acendê-la.

De repente, me ocorreu uma ideia: eu tinha, *sim,* como acender a lamparina. Na verdade, tinha muito mais que isso.

O cinturão do meu mestre ainda estava comigo. Ali havia não só estopa e pederneira, mas muitas outras coisas úteis. Levantei a camisa e olhei para as dezenas de frascos nos bolsos e as tampas de cortiça aparecendo acima do tecido.

Minha primeira ideia foi fabricar pólvora outra vez e tentar explodir o fecho da porta, mas eu não tinha os ingredientes necessários. Eu já os usara, para escapar de Stubb e Wat, e não me lembrara de enchê-los quando estávamos na oficina de Hugh. Revirei o cinturão, procurando outra coisa. Foi então que o vi, com lacre de cera no topo e amarrado com barbante. Peguei o frasco que deixara Tom tão fascinado no quarto de Hugh.

Óleo de vitríolo. Aquele líquido mágico que dissolve ferro, como o ferrolho da porta da sala de Oswyn.

Eu precisaria ser rápido. Arranquei o barbante e quebrei o lacre. O cheiro azedo do vitríolo subiu pelo ar. Eu conseguia ver o ferrolho entre a porta e o batente, mas não consegui encaixar o frasco na fresta. Peguei um dos desenhos de Oswyn presos na parede, esperando que ele me perdoasse por profanar sua sala. Fiz um canudo com o pergaminho, encaixando-o na fresta. Então, com todo o cuidado, pinguei o óleo amarelo no metal.

Imediatamente, o ferro começou a chiar. O vapor invisível que subiu das bolhas secou a minha garganta e quase me sufocou. Dei um passo para trás, tossindo, enquanto o óleo de vitríolo derretia o ferrolho. Deixei que as poucas gotas que havia derramado corroessem o ferro por um minuto e pinguei mais algumas.

O metal se corroía lentamente, muito lentamente, mas eu fiquei com medo de ir mais rápido. O ferrolho não era tão grosso, mas eu não tinha uma grande quantidade de vitríolo e não podia desperdiçar nem um pouco. Já havia perdido um pouco do óleo no meu canudo de pergaminho, que se dissolvia mais depressa que o ferro. Esperava que o pergaminho, sendo resistente a líquidos, pudesse durar tempo suficiente para concluir a operação, mas, antes que eu pudesse derramar a terceira porção do vitríolo, ele se desfez em flocos de pele de bezerro enegrecida.

Fui até a parede de Oswyn para pegar outro pergaminho. Então, tive uma ideia melhor. Peguei a colher de prata que estava no cinturão do meu mestre e enfiei-a entre a porta e o batente, usando seu cabo como canaleta para escoar o óleo. Desejei ter pensado na colher antes de estragar o trabalho de Oswyn, mas arrombar a porta da sala dele também não me favoreceria muito. Se não tivesse a oportunidade de explicar o que tinha acontecido, eu perderia meu único aliado.

O vitríolo acabara. O metal se desfizera quase por completo, deixando apenas uma fina tira retorcida. Não havia mais nada que eu pudesse fazer. Agarrei a maçaneta com as duas mãos e puxei.

O ferrolho não se mexeu.

Vamos lá!, pensei. Coloquei um pé contra a parede e tentei de novo com toda a força. Meus dedos latejaram e começaram a formigar.

O ferro entortou.

Mais uma vez. Puxei com toda a força que tinha. Rezei com força igual, rogando silenciosamente ao céu. *Por favor, Deus. Por favor, mestre. Por favor, me ajudem.*

Ele quebrou.

O ferrolho se partiu, soltando um ruído metálico. Sua extremidade corroída caiu no chão, deixando algumas gotas amarelas atrás de si. Fui lançado ao chão, caindo de lado e sentindo novamente a dor no meu ombro ferido. Nem liguei. Eu estava livre.

Ou não.

Martin olhou para mim, com os olhos arregalados, do outro lado da porta aberta.

— Como é que você...

Eu me levantei com dificuldade. Agarrei a cadeira mais próxima. Antes que eu pudesse jogá-la contra ele, Martin se aproximou.

Ele agarrou meus braços e me empurrou contra a mesa. Bati as costas contra a quina de madeira, logo abaixo dos quadris.

Dor. Uma dor incrível e insuportável. Parecia que a madeira havia perfurado a minha coluna como uma lança. Soltei um uivo e caí no chão. Martin caiu por cima de mim. Seu peso me impedia de respirar.

Por um momento, não consegui me mover. Fiquei deitado ali, gemendo em agonia. Abri os olhos a tempo de ver o punho de Martin na direção da minha boca. Os ossos da mão dele golpearam meus dentes. Minha cabeça bateu com força contra o chão. Senti o gosto azedo e metálico de sangue.

— Seu verme! — exclamou.

O soco dele me deixou zonzo, mas ele ainda não tinha acabado. Martin se afastou para me acertar de novo. Vasculhei o cinturão junto ao corpo, mais por instinto do que por qualquer outra coisa. Peguei um frasco, qualquer frasco, e o arrebentei na cara dele.

O vidro se quebrou nas minhas mãos, e sua extremidade pontiaguda cortou a pele de Martin. Ele gritou quando arrastei o frasco quebrado na direção do seu queixo enquanto o pó com cor de ferrugem caía sobre mim. Torci a mão quando o golpeei, o que me fez sentir uma dor aguda num dedo. Martin se afastou e rolou para o lado, com a mão sobre o rosto.

Girei para o outro. Martin se virou para mim, com os dedos no rosto ensanguentado e um ódio incontido nos olhos. Ainda havia um pouco de pó no frasco, que joguei na cara dele.

— Ahh! — gritou ele, caindo para trás e levando as mãos aos olhos, que deviam estar ardendo muito. Arremessei o frasco vazio na direção dele, mas não adiantou nada. O recipiente bateu no seu avental sem atingi-lo. Gotas de sangue que pingavam do meu dedo cortado seguiram o trajeto do frasco e caíram por todo o chão.

Eu estava livre de Martin, por enquanto, mas minha cabeça ainda girava. Usei a lateral da cadeira, que estava caída no chão, como apoio para me levantar. Zonzo, tropecei, batendo o joelho com força contra a trave de carvalho que ligava os pés da cadeira. Um espasmo violento contraiu os músculos das minhas costas e quase me imobilizou.

No chão, Martin piscava e lacrimejava. Seus olhos estavam muito vermelhos e o pó ainda cobria o seu rosto. O corte que eu tinha feito nele sangrava muito, e o sangue descia por sua mandíbula e manchava o colarinho. Ele também começou a se levantar. Sua mão apalpou o cinto, onde estava sua faca.

Agarrei a lamparina de Oswyn, agora caída sobre a mesa. Eu a girei no ar feito louco. Martin se abaixou. A lamparina passou rente a ele, sem o tocar, mas lhe tirou o equilíbrio por uns instantes. Ele cambaleou e caiu num canto.

Saí correndo.

Eu havia pensado em fazer o mesmo caminho pelo qual chegara, mas parei de repente. Alguns metros à frente, no final do corredor, o Elefante também parou. Olhamos um para o outro durante o que pareceu ser uma eternidade. Eu tinha a lamparina de Oswyn na mão. Ele tinha uma corda cheia de nós.

Eu me virei e corri para o outro lado.

CAPÍTULO 25

NO MOMENTO EM QUE PASSEI PELA PORTA DA sala de Oswyn, Martin estava saindo dali, com os olhos enfurecidos e o rosto ensanguentado. Corri até o final do corredor. Havia outra saída à direita da sala de Oswyn. Eu nem imaginava onde ela daria. Mesmo assim, "onde" era "outro lugar", o que certamente era melhor que "ali".

A porta arqueada escondia uma escada em caracol estreita. Desci por ela o mais rápido que pude, sentindo dor nas costas machucadas a cada passo. Martin vinha atrás, raspando seus sapatos de couro na pedra, e os passos do Elefante ecoavam mais atrás.

Enquanto corria, percebi que a lamparina que eu carregava não seria uma boa arma. Mas eu podia usá-la para outra coisa. No meio da escada, joguei-a atrás de mim. O vidro se espatifou e o óleo se espalhou por todos os lados, pingando nos degraus.

Funcionou até melhor do que eu tinha imaginado. Martin, que vinha correndo atrás de mim, tentando diminuir a distância entre nós, escorregou no óleo. Derrapou nos degraus e bateu com a cabeça na balaustrada de ferro fundido, que tiniu como se alguém tivesse tocado o sino de uma igreja. Ele rolou escada abaixo.

Não parei para olhar. Martin estava fora do caminho por alguns minutos, mas eu ainda ouvia os pesados passos do Elefante atrás de mim. No pé da escada, uma estreita passagem se abria para outro corredor no segundo andar, na direção norte. Corri por ele, tentando abrir cada porta, mas todas estavam trancadas.

Ouvi vozes atrás de mim. Martin xingava. O Elefante retribuía os xingamentos. Virei à direita, entrando por um corredor, e depois à esquerda, por outro. Encontrei mais uma escada e desci por ela.

Cheguei ao térreo, num cômodo que reconheci. As salas dos escreventes onde Oswyn tinha mandado que eu esperasse. Além das salas, vi o pátio. Corri para fora, mas parei de repente.

Wat me esperava na entrada da sede.

Fiquei paralisado. Ele contraiu o corpo, como se fosse correr atrás de mim, mas não fez isso. Olhou para as janelas vazias.

— Ele está aqui! Aqui embaixo! No pátio! — gritou.

Demorei um segundo para entender por que ele não havia corrido atrás de mim. Ele não precisava fazer isso, pois cobrira a única saída. Tudo o que precisava fazer era aguardar Martin e o Elefante. E nem teria que esperar muito. Eu já conseguia ouvi-los descendo a escada.

Não havia para onde ir. Virei-me e corri para o laboratório.

Eu já estivera ali antes, depois do meu exame, quando os mestres nos mostraram as dependências da sede da guilda. Havia uma entrada principal para o complexo de laboratórios, que era composto por três salas diferentes. A câmara ao centro, para preparações em geral, era um amontoado de bancadas de trabalho cobertas por caixas, barricas, cestas e tubos. Uma porta à direita levava à destilaria, que bombeava seu cheiro de álcool para a sala de preparações. Outra porta à esquerda dava na sala dos fornos. Cada uma das três câmaras, pelo que eu me lembrava, tinha uma despensa anexa, um quarto menor com muitos ingredientes.

O que eu não me lembrava, infelizmente, era que nenhuma dessas câmaras tinha janelas pelas quais eu pudesse escapar. A maior parte da iluminação ali era produzida por velas apoiadas nas paredes e já quase extintas. A outra parte vinha da sala dos fornos. Fugi para lá, na esperança de que alguém ainda estivesse trabalhando ali.

Não tive essa sorte. O único sinal de vida eram as chamas que permaneceram acesas nos doze fornos enormes. Os mestres tinham deixado panelas nas bandejas para que cozinhassem receitas de longa duração enquanto tiravam seu dia de descanso. Eu estava sozinho.

E encurralado de novo.

— Ali dentro! — gritou Wat no pátio. — Ele entrou no laboratório!

Acabou. Eu estava cercado. E, percebi, ainda tinha o segredo da cripta no meu bolso.

Isaac tem a chave.

Puxei o pedaço de pergaminho com o código decifrado, que estava preso sob o cinturão do meu mestre, e o joguei no forno mais próximo. Ele se encolheu instantaneamente, transformando-se em cinzas. Quase joguei também a página do livro de registros, mas não consegui. Vi a caligrafia de meu mestre gravada ali e... simplesmente não pude.

Enfiei o papel de novo sob o cinturão e procurei desesperadamente uma arma. Pelo menos ali eu tinha escolhas melhores do que na sala de Oswyn. Uma placa de ferro quente, talvez, ou um atiçador para usar como lança ou bastão.

Balancei a cabeça pensando na minha idiotice. Eu não era o rei Arthur. Eu não iria destruir nenhum gigante. Mesmo sozinho, o Elefante podia me esmagar apenas com o pensamento. E se eu conseguisse passar por ele e Martin, Wat ainda estaria guardando a saída com sua faca. Nunca conseguiria me livrar deles numa luta corpo a corpo.

O que eu precisava era de uma distração, como na última vez em que fugira de Wat. Bem, eu estava num laboratório. E se havia alguma coisa que eu *podia* fazer, era criar uma distração.

Corri até a despensa no final da sala dos fornos. Estava tão cheia de ingredientes que quase não consegui entrar. Nunca tinha visto tamanha seleção de produtos. Jarras de vidro com capacidade para 20, 40 e 80 litros continham um vertiginoso arco-íris de líquidos. Os jarros de cerâmica eram tão grandes que pareciam ter sido feitos para baleias.

A primeira coisa de que eu precisava era ganhar algum tempo. Encontrei dois ingredientes que juntos eram os melhores produtores de distração do mundo: açúcar e salitre.

Arrastei os jarros até a sala dos fornos, raspando a cerâmica no chão de pedra e ignorando a dor lancinante nas minhas costas. Meu plano funcionaria melhor se eu derretesse os ingredientes primeiro, mas não tinha tempo para isso. Então, simplesmente despejei o conteúdo dos dois jarros perto da porta que levava à sala de preparações e usei os dedos para misturar.

Vozes vinham da câmara central.

— Ele quebrou o meu dente — gemeu Martin.

— Quieto! — exclamou o Elefante.

— Vou matar aquele verme!

— Você não vai tocar nele. Agora cale a boca e me deixe escutar.

Esgueirei-me até o forno mais próximo e usei uma pinça para pegar um pedaço incandescente de carvão.

— A brincadeira acabou, Christopher — gritou o Elefante. — Saia daí.

Passos se aproximaram da porta, movendo-se com cautela.

Derrubei o carvão na mistura branca no chão.

Houve um chiado.

— O que foi isso? — Martin indagou.

Então, o pó explodiu em chamas. A fumaça se espalhou e uma parede de fogo reluziu.

— Para trás! — gritou o Elefante na outra sala. — Afastem-se!

Eu caí no chão e rolei para o lado, sentindo tanto medo quanto eles. Nunca havia misturado quantidades tão grandes de açúcar e salitre. Aquele inferno de calor cuspiu gotas quentes nos meus sapatos até os grãos se consumirem, deixando uma mancha chamuscada na pedra. A fumaça encheu a câmara como uma névoa branca. Mal pude enxergar um centímetro diante dos olhos.

— Pelo Santo Espírito! Ele incendiou a sede — disse Martin.

— Christopher! — gritou o Elefante. — Saia daí. Você vai se matar!

Ele não estava errado. A fumaça era o que eu queria, para me ocultar e manter os outros do lado de fora por um ou dois minutos, mas a nuvem se espalhava por todos os lados, fazendo meus olhos arderem e sufocando meus pulmões. Corri de volta para a despensa, tossindo e ofegando, com falta de ar. Peguei um avental e o amarrei em torno do rosto, cobrindo o nariz e a boca, na esperança de que o tecido pudesse filtrar um pouco da fumaça. Ajudou um pouco, mas eu não podia ficar ali.

Mesmo assim, eu tinha ganhado um tempo para trabalhar. Adoraria fazer outro canhão, mas havia usado todo o salitre. Não podia mais preparar pólvora. Eu precisava de outra coisa.

A fumaça estava tão densa, e meus olhos lacrimejavam tanto, que eu mal podia ler os rótulos nos jarros. Mas ali, entre outros pós brancos, encontrei sódio. E, do outro lado, num recipiente de vidro com capacidade para 80 litros, estava o vinagre.

Peguei outro avental de aprendiz pendurado no cabide e joguei sódio sobre ele, unindo e torcendo as pontas para formar uma bolsa. Em seguida, entornei o jarro e despejei metade do vinagre no chão. O vinagre se espalhou, encharcando meus sapatos e molhando uma fileira de sacos de pano cheios de farinha que estavam do lado da porta, que ficaram manchados de castanho. *Se eu sobreviver,* pensei, *não haverá um mestre da guilda que não desejará me açoitar.*

O cheiro azedo do vinagre misturou-se à fumaça e me fez tossir ainda mais. Enfiei a bolsa cheia de sódio pela grande abertura do jarro. Depois recoloquei a rolha gigante no lugar, de modo que ela prendesse a parte de cima do avental na abertura do jarro. Com o pé, empurrei a rolha o suficiente para que ficasse firme.

Levou um segundo para que o vinagre restante começasse a encharcar o avental. O líquido começou a efervescer.

— Christopher! — gritou o Elefante, ainda esperando por mim na porta da câmara central. — Você não vai conseguir escapar. Saia daí agora! A gente só precisa de algumas informações. Não vamos machucar você se contar o que queremos saber.

Será que eu parecia ser tão burro assim? Mas ele tinha razão. Estava na hora de sair. O jarro não aguentaria para sempre. A rolha já estava forçando o vidro. E a fumaça estava me deixando zonzo.

Suspendi o jarro, o que lançou outra onda de dor pelas minhas costas. Precisava de mais uma arma. Eu a encontrei em meio à névoa, num pequeno pote com um cabo longo, borbulhando no forno com uma gosma marrom e grudenta com um cheiro de comida feita para o Satanás. Tirei o pote do fogo. O fundo de ferro raspou na grelha com um chiado metálico.

— Christopher! — o Elefante chamou outra vez.

O peso do pote fez meu braço tremer, o que reavivou a dor em meus ferimentos. Arrastei-me até a porta que levava para a câmara central, com o jarro de sódio e o vinagre no outro braço. Estava tudo cinzento. Eu não conseguia enxergá-los e precisava saber onde estavam.

Tossi.

— Vocês prometem que não vão me machucar?

— Claro, com certeza! — respondeu o Elefante.

Pronto.

Joguei a gosma quente na direção da voz dele. Ouvi quando ela acertou o tecido grosso do avental. Ele gritou.

Saí correndo pela porta, com o jarro numa das mãos e o pote de ferro vazio na outra. Ali, a fumaça estava esparsa o suficiente para eu ver que a gosma tinha acertado o Elefante em cheio. Ele tinha ficado ensopado, com uma mancha horrorosa espalhada em seu peito e pescoço. Berrava e agitava os braços, tentando tirar as roupas de sua pele escaldada. Martin, com o lábio mutilado e o rosto coberto de sangue, se afastou do colega, amedrontado.

Ele me viu surgir entre a fumaça, mas já era tarde demais. Bati com o pote na cabeça dele. Foi um golpe tão violento que o recipiente escapou da minha mão e quicou na pedra, retinindo. Martin caiu no chão feito um saco de farinha.

Essa é pelo mestre Benedict, pensei.

Saí correndo pela câmara de preparações na direção do pátio. Estava carregando o jarro de vidro com as duas mãos, e todos os músculos das minhas costas gemiam, uivando por causa do peso. O vinagre já tinha se transformado numa espuma cor-de-rosa cheia de bolhas. A rolha estava sendo pressionada para cima.

Wat estava esperando. Ele puxou a faca com sua lâmina longa, curva e cruel.

Eu não tinha nenhuma intenção de lutar com ele. No meio do pátio, com as últimas forças que me restavam, joguei o jarro na direção dele. Wat ficou observando o jarro voar pelo ar, parecendo surpreso. Era uma coisa grande. Seria fácil desviar. Ele desviou, exatamente como eu esperava.

Mergulhei no chão, rolando para me proteger atrás do poço, que ficou entre mim e Wat. O jarro atingiu o chão.

Explodiu. O vidro se espatifou com um estrondo enorme, como se fosse o maior canhão do mundo. A terrível pressão da mistura de vinagre e sódio lançou cacos a tal distância que eles atingiram as janelas do terceiro andar, salpicando o pátio como mil flechas sarracenas.

Cacos de vidro manchados de espuma rosa caíram como chuva ao meu lado; eu estava deitado no chão, protegido pela cobertura do poço. Pus a cabeça por sobre a borda para ver o que havia acontecido.

Wat se contorcia no chão, com a mão ainda segurando a faca, raspando a lâmina na pedra. Seu lado direito estava todo vermelho, da cabeça aos pés. Eu não sabia se era vinagre ou sangue. Não fiquei para descobrir. Passei por ele correndo, abri a porta da sede e fugi para a rua. Depois do que eu havia feito naquele local, sabia que jamais poderia retornar.

CAPÍTULO 26

CORRI, SENTINDO MEUS PULMÕES QUEIMAREM. Parecia que Londres inteira olhava para mim enquanto eu passava, fedendo a fumaça e a vinagre, tossindo e quase botando os pulmões para fora. Mesmo assim, eu continuava correndo, à beira do pânico, com apenas uma ideia na cabeça.

Blackthorn.

Meu lar.

Não importava que a botica não fosse mais minha casa. Eu não sabia para onde mais poderia ir. Mesmo se não fosse domingo, a casa de Isaac ficava perto demais da sede da Guilda dos Boticários para que eu fosse até lá. Além disso, eu não sabia até que ponto poderia confiar no homem. E eu não era bem-vindo na casa de Tom.

Dei a mim mesmo uma desculpa a mais para voltar à botica: ingredientes. Eu havia esgotado mais dois frascos do cinturão do mestre Benedict em minha fuga. Sem eles e os ingredientes que encontrei no laboratório, Wat estaria me fatiando como se eu fosse um porco para o almoço de domingo.

E essa não era minha única desculpa. A casa de Tom ficava entre a botica e a sede da guilda. Talvez ele estivesse por ali e pudéssemos conversar sem sua família por perto. Ele tinha se metido em encrenca por minha causa. Eu queria vê-lo, queria dizer que lamentava o ocorrido. Dizer adeus.

Mas eu devia tomar cuidado. Tremia só de pensar no que o pai de Tom faria se me visse. Precisaria ter mais cuidado ainda quando voltasse para casa. Havia uma grande possibilidade de a botica estar sendo vigiada. Wat e os outros podiam estar na sede, mas Stubb não. E se eu tinha aprendido alguma lição, era que qualquer pessoa, em qualquer lugar, podia fazer parte do Culto do Arcanjo.

Naquele caos, esqueci que lorde Ashcombe também estava atrás de mim, mas não foi por muito tempo.

******

Quando cheguei perto da casa de Tom, eu estava sem fôlego e mal conseguia andar. As costas, protestando durante todo o percurso, se contraíam a cada passo que eu dava. *Apenas mais algumas ruas,* disse a mim mesmo, e então eu poderia descansar. Eu estava tão concentrado em permanecer de pé que quase entrei na cova dos leões.

Tom *estava* mesmo em frente à casa, mas não sozinho. Lorde Ashcombe se encontrava lá também.

Quase tropecei nas pedras do chão. Cambaleei até chegar à porta de um joalheiro próximo, onde me protegi, me encostando na madeira, com os pulmões ardendo.

Lorde Ashcombe não dizia nada. Tom, por sua vez, não parava de falar. Eu estava longe demais para ouvir a conversa, mas ele parecia apavorado. Lorde Ashcombe fixava em Tom aqueles olhos perscrutadores.

Mantendo a cabeça baixa, esgueirei-me por uma ruela próxima, entre a oficina do joalheiro e o estabelecimento vizinho, que pertencia a um ferreiro. Mais protegido, pude observar de novo. Lorde Ashcombe ainda estava ouvindo Tom, que falava sem parar. Um dos homens do rei saiu da casa de Tom, carregando alguma coisa. Ele a entregou a lorde Ashcombe. O guardião a estendeu para o meu amigo sem dizer nada.

Eu vi o brilho do sol refletir no metal prateado. Lorde Ashcombe tinha meu cubo nas mãos.

Tom arregalou os olhos. Ele começou a falar rápido de novo, até mais rápido que antes. Lentamente, lorde Ashcombe estendeu a mão livre e agarrou o cabelo de Tom. Ele virou a mão, forçando-o a se ajoelhar.

A mãe de Tom saiu correndo pela porta da casa e ajoelhou-se na lama ao lado do filho, implorando a lorde Ashcombe, falando com a mesma rapidez que Tom. O pai de Tom também se aproximou, com o rosto vermelho e suado, apontando furioso para o final da rua, a direção que eu tomara depois que ele me expulsou. O guardião mal prestou atenção neles, sem tirar os olhos do meu amigo.

Lorde Ashcombe precisava saber que fora *eu*, e não Tom, quem havia pegado o cubo. Mas, pela lei, isso não fazia diferença. O cubo fora encontrado na casa de Tom, o que o marcava como ladrão. A penalidade para roubo era a morte.

Abaixei a cabeça. Eu não poderia deixar Tom morrer nas mãos de lorde Ashcombe. Se o guardião ia colocar a culpa pelo furto em alguém, esse alguém seria ser eu.

Dei um passo para a rua.

— Olá, Christopher — disse uma voz fininha.

A voz vinha de trás de mim, da ruela onde eu estava antes. Eu me virei.

Era Molly. Ela sorria para mim nas sombras, com seus cachos desgrenhados caídos sobre os olhos. Aos 4 anos, ela ainda era nova o suficiente para ter dificuldade de pronunciar algumas letras. *Olá, Quístofer.*

Pisquei, surpreso em vê-la.

— Molly?

Ela abriu mais o sorriso.

— Vem comigo — disse ela. *Fem comico.*

— Eu... eu não posso — respondi, embora desejasse muito poder ir. — Seu irmão está encrencado. Tenho que ajudá-lo.

— Não — retrucou Molly, estendendo o braço, envolvendo minha mão com seus dedos delicados e pequeninos. Ela me puxou. — Vem comigo. Você tem que vir. Tom mandou.

— Não posso.

— Tom mandou — repetiu, puxando o meu braço com toda a força, o que não me fez mover um centímetro. — Tom mandou. Não. Nããão! — insistiu, começando a chorar quando dei um passo na direção de lorde Ashcombe. — Eu prometi! Tom mandou!

A distância, vi que lorde Ashcombe havia soltado o cabelo de Tom. Ele parecia prestes a desmaiar. Sua mãe parecia estar agradecendo ao guardião repetidas vezes, que a ignorou completamente. Lorde Ashcombe disse alguma coisa a Tom, que agitou a cabeça, indicando que concordava. Os homens do rei já tinham começado a interrogar os vizinhos, alguns dos quais apontavam para a mesma direção indicada antes pelo pai de Tom, o caminho que eu tinha tomado ao sair daquela casa. Parecia que Tom havia convencido lorde Ashcombe de que ele realmente não sabia onde eu estava.

A menininha que me puxava pelo braço parecia contar uma história diferente.

— *Venha* — disse Molly. — Tom *mandou!*

Esperei mais um momento para ter certeza de que lorde Ashcombe não mudaria de ideia nem levaria Tom. Quando ele finalmente se afastou, eu suspirei.

— Está bem.

******

Assim que concordei em ir, o humor de Molly mudou, como acontece com as crianças pequenas. As lágrimas foram substituídas por um sorriso suave, que ela manteve enquanto andava na minha frente pelos becos de Londres. Ela cantava baixinho para si mesma, saltando em alguns passos, jogando algum jogo desconhecido.

— O que você estava fazendo naquela ruela? — perguntei.

— Procurando você — respondeu, toda orgulhosa. — Tom mandou a gente procurar você quando ele viu o homem bravo chegar. Mas *eu* achei você.

Coloquei um braço em torno dos ombros dela e lhe dei um pequeno abraço.

— Você é o máximo.

Ela sorriu para mim por um instante, apoiando a cabeça no meu quadril. Depois, viu uma borboleta e correu atrás dela, saltando e tentando pegá-la enquanto voava pelo ar.

Pensei que Molly estava me levando pelo caminho mais longo até os fundos da casa de Tom, embora soubesse do perigo que seria encontrar os pais dele agora. Mas parecíamos estar andando sem destino, de ruela em ruela. Nossa caminhada estava demorando demais e não estávamos nos aproximando da casa de Tom. Minhas costas doíam como nunca.

— Você sabe aonde estamos indo? — perguntei.

— Ahã — respondeu ela, olhando para o céu, com a esperança de que a borboleta voltasse. — Tom mandou levar você até a cara preta.

— Cara preta? — indaguei, sem entender o que ela queria dizer.

Molly riu.

— Não, seu bobo! *Casa* preta.

— Ah, entendi — respondi, embora fizesse algum tempo que eu não compreendia mais a lógica das crianças com 4 anos de idade. Que Casa Preta seria aquela?

Não demorou muito para que tudo se esclarecesse. Na última das incontáveis ruelas, chegamos a... Bem, eu não saberia como nomeá-la. Não era mais uma casa.

O que restava ali já havia sido a maior casa da rua. No último verão, um incêndio a destruíra. O andar de cima não existia mais. O segundo andar estava parcialmente transformado em cinzas. Só havia paredes nuas e enegrecidas, e vigas chamuscadas espetavam o céu como palitos de dente gigantes. Num canto, a parte térrea da casa também havia desmoronado, não deixando nada além de entulho e pedaços de carvalho.

A casa preta.

Cecily estava na ruela. A menina andava de um lado para outro, segurando a parte da frente do seu vestido lilás. Quando nos viu, ela olhou para a porta dos fundos da casa, que estava presa por apenas uma dobradiça oscilante, abrindo-se e fechando-se atrás de um homem que nos aguardava.

Dr. Parrett sorriu.

— Seja bem-vindo — cumprimentou.

CAPÍTULO 27

O INTERIOR DA CASA ESTAVA IGUALMENTE carbonizado. A fuligem cobria as vigas lambidas pelo fogo, que, de alguma forma, ainda sustentavam o andar superior. Havia lama seca espalhada por todo o chão, tão grossa que parecia que ainda estávamos na rua. Sobre a lareira estava pendurado um quadro destruído de alguma paisagem esquecida muito tempo antes, com a moldura também quebrada, a tinta derretida, a tela enrugada.

Dr. Parrett. O pobre e louco dr. Parrett, cuja família havia morrido num incêndio no último verão, ainda morava ali com o fantasma do filho, James.

Molly não parecia se incomodar nem um pouco com a casa, olhando fascinada para as ruínas ao redor, jovem demais para entender o que aquilo significava. Cecily não estava tão tranquila. Ela agarrou o meu braço e se aconchegou a mim. Eu também me aconcheguei a ela, arrepiado até os ossos, perguntando-me se o espírito de James estava realmente ali.

— Meu filho está dormindo — sussurrou o dr. Parrett. — E ele precisa estudar amanhã. Então, não fiquem acordados a noite toda — completou ele, fazendo um gesto bondoso.

— Não vamos ficar — respondi, esforçando-me para não fazer o sinal da cruz.

— Você pode ficar no quarto com James. É o cômodo dos fundos.

Ele pegou uma lamparina e nos levou até os fundos da casa, onde havia um pequeno quarto sem porta. Havia uma cama, com colchão de palha, num canto. A palha era nova e, diferentemente do resto da casa, não tinha lama ali. Tudo o mais estava queimado. Trapos de papel de parede encrespado se descolavam das paredes chamuscadas. A cabeceira da cama estava enegrecida e quebrada. Uma perna fora substituída por um par de tijolos. Um travesseiro sujo de fuligem jazia sobre a cama e, ao lado dele, um boneco de lã velho e sem um dos botões que serviam como olhos representava um cavaleiro.

— Avise-me se precisar de alguma coisa — disse o dr. Parrett.

Ele sorriu e foi embora. Molly imediatamente quis o boneco. Ela se agachou no assoalho e começou a conversar com o cavaleiro de tricô sobre onde fora parar o cavalo dele.

— Como vocês souberam onde me encontrar? — perguntei a Cecily.

— A gente não sabia — respondeu ela, aconchegando-se a mim e observando as paredes enegrecidas. — Quando viu que os homens do rei estavam vindo, Tom teve medo de que você pudesse voltar à nossa casa. Então ele mandou minhas irmãs procurarem você e me pediu para conseguir um lugar com o dr. Parrett.

Meu corpo machucado superou o medo de estar no quarto de James, sendo ele assombrado ou não. Lentamente, sentei-me na palha. A dor nas costas era lancinante, mas diminuiu quando o corpo repousou. Cecily me ajudou a me deitar, com uma expressão preocupada no rosto.

Calculei o que restava de mim. O rosto estava sensível e inchado no ponto em que Martin acertara o soco. O ombro estava arranhado e doendo no local em que a camisa havia rasgado quando fui jogado nas pedras da rua. Meu dedo, cortado pelos cacos do frasco que quebrei na sala de Oswyn, latejava terrivelmente, embora o sangramento tivesse parado. Pelo menos isso.

Minha coluna doía muito mais, sem dúvida, mas o corte no dedo era mais perigoso. A articulação já estava ficando vermelha, inchada e sensível ao toque. Se aquilo não fosse tratado, os humores do meu corpo poderiam se tornar ácidos e venenosos. Felizmente, eu ainda tinha o cinturão do meu mestre. Tentei levantar a camisa e alcançá-lo. Minha coluna não gostou nada desse movimento.

— Precisa de alguma coisa? — perguntou Cecily.

Puxei a roupa.

— Ajude-me a tirar a camisa.

Ela me ajudou, passando a camisa cuidadosamente pela minha cabeça. Cerrei os dentes para aguentar a dor. Envolvi o ferimento do dedo em teia de aranha, que encontrei num dos frascos do cinturão, e embebi o curativo de aloé, que estava em outro frasco. Uma tira rasgada da bainha da camisa serviu como gaze, que Cecily amarrou bem. Ela fez o mesmo com o ferimento no meu ombro. Depois se sentou atrás de mim na palha e examinou as minhas costas, observando o ponto atingido pela quina da mesa.

— Está bem vermelho — disse ela.

— Você pode apertar onde está bem vermelho? Preciso saber se tem alguma coisa quebrada.

— Mas não vai doer?

— Vai — falei com um suspiro. — Vai doer, sim.

E doeu. Mas, além de uma enorme marca vermelha na minha coluna, nenhum osso parecia estar quebrado. Os próximos dias seriam desagradáveis com certeza. Desejei intensamente tomar um balde de chá de papoula, mas, com o Culto do Arcanjo e lorde Ashcombe atrás de mim, tive medo de prejudicar minha mente. Peguei o frasco de casca de salgueiro e engoli metade do conteúdo. Fiz uma careta por causa do gosto amargo do pó. Além disso, tudo o que pude fazer foi deitar na palha e aguentar a dor.

******

Tom veio quando o sol se pôs, trazendo uma pequena sacola de pano e uma bolsinha de couro. Ele tinha uma mancha no rosto; o hematoma já se formava na região onde o pai lhe batera. Molly deu um salto, ainda segurando o boneco, e correu para o irmão.

— Fui eu que encontrei o Christopher! — disse ela, orgulhosa, apontando para mim enquanto eu tentava me sentar.

— Você fez um ótimo trabalho! — elogiou Tom, afastando os cachos diante dos olhos da irmã e dando tapinhas em sua bochecha.

Cecily sentou-se ao meu lado no colchão de palha, com os braços em torno dos joelhos.

— Algum problema? — perguntou Tom.

Ela fez que não com a cabeça.

— O dr. Parrett é muito bonzinho.

— Você pode levar Molly para casa?

Ela se levantou.

— Claro.

Molly me entregou o cavaleiro e me abraçou. Isso fez minhas costas doerem de novo, mas não me importei.

— Obrigado por me ajudar — falei. Acenei com o dedo ferido para Cecily. — E obrigado a você também.

Ela abriu um sorriso tímido e pôs um braço sobre os ombros da irmã. Quando as duas saíram, Tom se virou para mim.

— Sinto muito! — exclamei antes de qualquer coisa. — Tudo bem com você?

Tom encolheu os ombros.

— Meu pai já me bateu mais que isso.

Eu estava mais preocupado com lorde Ashcombe.

— Ele vai voltar atrás de você? Vi que ele encontrou o meu cubo...

— Lorde Ashcombe não está preocupado com seu cubo. Fique com isso.

Ele me entregou a sacola que carregava. Havia dois pães doces. Ao vê-los, me senti humano outra vez.

Tom me viu franzir o rosto quando me recostei na cabeceira destruída da cama.

— O que aconteceu com você? — perguntou ele.

Resmungando em meio aos bocados de pão doce, contei a ele sobre a sede e sobre ter sido encurralado por Martin, Wat e o Elefante depois que eles tiraram sir Edward e Oswyn da sede. Pensei que fosse ficar chocado, mas ele mal pareceu prestar atenção na história. Também contei sobre a minha descoberta.

— Isaac tem a chave da porta da cripta.

— É? — indagou Tom, sem mostrar muito interesse. Ele apontou para o quarto chamuscado de James. — Sinto muito. Foi o único lugar em que consegui pensar. Acho que ninguém vai procurá-lo aqui.

Coloquei o cavaleiro de lã de James perto de mim na cama.

— Está ótimo. Muito obrigado.

— Os homens do rei devem estar vigiando os portões de Londres. Talvez, quando eu descobrir como funcionam as rondas, você possa fugir até as docas e escapar — disse Tom, entregando-me a bolsa de couro.

Algo retiniu lá dentro quando a peguei. Puxei o cordão que a fechava. A prata brilhou à luz da vela. Contei 3 xelins e pelo menos uma dúzia de *pennies*.

Fiquei chocado.

— Onde você conseguiu isso?

— No cofre do meu pai na padaria.

— Ficou louco? Seu pai vai matar você! Não posso pegar esse dinheiro.

Estendi-lhe a bolsa para devolver. Tom colocou as mãos atrás das costas e se afastou.

— A passagem vai custar pelo menos um xelim. Mais até, se acharem que você está desesperado. Um cliente da padaria toma conta de uma barcaça. Acho que ele poderia ser subornado. Vou perguntar se pode levar você.

— Para onde?

— Já falei. Para fora da cidade. Você não pode ficar aqui — disse Tom olhando bem nos meus olhos. — Você está entendendo, não está?

— Mas... acho que descobri tudo. Um dos membros do Conselho da Guilda dos Boticários, Valentine Grey, estava na sede hoje. Acho que o restante do conselho não sabia que ele estava lá. Depois o vi falando com o Elefante. Acho que talvez ele e Martin sejam aprendizes de Valentine. Se isso for verdade, então Valentine faz parte do Culto do Arcanjo também. Se eu contar isso a lorde Ashcombe...

— Você não pode procurar lorde Ashcombe.

— Sei que ainda não tenho nenhuma testemunha, mas se eu explicar... Quero dizer, lorde Ashcombe estava lá ontem e sabe por que eu queria meu cubo.

— Ah, por Deus, Christopher! — bufou Tom. — Algumas vezes você simplesmente não *escuta*. Lorde Ashcombe não quer saber do seu maldito cubo. Ele acha que você matou o mestre Benedict.

Meu queixo caiu.

— *Eu? Mas por quê?*

— Você não estava na botica quando o Culto do Arcanjo o atacou. Lorde Ashcombe achou isso suspeito. Quando voltou para inspecionar a botica hoje cedo, ele descobriu que a última página do livro de registros havia sido arrancada. Ele sabe que você mentiu sobre o que mestre Benedict escreveu. Tem certeza de que há algo incriminador na tal página e que você a arrancou para que ninguém mais a visse.

Senti um espasmo no estômago.

— Isso não explica por que eu o mataria.

— Ele não tem certeza, mas acha que você pode estar trabalhando para o Culto do Arcanjo.

Olhei para Tom.

— Isso... isso é loucura!

— Ele também sugeriu que talvez você tenha matado mestre Benedict de forma que *parecesse* um assassinato do Culto do Arcanjo, e assim ninguém culparia você. Acha que talvez você quisesse se vingar do mestre Benedict por ele ter batido em você.

Fiquei imóvel.

— Ele nunca encostou a mão em mim! — afirmei, mas depois lembrei que ele *havia* me batido. Apenas uma vez. — Lady Brent — falei, chegando à conclusão.

Tom concordou com um gesto de cabeça.

— Lorde Ashcombe a interrogou. Ela disse que o mestre Benedict batia em você regularmente. Contou também que ele era cruel e que você se ressentia. Foi por isso que ele voltou para fazer uma vistoria na botica, querendo examinar o livro de registros. Eu falei que isso não era verdade, mas ele acha que estou mentindo para proteger você.

Mestre Benedict havia me batido e me xingado, mas apenas para me proteger de Wat e do Culto do Arcanjo. Tinha bancado o mestre cruel para me salvar. Pelo menos por um tempo. Mas Wat não tinha sido a única plateia. A palavra de lady Brent seria suficiente para qualquer júri me condenar. Eu me senti enjoado.

— Mestre Hugh — falei, lembrando-me dele de repente. — Ele sabe a verdade. E é mestre da guilda. Eles vão ter que acreditar nele. Se pudermos encontrá-lo, ele vai testemunhar a meu favor.

Tom desviou o olhar para o chão.

— Mestre Hugh está morto — disse ele baixinho.

Fiquei completamente imóvel, sem me mexer. Demorou uns instantes até que eu conseguisse falar.

— O... o quê?

— Quem me contou foi lorde Ashcombe. O corpo enterrado no jardim, aquele que vimos no Dia do Pomo de Carvalho, era de Hugh.

Pensei que a notícia me atingiria com mais força, mas simplesmente me senti entorpecido. Talvez porque eu não conseguisse imaginar nada mais opressor do que ser acusado do assassinato do meu mestre. Ou talvez porque, lá no fundo, algo em mim já soubesse que Hugh não havia saído da cidade. Que, assim como eu, ele não deixaria o mestre Benedict para trás.

— Então... o Culto do Arcanjo *realmente* atacou na noite de quinta-feira.

— Na verdade, lorde Ashcombe não tem certeza de que foi o Culto do Arcanjo. Não cortaram a barriga de Hugh como fizeram com os outros. Além disso, aquele era um túmulo cristão. Ele foi enterrado em solo consagrado.

Estranhei. Por que os assassinos de Hugh se preocupariam em lhe dar um funeral cristão? Nada daquilo fazia sentido.

— Imagino que ele me culpe também pela morte de Hugh? — observei num tom amargo.

— Ele não disse isso, mas também o culpa por Stubb.

— O que você quer dizer?

Tom me olhou, surpreso.

— Você não ficou sabendo? Stubb está morto também.

Fiquei embasbacado.

— O quê?! — exclamei. — Não pode ser...

— Ele foi encontrado em casa essa tarde. Stubb e seus aprendizes foram assassinados, exatamente como as outras vítimas do Culto do Arcanjo. A notícia está circulando por toda a cidade. Pensei que você sabia.

Minha mente estava um turbilhão.

Stubb... morto?

Eu não conseguia entender. Mestre Benedict. Hugh. Agora Stubb?

Por que o Culto do Arcanjo mataria Stubb? Ele *fazia parte* do grupo.

Pensei em Wat. Martin e o Elefante tinham passado a tarde na sede da Guilda dos Boticários, aguardando que os mestres do conselho saíssem. Wat viera de fora.

Será que Wat havia matado Stubb? Era isso que ele estivera fazendo antes de chegar à sede?

Os assassinatos certamente pareciam obra de Wat. E estava claro que ele odiava Stubb. Teria perdido o controle? Teria matado Stubb por maldade?

Ou estaria cumprindo ordens superiores?

Eu não *entendia*.

— *Christopher!*

Olhei para cima. Não tinha nem percebido que Tom ainda estava falando.

— Você está entendendo agora, não está? — perguntou ele. — Você precisa sair de Londres. O Culto do Arcanjo está eliminando todo mundo. O único homem que pode detê-los acha que você é um deles. Você não pode lutar contra eles, e não pode procurar lorde Ashcombe em busca de proteção.

— Para onde devo ir?

— Não sei. Encontre uma nova cidade. Arranje outro emprego. Qualquer mestre gostaria de ter você como aprendiz.

— Um novo aprendizado custaria *muito dinheiro* — expliquei. — E não existe trabalho para alguém como eu. Você sabe o que acontece com as crianças na rua — falei, estremecendo ao pensar no que poderia acontecer com Sally se ela não encontrasse um emprego, lembrando-me das crianças mais velhas que já não podiam viver no orfanato Cripplegate. Os mais sortudos ainda estavam por aí, pedindo esmolas, cortando bolsas ou até fazendo coisas piores. A maioria simplesmente desaparecia e nunca mais era vista.

A verdade era que eu não tinha para onde ir. Tom estava apenas alimentando um desejo. Por um momento, cheguei a fazer o mesmo. Fechei os olhos e fugi para algum lugar seguro onde mestre Benedict ainda estivesse vivo. Sem sofrimento. Sem mais mortes.

Mas isso era só um desejo.

— O que você vai fazer? — indagou Tom, baixinho.

O que mais eu podia fazer?

— Vou procurar Isaac. Obter a chave do painel. — E confiar que mestre Benedict me ajudará a encontrar uma saída.

— Mas você não pode nem andar pelas ruas. Lorde Ashcombe está oferecendo uma recompensa pela sua captura. Recompensa alta, 5 ou 10 libras. Todos em Londres estão procurando você.

Passei os dedos nos frascos do cinturão.

— Tenho uma ideia. E você vai devolver esse dinheiro antes que seu pai enterre *você* vivo — falei, entregando a ele a bolsa. — E não volte mais aqui.

— Eu vou com você — disse Tom, surpreso.

— Não vai, não! — respondi. — É perigoso demais.

Nesse momento, ele ficou irritado.

— Você não é o meu mestre. Não me diga o que fazer.

— Você precisa trabalhar amanhã — falei.

— Meu pai me manda buscar farinha no mercado às segundas-feiras. Fico longe por um tempo. Encontro com você depois do pregão das seis horas.

— Tom...

Ele jogou os braços para cima.

— Você poderia parar de falar só um pouco?

Fiquei quieto.

— Eles não vão levar você — disse Tom. — O Culto do Arcanjo, lorde Ashcombe, quem quer que seja. Eles não vão levar você também.

Tom já ia saindo, mas parou ao chegar à porta.

— Boa noite, Christopher — disse ele, e em seguida foi embora.

SEGUNDA-FEIRA, 10 DE JUNHO DE 1665

Comemoração de São Justino, Mártir

CAPÍTULO 28

MAL CONSEGUI DORMIR. EMBORA EXAUSTO, minhas costas doíam a cada movimento, me acordando se eu me mexesse um centímetro que fosse. O golpe que me arrancou definitivamente da cama veio às seis horas. Foi um homem gritando o meu nome na rua.

— Atenção, atenção, atenção! Alerta, meus bons cidadãos! Christopher Rowe, assassino de Benedict Blackthorn, está à solta. Rebelando-se contra a crueldade de seu mestre, o jovem Rowe se juntou ao Culto do Arcanjo! Sua Majestade oferece uma recompensa de 20 libras pela captura do rapaz!

A voz do pregoeiro entrou facilmente na casa arruinada do dr. Parrett, mas eu ainda não tinha certeza de que ouvira corretamente. *Vinte libras?*

— Bom dia! — disse o dr. Parrett.

Quase caí da cama. O dr. Parrett estava à porta, segurando um balde.

— Mil perdões — disse ele. — Não quis assustá-lo. Trouxe um pouco de água — completou, colocando o balde ao pé da cama e derramando o líquido. — Você está bem? James me contou que você teve um sono agitado.

Olhei para o dr. Parrett e vi suas roupas gastas e esfarrapadas e seu corpo sob os trapos, extenuado de tanto mendigar migalhas. Com certeza ele ouvira o pregoeiro. *Vinte libras.*

Puxei o cobertor sobre o peito.

— Dr. Parrett... O que estavam dizendo... Eu não...

— Não dê ouvidos a eles — falou, mostrando-se furioso. — São mentirosos! Eles... — Ele sufocou as palavras seguintes. Por um momento, parecia que a realidade havia invadido sua loucura, chegando à tristeza que morava nos seus olhos. Em seguida, a realidade foi-se novamente, e o homem ficou ali, tentando embarcar de novo na fantasia. — Aqui você tem um lar, conosco, por quanto tempo for necessário. Tenho um pouco de pão para o desjejum quando você estiver pronto. Precisa de mais alguma coisa?

Pedi mais uma coisa. Ele concordou e saiu. Tomei o que restava da casca de salgueiro. Qualquer melhora seria bem-vinda. Depois puxei o balde para perto de mim e comecei a trabalhar.

******

Quando me viu, Tom quase caiu de costas. Seus olhos varreram o quarto de James, como se mais alguém pudesse estar escondido naquela tumba incinerada. Depois ele simplesmente me olhou com o queixo caído.

— Christopher?

Eu me virei, com os braços estendidos.

— O que você acha?

Por um momento, apenas a boca dele funcionou.

— O que aconteceu com você?

Meu cabelo estava preto como carvão, pintado com a tinta de lula que eu encontrara no cinturão do meu mestre. Eu me livrara das roupas velhas de Tom também, pois o dr. Parrett me emprestara outras. Vesti uma calça esfarrapada dele, que era grande demais, e uma das camisas de linho do filho, que era pequena demais. Para completar a caracterização de menino de rua, usei cinábrio tirado de conchas de caramujos esmagadas com o restante de tinta de lula para marcar meu rosto com manchas amarronzadas. O inchaço, provocado pelo soco de Martin, dava um toque especial à fantasia, embora isso não compensasse a dor.

— Parece que você teve catapora — disse, franzindo o nariz. — E seu cheiro está péssimo.

Pela primeira vez em vários dias, senti uma ponta de esperança. Se meu disfarce tinha confundido Tom, mesmo que apenas por um segundo, ele poderia funcionar.

— Você se enganou a respeito da recompensa — falei. — Estou valendo *20* libras.

Ele fez uma careta.

— Pense nisso antes de me meter em outra confusão.

******

O disfarce funcionou quase bem demais. Nas ruas, mais de um lojista levantou um bastão e me xingou quando me aproximei muito, protegendo suas mercadorias de um ladrãozinho de dedos leves. Enquanto isso, Tom vinha um pouco atrás, no meio do trânsito, puxando a carroça de farinha vazia.

Os homens do rei estavam patrulhando a cidade. Em três ocasiões, eu passei bem perto de um par de soldados com suas espadas largas e pistolas, examinando a multidão naquela manhã de segunda-feira. Os olhos deles passaram por mim sem me reconhecer, mas eu sempre esperava até virar a esquina para respirar de novo. Pelo menos a presença deles diminuía a possibilidade de Wat e os outros me atacarem à luz do dia, mesmo se me reconhecessem. Ainda assim, eu avançava com pressa. Quando mais ficasse em qualquer lugar, mais atenção atrairia.

A livraria de Isaac se localizava na Saint Bennet's Hill, uma ruela estreita perto do rio, desconfortavelmente próxima da sede da guilda. Não tinha fachada de loja nem vitrines. A entrada ficava no meio de uma antiga construção de pedra com armazéns em ambos os lados. A porta de carvalho grossa e pesada tinha detalhes em ferro. Havia uma placa de madeira pendurada nela.

LIVROS RAROS
PROPRIETÁRIO - ISAAC CHANDLER
SÃO BEM-VINDOS TODOS AQUELES
QUE BUSCAM O CONHECIMENTO

Outra frase, em latim, havia sido esculpida na pedra sobre a porta.

FIAT LUX

Faça-se a luz.

******

Por dentro, o estabelecimento de Isaac mais parecia uma biblioteca do que uma livraria. O recinto era pequeno, não devia passar de 2 metros quadrados. Prateleiras cobriam as paredes, a não ser a que tinha uma lareira de pedra, onde o fogo estava aceso, aquecendo o cômodo e combatendo o frio da manhã. Os livros pesavam nas estantes; em alguns pontos, as pranchas de cedro estavam arqueadas no centro. Num canto, havia mais livros empilhados em altas colunas que chegavam quase até o teto. Um labirinto de papel e couro bloqueava uma estreita escada que conduzia aos andares superiores. Pensei tanto no meu mestre que meus olhos chegaram a lacrimejar.

Tom e eu não estávamos sozinhos. Do lado oposto à porta, vimos um balcão baixo de madeira. Atrás dele, um senhor com cabelos brancos bem finos e um queixo pontudo estava tranquilamente sentado num banco, com os olhos fechados. Era o proprietário, Isaac Chandler.

Sua voz era baixa como um sussurro.

— Em que posso ajudá-los?

— Estou procurando uma informação — respondi.

Ele apontou um dedo ossudo para os incontáveis livros. Eu precisaria ser mais específico.

— Na verdade, preciso descobrir o significado de alguns símbolos — expliquei.

Ele abriu os olhos.

— Chegue mais perto, por favor. Não enxergo bem.

Aproximei-me do balcão, e Tom veio logo atrás de mim. Quando chegamos perto, vi o que ele quis dizer. Os olhos de Isaac estavam começando a ficar nebulosos, como se a névoa da manhã tivesse passado para dentro deles.

— É uma maldição para quem ama os livros — disse ele. — Eu preferia perder o coração, mas parece que Deus não faz perguntas — observou, suspirando. — Quem são vocês?

Tom ficou tenso. A pergunta também me pegou desprevenido. Eu não podia usar meu verdadeiro nome.

— Meu nome é... James Parrett — declarei, sentindo um calor subir pelo rosto. — Sou aprendiz de... Andrew Church, da sede da Guilda dos Boticários. Meu mestre me enviou aqui para perguntar sobre alguns símbolos que ele encontrou num texto antigo.

— Você esqueceu seu avental.

Olhei para minha fantasia de menino de rua, que não incluía um avental azul.

— Eu... eu... o destruí no laboratório. Eu... derrubei óleo de vitríolo nele.

— Substância perigosa — disse Isaac. — Mas muito útil nas circunstâncias certas — acrescentou, fazendo um gesto afirmativo com a cabeça. — Muito bem, que símbolos são esses?

De certa forma, eu tinha alimentado a esperança de simplesmente dizer "Estou buscando um livro de símbolos" e de que ele simplesmente respondesse "Sim, é claro, aqui está exatamente o que você procura". Mestre Benedict me enviara a Isaac para obter a chave, mas ele também recomendara que eu não contasse nada a ninguém. Não tinha certeza se eu deveria incluir o livreiro nessa advertência. Decidi revelar uma parte da verdade.

— São vários símbolos — expliquei. — Uma espada apontada para baixo. Um triângulo apontado para cima.

Outro triângulo atravessado por uma linha, como uma montanha coberta de neve. Coisas assim.

Por um momento, não soube se ele estava pensando ou se tinha me ouvido. Então, ele disse:

— Símbolos podem significar muitas coisas. O contexto é importante — observou, com uma expressão de quem esperava mais alguma coisa.

— Esses símbolos se referem a ingredientes — expliquei.

— Ingredientes.

— Sim. — Esperei um pouco. Como ele não falou mais nada, acrescentei: — Uma chave.

Isaac ficou mudo por um tempo. Depois, remexeu-se no assento.

— Acho que não posso ajudar.

Fiquei completamente desanimado.

— Mas... meu mestre disse que o senhor é a única pessoa que pode ajudar.

— Você está treinando para ser boticário? — perguntou o velho.

— Estou.

— Então você sabe latim?

— Sei.

Ele apontou para cima.

— O que está escrito ali?

Atrás dele, na viga mais alta da estante, havia uma inscrição gravada com fogo na madeira. Eu a li.

— *Et cognoscetis veritatem, et veritas liberabit vos.*

— O que significa?

— É uma citação da Bíblia, do Evangelho de João: "Conhecereis a verdade, e a verdade vos libertará."

Ele concordou com a cabeça.

— E aí está sua resposta, jovem... Desculpe-me, meus ouvidos não são mais como antigamente. Como você disse que se chama?

Olhei para ele.

— Eu disse que me chamava James Parrett — declarei, enquanto ele aguardava. — Mas não é verdade.

Tom agarrou o meu braço.

— Não...

Eu me desvencilhei dele.

— Meu nome verdadeiro é Christopher Rowe.

Os olhos enevoados de Isaac me encararam.

— Conheci o seu mestre.

— Eu sei.

— Benedict era meu amigo. Ele sempre mencionava seu aprendiz. Mesmo ele não tivesse mencionado, eu ainda saberia seu nome, pois o ouvi essa manhã. Christopher Rowe, assassino que se rebelou contra a crueldade do seu mestre.

— Eu nunca machuquei o mestre Benedict — protestei. — Não conseguiria.

— E como eu posso ter certeza? Você vem aqui com um nome estranho que não é seu e, acho, um rosto estranho que também não é seu. Você me conta umas histórias e me pede que eu confie. Por que eu deveria acreditar em você, Christopher Rowe?

Pensei em motivos, em histórias que pudesse contar. Desculpas. Mentiras. Eu estava desesperado. Precisava de algo que o convencesse ou o caminho terminaria ali.

Olhei para dentro de mim mesmo. Tudo o que pude ver foi o rosto do meu mestre. Nele, encontrei a resposta.

— Eu era um órfão — comecei. — Os superiores me acolheram, me alimentaram, me ensinaram e me deram um teto. Serei sempre agradecido a eles. Mas o orfanato não era um lugar agradável. Eles eram rigorosos e impacientes, sempre prontos para punir. E os outros meninos, bem, alguns eram até piores. A gente vivia junto, mas a verdade é que cada um cresceu sozinho. Quando o mestre Benedict me acolheu, ele mudou o meu mundo. Ele se preocupou comigo — expliquei, com a voz falhando. — Ele me mostrou algo diferente, algo que eu nunca soube que existia. Ele era estranho. Era humano. Mas sempre foi bondoso. Era meu pai, meu verdadeiro pai, em tudo que era importante. E eu o amava.

Enxuguei os olhos na manga da camisa. Uma tinta violácea manchou o tecido.

— O senhor não tem motivos para confiar em mim — continuei. — O senhor não tem que acreditar. Se o senhor realmente foi amigo de Benedict Blackthorn, então sabe que eu nunca, nunca poderia matá-lo. Porque ele nunca, nunca, nem por um único momento, teria sido cruel comigo.

Isaac piscou os olhos devagar, me observando. Tom estava imóvel como uma estátua.

Então, Isaac se levantou do banco, que rangeu. De sob sua roupa, ele tirou uma chave de prata que trazia pendurada no pescoço. Ele a entregou a Tom.

— Tranque a porta.

Tom me olhou com uma expressão nervosa, mas obedeceu. Isaac virou-se para a estante atrás de si, com a inscrição no topo, e puxou três livros que estavam em três prateleiras diferentes. Quando ele moveu o último, a estante fez um ruído forte e se abriu. Um ar frio soprou da escuridão lá dentro.

Isaac pegou a chave com Tom e uma lamparina que estava sobre o balcão. Ele a acendeu e andou na direção da porta secreta. Na luz fraca da lamparina, eu consegui enxergar o alto de uma escada que levava ao subsolo.

Isaac se virou para nós.

— E então? — indagou. — Vocês vêm ou não?

CAPÍTULO 29

CHEGUEI ATÉ O NÚMERO CEM ANTES DE DESISTIR de contar os degraus. A escada descia em espiral e não tinha nada que marcasse nossa posição. As paredes curvas de pedra não tinham imagens nem suportes para tochas, apenas inúmeras fissuras na argamassa. A única coisa que mudava (além da dor nas minhas costas) era o ar, que ficava mais frio a cada degrau que descíamos.

Finalmente chegamos ao final. A escada acabava numa pequena câmara que se alargava para abrigar uma porta dupla tão alta que fazia os portões da sede da Guilda dos Boticários parecerem palitos de dente. Entalhada no carvalho havia uma cruz que tinha os quatro braços do mesmo tamanho e que se alargavam nas extremidades. Ainda havia restos da tinta original: branco na superfície, vermelho na cruz e dourado em volta.

Isaac tocou uma das maçanetas de latão polido.

— Posso me aproveitar da sua juventude, Thomas?

Tom deu um passo à frente, solícito, e empurrou a porta com o ombro. Então, arregalou os olhos e parou.

— Como o senhor sabe o meu nome?

— Benedict certa vez mencionou que seu aprendiz tinha um amigo tão leal que, não importava quão ridículo fosse o esquema mirabolante, Thomas Bailey sempre estaria ao lado dele. Christopher está sendo procurado por assassinato. A cabeça dele vale 20 libras. E os homens do rei não são os únicos predadores que o estão caçando. Mesmo assim, você está aqui. Quem mais você poderia ser?

Fiquei vermelho. Tom virou-se para mim com um ar triunfante.

— Não *falei* que eram esquemas mirabolantes?

******

A porta gigante abriu com um rangido, movendo-se sobre dobradiças com quase 3 centímetros de espessura. O que vi diante de mim quase me fez cair para trás.

Estávamos numa caverna. Ela se estendia tanto que a luz da nossa lamparina não alcançava o fundo. Por toda parte havia prateleiras, dezenas delas, fileiras sobre fileiras, construídas para abrigar os titãs da Grécia Antiga. Elas iam até o teto, chegando a uns 15 metros, tão alto que seriam necessárias escadas da altura de uma casa para alcançá-las. E as escadas estavam lá, robustas vigas com rodas que deslizavam em trilhos presos no chão.

Nunca tinha visto tantos livros. As prateleiras vergavam com o peso, ameaçando se partir e produzir uma chuva de páginas vinda diretamente do céu. Além disso, havia muito mais do que apenas livros. Pergaminhos amarelados e quebradiços em virtude do tempo empilhavam-se formando pirâmides numa prateleira. Algumas placas de pedra ficavam em outra prateleira, com estranhos símbolos grafados em suas superfícies. Numa fileira, tabuletas de barro vermelho--escuras traziam linhas e setas arcanas grafadas milhares de anos antes.

Tom se aproximou até encostar no meu ombro.

— Onde estamos?

— Bem embaixo da cidade, numa caverna construída pela Ordem dos Templários — explicou Isaac. — Eles armazenavam aqui os tesouros que saqueavam até o papa Clemente destruir a Ordem e queimá-los na fogueira. A caverna foi herdada em segredo pela família Mortimer, 350 anos atrás. Antes que vocês perguntem, não sei o que aconteceu com o ouro dos Templários. Isso não tem importância. Nós usamos esse lugar para coisa muito mais valiosa.

Depois de uma pausa, Isaac continuou:

— O que vocês estão vendo é a coleção completa de obras que eu e meus irmãos antes de mim conseguimos reunir. São séculos de conhecimento vindo de todas as civilizações, de todos os lugares do mundo. Esse conhecimento está disponível a todos aqueles que buscam a genuína verdade. Infelizmente, existem poucas pessoas assim.

— O senhor fica dizendo "nós"... — comentei. — Mestre Benedict era um de vocês?

— Era, sim. Éramos sete. Todos estão mortos. Ou fugiram da cidade. Exceto eu.

— Mas quem são vocês?

— Somos alquimistas.

— Aqueles que transformam chumbo em ouro?

— Pensei que eles fossem uma fraude — disse Tom, de repente, antes de perceber que insultar um homem quando se está no fundo da caverna secreta dele não é uma boa ideia.

Mas Isaac não se ofendeu.

— A maioria é mesmo uma fraude. E, sim, Christopher, a transmutação de chumbo em ouro é um dos mistérios buscados pelos alquimistas, mas séculos de farsas obscureceram o motivo.

Isaac continuou andando. Nós o seguimos. As batidas de nossos calcanhares na pedra ecoaram pela caverna. Quando chegamos à escada ao lado de uma prateleira que ficava oito fileiras à frente, Isaac a empurrou, fazendo-a deslizar sobre as rodas que rangiam pelo chão.

— A purificação de metais vis, como transformar chumbo em ouro, é apenas um meio para atingir um fim — explicou. — O que realmente buscamos é o abençoado conhecimento de Deus. Buscamos descobrir a *prima materia*, a matéria primeira, a energia bruta a partir da qual Nosso Senhor criou o Universo. Dessa forma, esperamos entender verdadeiramente nosso mundo mortal.

A escada rolou até parar a um terço do comprimento da estante. Isaac passou os dedos pelas lombadas dos livros que estavam na segunda prateleira a partir do chão, procurando mais com o tato do que com a visão. Em seguida, retirou um volume encadernado com couro preto e o entregou para mim.

A imagem de uma serpente engolindo a própria cauda estava gravada na capa. Tom e eu nos entreolhamos. O desenho era idêntico à serpente no painel dentro da cripta.

— Esse é o *ouroboros* — explicou Isaac. — É o símbolo da *prima materia*. Assim como ele se fecha num círculo sobre si mesmo, entendemos que a *prima materia* é o cerne de todo o Universo. Todas as coisas, toda a vida, nascem da matéria primeira. Se for possível acessar essa matéria, também será possível dirigi-la. Esse é o verdadeiro objetivo do alquimista. Os boticários já descobriram muitos poderes menores de Deus. A prata cura. O aloé acalma. O óleo de vitríolo dissolve. No entanto, todos esses elementos são apenas sombra da *prima materia*. Imagine os remédios que poderíamos criar se soubéssemos seus segredos. Talvez fosse possível até mesmo prevenir a própria morte.

— Era isso que mestre Benedict estava procurando — declarei.

— Sim. E você também, eu acho.

Aquilo me surpreendeu.

— Não entendo nada sobre esse assunto.

— Ainda não. Mas, se enviou você aqui, Benedict desejava que você entendesse.

— Ele nos mostrou como encontrar a porta sob o... — comecei a dizer, mas Isaac levantou a mão.

— Pare — ordenou. — Não devo saber onde Benedict trabalhava. Não sou um boticário, apenas cuido da biblioteca. Há segredos que não partilhamos, mesmo entre nós. Assim protegemos nossa irmandade daqueles que poderiam usar nossas descobertas de forma errada.

Pensei nas vítimas do Culto do Arcanjo. Elas haviam sido torturadas por causa dessas informações. Se cada homem conhecia apenas uma peça do quebra-cabeça, tudo o que os assassinos conseguiam obter eram pedaços que conduziam de forma obscura ao próximo homem na fila. Isso não detivera os assassinos, mas os atrasara por algum tempo até chegarem ao meu mestre. Ele se envenenara para não ser forçado a contar a Wat o que o rapaz queria saber. Ele tinha guardado seu último segredo apenas para mim.

— O senhor não tem medo de que eles o encontrem?

— Essa biblioteca é o propósito da minha vida. Não posso abandoná-la — disse Isaac, encolhendo os ombros. — Como sempre, o futuro está nas mãos de Deus. Se eles vierem atrás de mim, então é assim que será.

Não se eu pudesse evitar.

— Encontramos uma porta que não conseguimos abrir. Mestre Benedict disse que o senhor tem a chave.

Isaac voltou a empurrar a escada, fazendo-a avançar pelo corredor.

— Os símbolos que você descreveu antes são alquímicos. Representam instruções escritas em código para proteger segredos. A não ser pelo primeiro símbolo que você mencionou, a espada virada para baixo. Isso não é uma instrução. É o emblema de Miguel, o Arcanjo.

Tom estremeceu. Eu também.

— É... O Culto do Arcanjo é formado por alquimistas? — perguntou Tom.

— Não existe Culto do Arcanjo — respondeu Isaac.

Olhei para Tom, que parecia tão confuso quanto eu.

— Mas como pode ser? Esses assassinatos...

— São atos de homens maus, mas não têm nada a ver com culto nenhum. Pelo menos não no sentido em que as pessoas usam essa palavra — continuou Isaac, indicando com um gesto os livros ao nosso redor. — Manter ocultas nossas descobertas não é o único motivo para trabalharmos em segredo. Alquimistas já foram acusados de crimes terríveis no passado, como traição, heresia, bruxaria. Mas nós, que buscamos os dons de Deus para seus servos, não somos assassinos. Foram os próprios assassinos que roubaram esse nome, espalhando medo e mentira, encobrindo um trabalho sagrado com algo sinistro. Dessa forma, eles escondem seus verdadeiros motivos.

Pensei no que Oswyn havia dito.

— O senhor disse que os alquimistas buscam conhecimento para tornar o mundo melhor. Já me disseram que o Culto do Arcanjo... os assassinos... querem poder.

— E querem mesmo — confirmou Isaac, fixando a escada e olhando para cima. — Ali. Terceira prateleira de cima para baixo. O volume com a lombada azul. Pegue-o.

Subi a escada e puxei o livro que ele indicara.

— Abra — ordenou.

No fim do livro havia um pedaço de pergaminho, que tinha uma tabela escrita por mestre Benedict. Símbolos, muitos deles, anotados no papel com uma legenda ao lado de cada um.

— Essa é a chave que você está buscando — disse Isaac. — Pode levá-la. É um presente de Benedict para você.

Então era isso. Finalmente encontrei a última mensagem do mestre Benedict. Olhei para ela, estático, orgulhoso... e amedrontado.

Isaac colocou a mão no meu ombro e quase me fez pular.

— Tome cuidado, Christopher. O que você está fazendo é perigoso.

Ele nem precisava me lembrar de quantas pessoas queriam me ver morto, mas não era isso que ele queria dizer.

— Com esse legado, há uma escolha que você terá que fazer — alertou. — O conhecimento pode trazer grandes maravilhas, mas também um enorme sofrimento. O que fazer com esse conhecimento é uma escolha com a qual Benedict sempre lutou. No final das contas, talvez ele só tenha vencido essa luta transmitindo a escolha para você.

Eu pisquei, surpreso.

— Não... não estou entendendo.

Isaac suspirou.

— A pessoa que disse que os assassinos buscam o poder está correta. O arcanjo Miguel é o general de Deus. Ele lidera os exércitos do céu na eterna luta contra as forças do inferno.

Isaac abriu o livro que tinha o *ouroboros* na capa e mostrou uma imagem em suas páginas. Era um anjo de cabelo esvoaçante e asas abertas, atacando um dragão com uma espada.

— Para exaltá-lo, o Senhor deu a Miguel um poder único — disse Isaac.

Ele virou a página e mostrou outra ilustração. Nela, o arcanjo espezinhava criaturas infernais retorcidas e mutiladas. Tinha a mão levantada, e ela brilhava com fogo sagrado. As criaturas abaixo dele queimavam na luz de Deus e gritavam.

— Assim como os remédios curativos dos boticários têm muitas formas, a matéria primeira pode ter muitas formas. O Fogo do Arcanjo é a essência bruta da *prima materia.* É o poder de Deus sem limites.

Isaac voltou-se para mim e continuou:

— Eu disse antes que não havia um culto, apenas assassinos que se escondem atrás desse nome. Eles buscam esse aspecto da *prima materia*, o Fogo do Arcanjo. Por mais horríveis que os crimes tenham sido até agora, as coisas vão ficar infinitamente piores se eles encontrarem esse fogo.

— Por quê? — indagou Tom, nervoso. — O que eles vão fazer?

— Os campos da batalha da Inglaterra costumavam estar cobertos de cavaleiros — disse Isaac, estendendo as mãos como se estivesse desenhando a cena. — Usando suas armaduras, eles eram impenetráveis, os senhores da terra, os mais fortes em cinco mil anos de guerra. Agora, me diga, quando foi a última vez que você viu um cavaleiro de armadura? — perguntou, apoiando-se na estante. — As armas de fogo substituíram os cavaleiros nos campos de batalha. Suas armaduras, fonte de sua força, tornaram-se inúteis contra homens armados com pólvora.

Depois de uma pausa, Isaac prosseguiu:

— Agora, imagine entrar no campo de batalha com o arcanjo Miguel ao seu lado. A pólvora já não teria mais poder que um mero estilingue. O homem que descobrir o Fogo do Arcanjo poderá mudar o mundo. E se as pessoas erradas colocarem a mão nele... — Ele olhou ao longe. — Um exército que marcha com o arcanjo é invencível.

CAPÍTULO 30

VOLTAMOS À CRIPTA SOB O MAUSOLÉU NO jardim da propriedade de Mortimer. Tom levava uma tocha. Eu levava o pergaminho, a chave dada pelo meu mestre.

Depois do que Isaac nos mostrara, Tom e eu olhamos para o painel sob uma nova luz. Vimos o *ouroboros*, a matéria primeira, a serpente engolindo a própria cauda. Além disso, reconhecemos as figuras. O general de Deus, o arcanjo Miguel, ferindo Satanás, o dragão retorcido, com sua espada enquanto os serviçais do Demônio se contorciam a seus pés, engolindo a escuridão.

Armados com a chave do mestre Benedict, finalmente saberíamos o veneno contra eles.

— Já sabemos que esse símbolo indica o mercúrio — falei, apontando para o buraco à esquerda. — O símbolo no topo é...

— Ar? — perguntei, intrigado.

Tom estendeu a mão e colocou um dedo no buraco.

— Já não existe ar aqui?

VOCABULARIUM ALCHEMIAE

OS TRÊS PRINCÍPIOS

sal: a força contrativa	cristalização, contração
enxofre: a força expansiva	dissolução, evaporação
mercúrio: a força integrativa	equilíbrio de sal e enxofre

OS QUATRO PRINCÍPIOS

TERRA:	fria e seca	melancólica
ÁGUA:	fria e molhada	fleumática
AR:	quente e molhado	sanguíneo
FOGO:	quente e seco	colérico

METAIS PLANETÁRIOS

- ouro/Sol
- prata/Lua
- latão/Júpiter
- ferro/Marte
- chumbo/Vênus
- mercúrio/Mercúrio
- cobre/Saturno

MINERAIS TERRESTRES

- salitre
- realgar
- cal viva
- cinábrio
- sal amoníaco
- sal de tártaro
- litargírio
- marcassita

CORROSIVOS

- *aqua fortis*
- *aqua regia*
- vinagre
- vinagre destilado
- óleo de vitríolo

PESOS E MINERAIS

- uma libra
- um escrópulo
- uma onça
- uma pitada
- uma dracma
- um quartilho
- porções iguais

INSTRUÇÕES E PROCESSOS

calcinação	sublimação	açúcar	mel
congestão	separação	espírito	cera
fixação	cerar	essência	pó
solução	fermentação	destilador	destilar
digestão	multiplicação	tomar	misturar
precipitação	*caput mortuum*	álcool	compor
purificar	óleo	retorta	recipiente
digerir	filtro	noite	ferver
		dia	

— Talvez seja um truque — observei, virando-me para as bancadas de trabalho com os ingredientes. — Não se deve colocar nada aí, mas, sem a chave, qualquer pessoa usaria diferentes substâncias para tentar abrir a porta. E a porta simplesmente não abriria. — *Muito inteligente*, pensei.

— Certo — disse Tom. — E o último buraco?

Havia três símbolos a serem combinados.

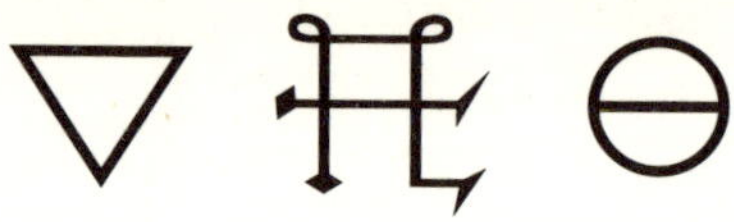

Um triângulo virado para baixo. *Água*.

Uma curiosa escada com as pontas tortuosas. *Misturar.*

Um círculo atravessado por uma linha horizontal. *Sal.*

Água, misturar, sal.

— Será que significa... água salgada? — perguntou Tom.

— Acho que sim — respondi. Ar em cima, mercúrio à esquerda, água salgada à direita.

Preparamos a água salgada. Despejei água até a marca do béquer. Peguei uma colher na outra mesa, enchi de sal e misturei com a água. Mexi, produzindo um líquido branco fosco. O segundo béquer, cheio de mercúrio, foi preparado por Tom.

Paramos em frente aos dragões. Fiz um sinal com a cabeça para Tom.

Lentamente, ele despejou o mercúrio dentro do buraco. Ouvimos o mesmo ruído abafado vindo de trás do painel.

Despejei a água salgada no outro buraco, que escorreu por dentro do painel.

Nada.

— Será que...

Claque!

O painel se destrancou. Uma emenda apareceu circundando o interior do *ouroboros*. O fogo da tocha tremulou, agitado pelo ar que veio sussurrando em nossos ouvidos como uma respiração.

O centro do painel se abriu. O Arcanjo Miguel nos convidou a entrar.

Entrei.

Havia um novo e amplo corredor atrás da abertura, mas sem nichos nas paredes ou ossos antigos. As paredes eram apenas de pedra sólida. O corredor continuava por uns 6 metros e terminava numa porta de madeira.

— Olhe — disse Tom.

Ele estava olhando a parte de trás do painel. Era feita de vidro, de modo que pudemos ver o mecanismo todo, como acontecera com o meu cubo. À direita, o mercúrio mantinha abaixada uma alavanca ligada ao trinco lateral. No topo, onde não havíamos colocado nada, havia outra. Se qualquer substância tivesse sido despejada ali, teria empurrado um contrapeso para baixo, fechando o trinco.

A parte mais surpreendente estava do lado oposto do mercúrio. A água salgada que eu despejei tinha ido parar num jarro de cerâmica. No topo desse jarro, entre dois pinos de metal, podíamos ver faíscas, que mais pareciam minúsculos raios. Cada uma era acompanhada por um estalido, como um mini trovão.

Tom fez o sinal da cruz.

— Em nome de Deus, o que é isso?

Ficamos olhando, maravilhados, mas a luz durou apenas alguns segundos. A água salgada escorreu pelos pequenos furos no fundo do jarro de cerâmica, passando por um tubo de cobre e caindo numa panela rasa que ficava atrás da porta. As faíscas cessaram, e o trinco fechou-se novamente. O mercúrio escorreu através de um segundo tubo para um jarro de vidro ao lado da panela com água. Quando já não havia peso suficiente para manter a alavanca abaixada, ela voltou para o lugar original. Fiquei preocupado com a possibilidade de ficarmos presos atrás do painel, mas então vi uma maçaneta. Não precisaríamos dos ingredientes para sair dali.

Andamos pelo corredor até chegar à última entrada. Ali não havia nenhum enigma nem chave, apenas um simples ferrolho numa simples porta de madeira. Eu a abri. A luz da tocha encheu a oficina à nossa frente. Meu coração disparou.

Senti-me como se estivesse em casa mais uma vez.

Havia um forno exatamente igual ao nosso num canto: era feito de ferro, com enormes pilhas de madeira e carvão ao lado e uma chaminé que atravessava o teto de pedra. Do lado oposto havia um destilador e um enorme béquer coletando as gotas que caíam dele. As bancadas estavam cobertas com experimentos inacabados. As paredes eram forradas de estantes cheias de livros, papéis e pergaminhos, alguns soltos no piso. Vi um reservatório de gelo incrustado nas pedras do chão ao lado do destilador e, próximo a ele, um relógio com pêndulo que tiquetaqueava sobre um tamborete. Abracei meu próprio corpo, sentindo a presença do meu mestre ali.

Nem tudo era igual. Havia câmaras instaladas em três paredes. A julgar pelos jarros lá dentro, as câmaras da direita e da esquerda eram depósitos de ingredientes. De onde eu estava, não conseguia ver o que havia dentro da câmara em frente à porta.

— O que são essas coisas? — perguntou Tom.

Atrás de nós, havia tábuas fixadas na parede, formando um painel com fileiras de pregos fincados. Os pregos seguravam várias páginas, cheias de palavras, diagramas e símbolos. Na maioria via-se um risco grosso em tinta preta atravessando todo o papel.

— Fracassos — respondi. — São receitas. O risco significa que não deram certo.

Vi a caligrafia do mestre Benedict em muitos papéis, mas não em todos. Alguns mostravam a letra de Hugh, que era grossa e redonda. Havia outros autores que eu não reconhecia; eram pelo menos três.

— Este era o laboratório secreto deles — constatei. — Era aqui que o mestre Benedict vinha quando saía à noite.

Vi mais papéis sob o painel de madeira, pilhas e pilhas. Devia haver milhares de páginas ali. Na primeira, como acontecia no painel, a maior parte dos registros tinha a letra de mestre Benedict. À medida que examinava o material, percebi que a caligrafia mudava e que os pergaminhos ficavam cada vez mais quebradiços. Contei pelo menos uns vinte autores diferentes. Aquilo representava anos ou décadas de trabalho. Talvez até séculos.

— Christopher.

Tom estava olhando para a câmara que ficava no lado oposto à entrada. Na entrada dela, manchas marrom-escuras se espalhavam pelo chão de pedra. Ao lado, havia um balde cheio de trapos com a mesma cor.

Era sangue. Sangue seco. Muito sangue seco.

A porta da câmara tinha sido aberta. As paredes ao redor estavam chamuscadas e havia fuligem preta espalhada pela câmara. E sinais de que pedaços de pedra tinham sido arrancados. Uma mesa de ferro com o tampo deformado ficava no centro da câmara. Havia um pesado béquer de vidro sobre ela, com sua boca larga fechada com uma rolha de cortiça. Estava cheio de um líquido amarelado até a marca dos três quartos.

Segurei o béquer. O líquido que se movimentou lá dentro era meio gosmento.

— O que é isso? — perguntou Tom.

Balancei a cabeça.

— Não sei.

Ele olhou para o líquido enquanto eu girava o béquer na mão, observando-o escorrer pelas paredes do vidro.

— Parece um óleo — comentei.

Retirei a tampa de cortiça e enfiei o dedo no líquido. Tinha textura de óleo também. O cheiro era vagamente frutado e exótico, como o aroma de bananas importadas de ilhas tropicais. Provei.

— É doce — falei, surpreso. O líquido fez minha língua formigar, como se fosse um molho de pimenta bem picante. Nunca havia experimentado algo semelhante.

Recoloquei a rolha de cortiça e entreguei o béquer a Tom, que estudou o líquido. Voltei para a bancada, que também estava coberta de papéis, todos com a caligrafia do meu mestre. Ao lado deles, havia um longo estopim de canhão. Embaixo da bancada, encontrei mais dois rolos de estopim empilhados, mais do que eu jamais vira na nossa oficina. Olhei para a câmara de onde havíamos retirado o béquer, especificamente para as paredes chamuscadas.

Será que o mestre Benedict tinha queimado pólvora?

No lado oposto à bancada, havia um cilindro, com cerca de 10 centímetros de altura e 3 centímetros de diâmetro, embrulhado com uma fina camada de pergaminho encerado. Um estopim de canhão com quase 60 centímetros de comprimento tinha sido enfiado no topo do cilindro. Parecia algum estranho tipo de vela oleosa. Ao lado, no chão, vi um balde com serragem.

Lembrei-me do Dia do Pomo de Carvalho. Depois que lorde Ashcombe encontrou o braço dilacerado de Hugh, Tom e eu voltamos à botica, e eu usei serragem para secar o sangue de javali. Mestre Benedict olhou fascinado para aquilo.

E agora ali estava a serragem.

O pergaminho em volta do cilindro estava mais apertado na parte de cima. Eu o abri. O tubo estava cheio de serragem molhada e pegajosa, embebida do mesmo líquido oleoso que encontramos no béquer.

Vasculhei os papéis que cobriam a mesa. Foi então que encontrei algo escrito com a letra suave do mestre Benedict. Havia rabiscos e correções em todas as páginas, mas, quando juntei as linhas não riscadas, percebi que era uma receita.

O Fogo do Arcanjo

Encher um béquer com aqua fortis *fumegante. Imergir o béquer em banho de gelo. Acrescentar óleo de vitríolo fumegante com o máximo cuidado. Acrescentar mais gelo ao banho até que o líquido comece a congelar. Acrescentar algumas gotas do xarope doce de azeite de oliva com litargírio. Mexer com o máximo cuidado por um quarto de hora. Transferir para a água; a mistura se sedimentará no fundo. Separar a mistura e, apenas em pequenas gotas, acrescentar sódio. Repetir a operação três vezes. O líquido resultante terá aparência e textura de azeite de oliva.*

Ele tinha conseguido. Mestre Benedict havia descoberto a essência bruta da *prima materia.*

Olhei para Tom. Ele ainda estava segurando o béquer. Meu coração disparou.

Tom deu um passo para trás.

— O que aconteceu?

— É isso! — exclamei, apontando para o béquer. — Esse aí é o Fogo do Arcanjo.

Ele olhou para o líquido.

— Como... como funciona? É para beber?

— Não sei — respondi. Eu tinha experimentado um pouco do líquido. Minha língua ainda ardia. E agora eu estava começando a sentir uma dor de cabeça, um leve latejar nas têmporas. Será que me fez mal? Será que aquela sensação tinha sido causada pelo Fogo do Arcanjo?

Imitei o gesto do Arcanjo Miguel na imagem que Isaac nos mostrou no livro, mas nenhum raio de luz saiu da minha mão.

— Talvez seja melhor colocá-lo de volta no lugar.

Tom pareceu aliviado e desapontado ao se livrar do líquido. Entendi perfeitamente. Não é todo dia que alguém pode ter o poder de Deus nas próprias mãos.

Examinei outras páginas. A maioria eram rascunhos de anotações dos experimentos feitos pelo meu mestre. Encontrei uma receita separada, que indicava como fazer o "xarope doce de azeite de oliva com litargírio". Hugh tinha acrescentado uma nota à página, sugerindo que o xarope podia ser bom para pastilhas.

Observei mais uma coisa quando virei os papéis. No verso de um deles, mestre Benedict havia feito algumas anotações. Uma palavra conhecida atraiu meus olhos para o último registro no final da página.

A serragem é a chave. Quando misturada ao Fogo do Arcanjo, a volatilidade da mistura é controlada pela natureza suave da serragem, e o Fogo do Arcanjo se torna estável. Assim, apenas o fogo é capaz de liberá-lo. É preciso tomar cuidado, pois apenas dessa forma o homem pode tocar com segurança o poder de Deus.

Franzi a testa, confuso. Mestre Benedict concluiu que era preciso serragem para manipular com segurança o Fogo do Arcanjo, mas a serragem não era parte da receita original. Também não havia sido misturada com o líquido no béquer. Intrigado, li a página desde o início para ver o que vinha antes daquela observação.

Era uma advertência, rabiscada pela mão trêmula do meu mestre.

O poder é muito grande. O Fogo do Arcanjo jamais se destinou aos homens mortais. Seu mais leve tremor atrai a ira de Deus para quem o tem nas mãos. O que foi que eu fiz?

Fiquei parado ali, tremendo, com o papel na mão. Perto dessa mensagem, havia leves manchas amarronzadas, o mesmo sangue seco do chão perto da câmara onde tínhamos encontrado o béquer, a câmara em que Tom estava naquele momento.

Uma câmara de testes. Era essa a finalidade daquele cômodo.

Minha cabeça latejava e a dor aumentava a cada segundo. Olhei para as manchas no chão, o chamuscado na porta, o balde, o sangue.

Afastei-me da bancada. O banco tombou, caindo no chão.

— Tom! — exclamei com a voz trêmula e corri para a câmara. — Tom!

Ele havia devolvido o béquer à mesa de ferro, mas ainda estava curvado, observando o líquido. Deu um salto quando me ouviu.

— O que foi? — perguntou, batendo com a perna na mesa.

O béquer escorregou na direção de uma das irregularidades do tampo da mesa, balançou por um momento e tombou, rolando cada vez mais rápido para a extremidade.

Pensei no sangue que encontramos no chão. Pensei no ombro queimado do meu mestre. Pensei no corpo de Hugh, encontrado num túmulo cristão no Dia do Pomo de Carvalho, queimado, enegrecido e dilacerado.

Agarrei Tom pelo colarinho. Puxei-o com força. Ele caiu para trás junto comigo, fora da câmara de testes, e ficamos estirados no chão.

O béquer caiu da mesa.

Tentei fechar a porta com um chute.

E então veio o poder de Deus.

CAPÍTULO 31

SENTI O MEU ROSTO TOCANDO A PEDRA. ELA ERA FRIA.

Estou no chão, pensei.

Tentei lembrar como fui parar ali.

Papéis. Eu estava lendo alguma coisa. Alguma coisa ruim.

Meu braço direito estava dormente, torcido sob o corpo; mais parecia que eu tinha me deitado sobre um cabo de vassoura. Mudei de posição e liberei o braço. A vida lentamente voltou a ele e senti agulhadas na pele.

Sentei-me e tossi. Inspirei uma fumaça que fez meus pulmões arderem, pior do que aquela que havia expirado. Parecia que um anão martelava uma bigorna dentro da minha cabeça. Coloquei a mão na têmpora. Senti algo quente e molhado.

Havia outro garoto deitado ao meu lado. Ele estava encolhido e gemia. Parecia grande demais para gemer daquele jeito.

Espere aí... Tom. Era Tom. Eu o havia puxado e caímos juntos logo antes da explosão.

Um fogo queimava num canto. Uma lamparina havia se espatifado no chão, e seu óleo pegara fogo.

Tentei me levantar, mas caí de joelhos.

Tente de novo, pensei. Funcionou dessa vez.

Procurei a maçaneta da porta da câmara de testes, mas ela não estava mais lá. Na verdade, a porta inteira tinha despencado ao lado de Tom. O que restara dela permanecia pendurado na parte de cima do batente.

Havia um zumbido em meus ouvidos.

Era preciso apagar o fogo. Vi um balde com areia num canto, e despejei-o sobre o óleo que queimava. O fogo parecia menor do que quando eu o avistara do chão. A chama se extinguiu e a fumaça preencheu o ar.

— Tom — chamei. Ele havia parado de gemer. — Tudo bem com você?

Ele se virou. Sua voz vacilava.

— Sua cabeça está sangrando.

— Estou bem — falei, sentando-me perto da bancada e afastando os papéis. Abaixei a cabeça na madeira.

******

Pólvora. Óleo de vitríolo. Estramônio.

Eu sempre disse que é perigoso ser boticário, mas o que mestre Benedict havia descoberto tinha colocado nossos experimentos terrenos numa posição muito inferior, como Oswyn previra. O Fogo do Arcanjo deixara novas cicatrizes nas paredes, arrancando pedaços de pedra do tamanho do meu punho. Agora eu sabia de quem era o sangue no chão. Era de Hugh. Ele não fora assassinado, havia sucumbido diante do poder do general de Deus, dilacerado no mesmo tipo de acidente que quase matara a mim e a Tom.

Pensei na triste confissão rabiscada às pressas pelo meu mestre. *O Fogo do Arcanjo jamais se destinou aos homens mortais. O que foi que eu fiz?* Também pensei nele enterrando o amigo da melhor maneira que pôde, no terreno consagrado sob o anjo de pedra. Mestre Benedict, cavando sozinho no escuro, sem poder contar a ninguém o que havia acontecido. Senti uma dor no coração por ele.

Mesmo assim, a obsessão do meu mestre em descobrir como a *prima materia* poderia ajudar a humanidade o fizera retornar. Ele continuou buscando uma forma de purificar o Fogo do Arcanjo, de transformá-lo de uma arma de destruição num agente de cura, como um alquimista transforma chumbo em ouro ou um boticário transforma o veneno do estramônio num remédio para asma. E, pelo menos em parte, ele obtivera sucesso. A serragem (a *minha* serragem) havia alterado a natureza do Fogo do Arcanjo e amenizado a ira de Deus. O cilindro com o estopim de canhão havia caído da bancada no momento da explosão, mas não explodira ao tocar o chão. Mestre Benedict estava certo. Misturada com serragem, a arma precisaria de fogo para liberar seu poder.

Poder. Será que essa palavra era suficiente para descrever a terrível dádiva de Deus? *Não conte a ninguém,* advertira meu mestre. Agora eu entendia. Lembrei quando me perguntou se eu desejava a vida que ele havia me proporcionado e se eu escolheria ir embora. Perguntei-me por um momento o que ele teria feito se eu tivesse decidido me afastar, mas isso era perda de tempo. Eu nunca teria escolhido nada além do que escolhi, nunca o teria abandonado. Mesmo agora, debilitado como estava, eu sentia um grande orgulho por ele ter confiado em mim.

Com esse legado, vem uma escolha que você terá que fazer, dissera Isaac. Agora eu entendia isso também. Enviando-me ali, mestre Benedict colocara nas minhas mãos a decisão final. O que eu faria com a descoberta dele? Trabalharia com o Fogo do Arcanjo, como meu mestre, tentando alterar mais ainda sua natureza para liberar o poder curativo de Deus? Ou o ocultaria, sem deixar que ninguém soubesse que fora descoberto? Ou o destruiria, mantendo-o para sempre longe de mãos humanas?

Mestre Benedict havia buscado a força bruta do universo para moldá-la para o aperfeiçoamento do homem, mas, em vez disso, acabou encontrando uma arma sobrenatural. Seu amigo Hugh tinha morrido por causa dela e dez outras pessoas foram assassinadas em meio à caçada. A primeira lição que mestre Benedict havia me ensinado dizia que as nossas receitas são apenas instrumentos, orientados pelos corações e pelas mãos dos homens que os usam. Os assassinos já haviam mostrado de que eram feitos seus corações. E se o Fogo do Arcanjo caísse nas mãos deles, muitas outras pessoas morreriam.

Um exército que marcha com o arcanjo é invencível. O homem que o conduzisse poderia fazer o que quisesse. Quem poderia detê-lo? Quem poderia enfrentar o Todo-Poderoso? Essa pessoa seria capaz de derrubar Sua Majestade, Charles, e se proclamar o novo rei. *Matando o rei e forçando o Parlamento a aceitar o que eles impõem, a Inglaterra será deles,* Oswyn dissera. E depois? O resto do mundo também seria dominado?

Outra guerra nos aguardaria. Com o Fogo do Arcanjo, essa guerra seria um massacre.

A explosão tinha chacoalhado minha cabeça, mas também retirara as teias de aranha e esclarecera algumas coisas. Lembrei-me de Wat, em seu avental azul de aprendiz. Wat chamando Stubb de mestre. Wat na sede da guilda, conspirando com Martin e o Elefante. Então, eu entendi.

Eu entendi a verdade sobre os assassinos, a verdade sobre o Culto do Arcanjo.

E agora eu tinha um plano.

******

Tom olhava por sobre o meu ombro enquanto eu terminava de escrever a segunda carta. Ele passou as mãos no rosto.

— Você enlouqueceu! — exclamou. — O Fogo do Arcanjo danificou o seu cérebro.

Dobrei as duas cartas e pinguei cera nas extremidades para lacrá-las.

— Você não acha que vai funcionar?

— Se com "funcionar" você quer dizer "acabar morto", então, sim, com certeza vai funcionar.

— Se tudo der certo, nem preciso voltar ao laboratório. Ninguém precisa saber.

— Claro... porque todos os seus esquemas *sempre* dão certo.

Escrevi os nomes nas cartas lacradas.

— Só entregue as cartas — respondi. — E, aconteça o que acontecer, não volte aqui!

— O quê? Não! Já falei que não vou abandonar você...

— Não desta vez. Estou falando sério, Tom. Está me ouvindo? Você já fez por mim muito mais do que eu poderia pedir. Sou muito agradecido, mas agora você precisa se afastar, entendeu?

Ele quis protestar, mas eu o interrompi.

— Por favor, Tom, fique longe disso! Prometa.

Tom raspou os sapatos no piso de pedra, com a cabeça baixa.

— Prometo.

Entreguei a ele as cartas e apontei para o relógio de pêndulo. O Fogo do Arcanjo havia rachado o mostrador.

— Lembre-se: amanhã de manhã...

— Entregar a primeira carta às nove horas e a segunda às onze. Não vou esquecer.

Ele se virou para sair, mas voltou atrás. Tom me abraçou, e me apertou tanto que eu mal pude respirar.

******

Os ingredientes necessários estavam nos depósitos. Mestre Benedict já tinha preparado uma grande quantidade do xarope doce, que guardou num jarro de 20 litros no lado oposto à bancada, de modo que só me restava seguir a receita. Foi a coisa mais difícil que eu fiz. Tive que me concentrar para que minhas mãos não tremessem, sentindo um medo enorme o tempo inteiro.

O relógio parecia correr. Quando terminei a fórmula, já passava da meia-noite. Quando terminei de preparar a câmara, já eram quase sete horas da manhã, mas, por fim, tudo ficou pronto.

Mais algum tempo. Isso era tudo. Apenas mais algumas horas e tudo estaria terminado, de uma forma ou de outra.

Saí do laboratório e voltei à superfície. O sol despontava no jardim da família Mortimer. Fiquei sentado na grama, como um cordeirinho aguardando a chegada dos lobos.

TERÇA-FEIRA, 2 DE JUNHO DE 1665

Comemoração de Santo Erasmo, Protetor

CAPÍTULO 32

FECHEI OS OLHOS.

A grama fazia cócegas no meu pescoço. O sol do meio-dia brilhava e aquecia o meu rosto. Ouvi arrulhos e me levantei para ver um bando de pombos pousados na cerca na extremidade do jardim. Procurei por Bridget, mas ela não estava lá. Já fazia dois dias que eu não a via. Preocupado, fiquei me perguntando o que devia ter acontecido com ela.

Não há nada a fazer sobre isso agora, pensei, suspirando, e olhei para o céu. Nos últimos trinta minutos, eu vinha escutando sons na propriedade atrás de mim. Eles tinham feito meu coração disparar, mas eu não podia fazer nada a respeito disso também. Só podia esperar, imaginar e me preocupar.

Então, veio outro som da ruela: o bater de asas de aves.

Era chegada a hora.

******

O homem saiu do labirinto e passou pelo portão, deixando os leões para trás. Ele parou em frente ao mausoléu, encostando um ombro na pedra.

— A cidade toda está atrás de você — disse ele.

— Então é uma sorte que ninguém mais esteja morando aqui — respondi.

— É uma pena, na verdade. A residência da família Mortimer é muito bonita.

Meu coração bateu mais depressa.

— O senhor os conhece?

Oswyn deu um sorrisinho.

— Já estive aqui antes, mas nunca no jardim — respondeu ele, inclinando a cabeça. — Alguém arrebentou a fechadura da minha sala ontem à tarde. Foi você?

— Sinto muito, mestre Colthurst. Fiquei trancado lá.

— Como conseguiu sair?

— Rezando — respondi.

Oswyn abriu um sorriso.

— Benedict acertou quando escolheu você.

Não respondi.

— Recebi sua mensagem — disse Oswyn, mostrando a carta que eu tinha enviado. — Ela diz que você não tem nada a ver com o Culto do Arcanjo e que é inocente dos assassinatos de que Richard Ashcombe o acusa.

— Exato, sou inocente.

— Também diz que você descobriu algo importante e que precisa da minha ajuda. Fiquei surpreso, para dizer o mínimo. Com tudo o que está acontecendo, pensei que você já tivesse fugido de Londres.

— Eu precisava cuidar de uma coisa antes.

— Tenho certeza disso — respondeu ele, aprumando o corpo. — Então, o que quer de mim?

Minha respiração estava acelerada. Precisei me controlar para permanecer calmo.

— Encontrei o fogo — anunciei.

— É mesmo?

— Era isso que Stubb e Wat estavam procurando na botica do meu mestre.

— Eu lembro.

— Mestre Benedict escondeu a receita no cubo que me deu.

— É mesmo? — disse Oswyn, coçando o rosto. — E daí?

— Pensei que o senhor gostaria de ver.

— Por que eu iria querer ver?

— Bem, foi por causa dessa receita que Stubb assassinou o meu mestre. É o que o Culto do Arcanjo quer.

— O que eu tenho a ver com isso?

Eu não soube o que dizer.

Oswyn riu.

— Você achou que eu estava louco por essa receita.

— Não, eu...

— E depois? Você ia me enganar para eu revelar que quero o Fogo do Arcanjo? Suponho que você também quer que eu confesse o assassinato de Benedict.

Senti meu rosto arder.

— Christopher. — Oswyn balançava a cabeça em desaprovação. — Você está tentando jogar, mas mal sabe como mover as peças.

— Eu... Eu não... — comecei a dizer.

— Se quer vencer, você deve pensar vários lances à frente. Deixe-me mostrar para você — falou Oswyn, levantando a voz, que ecoou nas paredes. — Sim, eu matei o seu mestre!

Fiquei paralisado.

— Matei Nathaniel Stubb também — continuou ele. — E os aprendizes dele. E Henry Mortimer, e Oliver Pembroke, e muitos, muitos outros. Não com minhas próprias mãos, mandei agentes para os executarem — completou Oswyn enquanto sua voz voltava ao tom normal. — Está contente?

Eu não conseguia respirar. *Não,* pensei, *não estou contente.*

A porta da mansão se abriu com violência atrás de mim. Lorde Ashcombe saiu intempestivamente, apontando sua arma. Quatro soldados vieram atrás dele, com lanças empunhadas, sendo dois deles os mesmos homens do rei que sempre o acompanhavam.

— Olá, Richard — disse Oswyn, sorrindo. — Que surpresa.

— Oswyn Colthurst, você está preso! — anunciou lorde Ashcombe.

Oswyn deu um passo para trás.

— Posso ver que sim.

Aquilo estava fácil demais. Olhei além de Oswyn, além do portão, para a parede de tijolos que circundava o labirinto.

— Lorde Ashcombe... — Não consegui terminar minha frase.

— Não há para onde correr, puritano! — disse lorde Ashcombe.

Oswyn deu mais um passo para trás.

— E por quê, Richard? Se eu fugir pelo labirinto, o que vai acontecer? Vou dar de cara com os guardas que você escondeu para interceptar minha fuga?

Lorde Ashcombe estreitou os olhos.

— Senhor, espere — falei, tentando chamar atenção dele.

Oswyn me interrompeu:

— Vários lances à frente, Christopher — disse ele. Então, se abaixou atrás do mausoléu. E do labirinto surgiu o exército de Oswyn.

CAPÍTULO 33

HAVIA SETE HOMENS AO LADO DE OSWYN e cada um segurava uma pistola. Outras armas, mais perigosas, pendiam de seus cintos. O Elefante estava lá, com o pescoço vermelho e a pele descascando. Martin também, com o lábio rasgado e alguns dentes faltando. Wat os liderava, com o rosto salpicado de cicatrizes e uma arma em cada mão.

Lorde Ashcombe agiu com a velocidade de um raio. Disparou sua pistola na hora, produzindo um estalo agudo e uma nuvem de fumaça. Um dos homens de Oswyn caiu, com a garganta dilacerada.

O exército de Oswyn reagiu. Seis disparos, como rojões, fazendo balas de chumbo voarem de uma nuvem escura. Uma bala de espingarda roçou meu cabelo antes de atingir a janela atrás de mim, provocando uma chuva de estilhaços. Mais três tiros passaram rente, espatifando o vidro ou batendo nas pedras. Dois atingiram o alvo. A perna de um soldado quebrou, jogando-o no chão. O olho de um segundo se transformou numa massa vermelha.

Mergulhei na grama e cobri a cabeça, como se minhas mãos pudessem deter o chumbo. Lorde Ashcombe também se abaixou, mas era tarde demais. Wat disparou sua segunda pistola. O guardião cambaleou para trás com um grunhido, soltando sua arma e agarrando o braço direito logo acima do cotovelo. O sangue jorrava por entre seus dedos.

Os homens de Oswyn largaram suas pistolas, já que tinha acabado a munição. Então, eles avançaram. Saí correndo do caminho, mas não era eu quem eles queriam.

Com dois soldados de lorde Ashcombe feridos, os homens do rei estavam em número consideravelmente menor. Um deles atingiu um dos capangas de Oswyn no peito com sua lança antes de cair sob uma chuva de espadas. O outro foi imediatamente dominado, sem nem conseguir atacar antes de receber uma paulada no crânio. Ele cambaleou. Um segundo golpe na cabeça o fez cair para não se levantar mais.

Mesmo ferido, lorde Ashcombe era um leão. Com a mão esquerda, ele puxou uma faca presa ao cinto e atirou-a, atingindo um inimigo no pescoço. Depois, pegou uma lança que estava no chão atrás dele e a jogou, ferindo outro homem no peito. Martin avançou contra ele, com a espada levantada. Lorde Ashcombe agarrou uma segunda lança, de um dos soldados caídos, e, com uma finta e um golpe certeiro, o acertou. Martin caiu, com os olhos arregalados e a ponta da lança enterrada em suas entranhas.

A queda do rapaz fez a lança escapar da mão de Ashcombe. Então, ele desembainhou a espada, mas seus dedos banhados de sangue escorregavam no punho da arma.

Wat foi para cima dele.

Seu machado descreveu um arco no ar. O primeiro golpe, baixo e na diagonal, atingiu o punho da espada de lorde

Ashcombe. Dois dedos caíram no chão junto com a base quebrada da espada. O segundo golpe foi de cima para baixo e acertou lorde Ashcombe no rosto. O guardião caiu na grama, com as mãos no ferimento.

Wat ficou de pé em cima dele, arreganhando os dentes. Com as duas mãos, ergueu o machado.

— Espere!

Oswyn surgiu de trás do mausoléu, correndo na nossa direção. O sorriso de Wat se desvaneceu.

— Espere, maldito! — gritou Oswyn. — Não o mate — ordenou, puxando Wat para afastá-lo de lorde Ashcombe. — Ainda não.

Wat se soltou do braço de Oswyn. O soldado que tinha sido atingido por uma bala na perna rastejava na direção da porta dos fundos da residência, deixando um rastro de sangue na grama. Wat avançou, enlouquecido, e golpeou as costas do homem com o machado. O soldado parou de se mexer.

Tudo acabou em segundos. Fiquei sentado na grama, imóvel. Havia uma espada a menos de um metro de onde eu estava, reluzindo ao sol.

Oswyn se aproximou, com os olhos fixos em mim. Ele enfiou um pé embaixo da lâmina e chutou-a longe. A arma deu uma cambalhota e caiu em cima de um arbusto longe o suficiente para ser alcançada.

— Não quero que você tenha ideias.

Lorde Ashcombe resfolegava. O olho esquerdo se fora. Seu rosto já cheio de cicatrizes sofrera um corte tão profundo que deixara à mostra os dentes manchados de vermelho. Mesmo assim, ele ainda resistia.

— Traidor!

— Eu? — disse Oswyn, rindo, embora sem humor. — Aquele canalha que você chama de rei passa os dias bebendo sentado no trono, e *eu* sou o traidor? O povo da Inglaterra sucumbe à volúpia e à corrupção, e *eu* sou o traidor? *Você* é o traidor, Richard. Você e todos os outros que o seguem. E você será julgado por suas transgressões.

— Então me envie para Deus. Vou esperar por você para contar qual foi o julgamento d'Ele.

Oswyn se inclinou sobre Ashcombe.

— Ah, pretendo mesmo mandá-lo para Deus, Richard, mas não antes de você assistir à morte do seu rei. E de me ver no trono como o novo lorde protetor.

— Nunca vou me ajoelhar diante de você — disse lorde Ashcombe.

— Vai, sim — retrucou Oswyn, alisando a frente do seu casaco. — Mesmo que eu tenha que amputar seus pés para obrigá-lo.

O Elefante se ajoelhou ao lado de Martin. O rapaz tinha arrancado a lança enfiada em sua barriga e segurava as entranhas com as duas mãos. Ele chorava e gritava:

— Me ajude! Por favor, me ajude.

Oswyn olhou para o Elefante, que afastou as mãos de Martin para inspecionar o ferimento. O Elefante sacudiu a cabeça. O mestre fez um aceno, e o gigante passou a faca pela garganta de Martin. O aprendiz enrijeceu e ficou em silêncio, as lágrimas ainda rolando de seus olhos vidrados.

Em seguida, Oswyn fez um gesto com a cabeça na minha direção.

O Elefante se levantou.

Eu rastejei para trás, agarrando a grama com os dedos. Minha cabeça bateu contra a parede da casa.

— Calma! — disse Oswyn. — Ele só vai revistar você.

O Elefante atirou a faca para o lado, que fincou na terra, oscilando. Então, ele se inclinou sobre mim e me apalpou. Eu estava com medo demais para resistir.

— O que você fez com os soldados de Ashcombe que estavam escondidos no labirinto? — perguntou Oswyn a Wat.

Wat limpou a lâmina do machado no casaco de um dos homens do rei.

— Matei.

— E os corpos?

— Ainda estão lá. Ninguém nos viu.

As mãos do Elefante encontraram o cinturão do meu mestre sob a minha camisa. Ele o arrancou do meu corpo e jogou-o para Oswyn.

— Só encontrei isso.

Oswyn examinou o cinturão com curiosidade.

— Você tem praticamente uma botica inteira aqui. — De repente, ele olhou para mim, surpreso. — Óleo de vitríolo. No trinco. Foi assim que você escapou da minha sala.

Escapar era exatamente o que eu pensava naquele momento, mas não havia por onde.

— Como soube do ataque de lorde Ashcombe? — indaguei com a voz trêmula. — Como o senhor sabia que ele o estaria aguardando?

— Ora, há meses tenho um espião trabalhando com ele — disse Oswyn. — Nem todos aqueles que usam as cores do rei servem a ele. Alguns apoiam um ideal superior, embora uma grande quantidade de ouro também tenha seus encantos.

Oswyn voltou-se para lorde Ashcombe à espera de uma resposta, mas o guardião não disse nada. Oswyn encolheu os ombros.

— Enquanto Richard saía da Torre de Londres com seus homens — disse Oswyn —, meu espião mandava um mensageiro avisando que você tinha enviado uma carta para Ashcombe sugerindo um plano para capturar o líder do Culto do Arcanjo. Quando recebi seu recado na sede, já sabia por que você queria que eu viesse até aqui e sabia que os soldados do rei estariam escondidos no labirinto. Foi muito fácil desfazer sua armadilha e virar a mesa contra vocês.

Oswyn continuou:

— Na verdade, você me ajudou bastante. Quero eliminar o guardião já há algum tempo. Você me deu a oportunidade perfeita. Dois coelhos com uma cajadada só, como se diz — sorriu. — Entende o que eu quis dizer, Christopher? Vários lances à frente.

O mestre passou os dedos pelos frascos no cinturão.

— Uma pergunta melhor é: como *você* soube? Quando fugiu da sede no domingo, depois que mandei você esperar, concluí que tinha descoberto quem eu era. Mas você voltou naquela mesma tarde e obviamente não percebeu que eu estava por trás dos assassinatos até algum tempo depois. O que foi que me entregou?

— Foi Wat — respondi. Oswyn lançou um olhar agudo para o brutamontes, que estendeu os braços como se tentasse se esquivar da culpa. — O senhor me disse que havia aplicado o exame para todos os aprendizes da guilda e que nunca ouvira falar de Wat, mas, então, ele apareceu na sede.

Na verdade, eu me culpei por ter descoberto aquilo com um dia de atraso. Continuei:

— Quando cheguei naquela manhã, o porteiro não quis me deixar entrar, mesmo quando expliquei que sou um aprendiz. Ele também nunca teria deixado Wat entrar num domingo, a não ser que ele tivesse direito de estar lá. Então, Wat *tinha* que fazer parte da guilda. Mas o senhor garantiu que ele não era membro. Só havia um motivo para mentir a respeito disso: ele não era aprendiz de Stubb, era *seu* aprendiz.

Pensei que Oswyn fosse ficar furioso, mas, em vez disso, ele parecia deliciado.

— Planejei matar você naquela manhã — confessou. — Eu também havia decidido me livrar de Stubb. Ele estava trabalhando para mim, como você já deve ter adivinhado, mas se transformou num risco. O dinheiro de Stubb serviu à nossa causa, pagando nosso espião, entre outras coisas, mas ele estava ficando muito exigente e foi imperdoável ter permitido que você o ouvisse naquela noite na botica do seu mestre. Ele precisava ser eliminado. Quanto a você — continuou Oswyn —, fiquei furioso quando soube que havia fugido da sede, mas agora estou satisfeito.

E, embora eu soubesse que esse momento chegaria, embora tivesse tentado me preparar para ele, comecei a tremer.

— Por quê?

— Porque, Christopher, eu gosto bastante de você. E, o que é mais importante, você tem algo de que eu preciso — revelou ele, agachando-se ao meu lado. — E, desta vez, pretendo obtê-lo.

CAPÍTULO 34

— EU NÃO TENHO NADA — GAGUEJEI. — Só disse aquilo para que o senhor viesse até aqui.

Oswyn pareceu desapontado.

— Não vou insultá-lo tratando-o como um idiota. Por favor, conceda-me a mesma cortesia. Dê-me logo a receita do Fogo do Arcanjo.

— Mestre Benedict nunca me contou nada sobre isso.

— Nisso, sim, eu acredito. Ele não colocaria você em perigo, a não ser que fosse absolutamente necessário.

— Nunca houve receita alguma no cubo — falei, tentando impedir que minha voz tremesse. — Eu só disse aquilo para que o senhor confessasse.

— Ah, eu sei disso.

— Então o senhor sabe que na verdade não tenho...

Oswyn me interrompeu:

— Você saiu da sede no domingo, depois de eu ter recomendado que não falasse com ninguém, depois de eu ter dito que Stubb poderia aparecer, depois de eu ter *ordenado* que você me aguardasse. Mesmo assim, você saiu. Se não estava fugindo de mim, apenas uma coisa pode tê-lo feito sair. Benedict deve ter lhe dado alguma coisa antes de morrer. Senão a própria receita do Fogo do Arcanjo, pelo menos alguma pista para encontrá-la. Uma carta. Uma mensagem. Um mapa. E agora você me traz até a residência da família Mortimer. Quando capturamos Henry Mortimer três meses atrás, ele jurou que não sabia nada sobre o Fogo do Arcanjo. Depois que ele morreu, meus homens revistaram esse lugar do sótão ao porão. Procuramos durante dias, mas não encontramos nada. E, no entanto, aqui está você. Você espera mesmo que eu acredite que tudo isso é uma coincidência?

Eu não tinha uma boa resposta para aquilo.

— Em todo caso, para que o senhor quer o Fogo do Arcanjo? — indaguei.

— Eu tentei explicar lá na sede. Quero o Fogo do Arcanjo para tornar o mundo melhor.

Olhei nos olhos dele. Teria dado uma risada se não estivesse com tanto medo a ponto de molhar as calças.

Oswyn franziu a testa.

— Você ainda é jovem, Christopher, e acha que o rei Charles é encantador. O Monarca Alegre, como vocês o chamam, você e o resto dos cães que se satisfazem com as migalhas jogadas pelo dono. Por que você se curva diante desses ratos? O que você deve a eles? Você, que, mais que ninguém, cresceu sem nada? Não vê que eles são um bando de parasitas? São corruptos, são maus até a alma. Mesmo assim, eles se colocam acima de homens decentes, honestos, enquanto o nosso *rei* — ele cuspiu depois de dizer a palavra, como se fosse veneno — chafurda na decadência. E aonde aquele canalha vai, o povo o segue.

Lorde Ashcombe se mexeu, apoiando-se na parede da propriedade. Ele já havia perdido tanto sangue que eu nem tinha certeza de que o guardião ainda estava vivo.

— Eu sabia que você estava com Cromwell e seu bando de traidores — disse lorde Ashcombe, soltando palavras quase indistintas através de seu ferimento. — Nunca deveria ter dado ouvidos ao seu grão-mestre. Deveria tê-lo mandado para a forca no dia em que Sua Majestade retornou.

— Um erro que você jamais poderá desfazer — disse Oswyn, voltando-se para mim. — Esses vermes podem ter seus títulos, Christopher, mas não têm o direito de governar. Esse direito pertence aos verdadeiros ingleses, homens como você e eu. Cromwell iniciou a revolução, mas nunca teve a oportunidade de vê-la plenamente realizada. Nós teremos essa oportunidade. Vamos criar algo melhor, e será o presente do Arcanjo que nos salvará. A Inglaterra vai se transformar de acordo com a *nossa* vontade. Ou o Fogo do Arcanjo os expulsará de suas casas.

— O senhor está louco — falei.

— Christopher...

— Não! — retorqui. — O senhor se julga tão nobre... Finge se preocupar com os outros enquanto mata todas as pessoas que atravessam o seu caminho. Meu mestre me ensinou lições melhores. Apesar de todo o seu papo sobre homens decentes e honestos, a única coisa que *realmente* importa para o senhor é o poder. O senhor não passa de mais um tirano.

Oswyn balançou a cabeça.

— Você está furioso comigo. Eu entendo perfeitamente. Lamento a morte de Benedict, de verdade, mas não tive alternativa. Ele nunca me daria o Fogo do Arcanjo. Não cometa o mesmo erro, Christopher. Ainda existe um lugar para você na guilda.

— Já falei que não sei de nada — insisti, com a voz trêmula.

Wat passou a mão pelo fio da lâmina de sua faca.

— Deixe que eu arranque isso dele, mestre.

Oswyn virou-se para ele, furioso.

— Cale a boca! Se não fosse a sua incompetência, já teríamos o que queremos. — Furioso, o mestre apontou para lorde Ashcombe, que se apoiava na parede. — Amarre-o. Eu mesmo cuido do garoto.

— Eu não sei de nada! — repeti.

Oswyn examinou o cinturão do meu mestre.

— Tire a camisa.

Eu ainda estava usando as roupas ridículas que o dr. Parrett me dera. Agarrei-me a elas com mais força do que me agarraria a qualquer outra coisa.

Wat e o Elefante pegaram os cintos dos homens mortos e os usaram para amarrar lorde Ashcombe. Quando terminaram, Oswyn fez um sinal na minha direção.

Tentei escapar. O Elefante me deteve. Wat puxou a faca, a mesma que servira para matar o meu mestre, e rasgou a minha camisa.

Oswyn revistou o cinturão até encontrar o frasco que desejava. A tampa era mais nova, recentemente lacrada. Eu repusera a substância lá embaixo, quando estava no laboratório subterrâneo.

— Sei que você conhece isso — disse ele.

Ele puxou a tampa, quebrando o lacre de cera vermelha, e retirou o barbante.

— Por favor! — supliquei.

Oswyn ergueu o frasco aberto sobre o meu peito. Senti o cheiro azedo de seu conteúdo.

— *Por favor!* — implorei.

— Diga onde está a receita, Christopher.

Fiquei calado.

O frasco se inclinou e uma, duas, três gotas caíram no meu peito, um pouco acima do coração. No início, não senti nada. Parecia água, gotas frias sobre minha pele ao sol da primavera. Então, começou a queimar.

******

Para sempre. Pareceu uma eternidade até que o óleo de vitríolo parasse de desintegrar a pele. Não olhei para baixo. Não queria ver.

— Acabe logo com isso, Christopher — pediu Oswyn. — Diga onde você escondeu a receita.

— Não!

Oswyn balançou a cabeça.

— Você não está vendo...

Ele ergueu o frasco. Sua mão bloqueou o sol.

— E se você não quer ver, para que servem seus olhos?

O mestre inclinou o frasco outra vez, diretamente acima do meu rosto. O óleo de vitríolo escorreu para a borda do vidro.

Não resisti. Simplesmente não pude.

Contei a ele.

CAPÍTULO 35

O SARCÓFAGO DO MAUSOLÉU DESLIZOU PARA o lado. Oswyn olhou para dentro da escuridão. Ele apontou para lorde Ashcombe, que estava amarrado sobre os ombros do Elefante.

— Desça com ele primeiro.

— Basta jogá-lo — sugeriu Wat.

Oswyn pareceu irritado.

— Se eu o quisesse morto, ele já não estaria morto?

O Elefante desceu a escada. O sangue de lorde Ashcombe pingava nas costas da roupa do gigante. Wat, taciturno, pegou a tocha encaixada no suporte na parede e seguiu-os buraco adentro. Fiquei esperando na borda, puxando e juntando as extremidades rasgadas da camisa. Sob o tecido, meu peito queimado ainda doía. Oswyn me conduziu na direção da escada, colocando sua mão nas minhas costas de uma forma surpreendentemente delicada.

— Gostaria de ter escolhido você — falou.

******

Oswyn ficou surpreso com a porta de metal atrás do painel. Ficou ainda mais surpreso quando mostrei como ela se abria. Ele também observou a parte de trás, de vidro, e me encheu de perguntas sobre o mecanismo. Por um instante, pareceu ter esquecido o que realmente o levara ali, mas logo nos fez entrar no laboratório.

Wat foi na frente. A porta de madeira, quando empurrada, bateu no jarro de vinagre que eu havia colocado à direita para bloquear parcialmente a entrada. O Elefante colocou o quase desacordado lorde Ashcombe no único lugar disponível na câmara, escorado na parede do lado esquerdo, perto do forno gigante. Dei um passo para o lado e fiquei perto dele.

Oswyn examinava os equipamentos, as bancadas de trabalho, as anotações que cobriam as superfícies. Ele viu os pergaminhos pendurados nos pregos e as pilhas de papel abaixo.

— Todos esses anos... — sussurrou.

Aproximei-me do forno.

Oswyn virou-se para mim.

— Onde está?

Fiquei imóvel.

— Está... na bancada de trabalho. Entre os papéis.

Oswyn fez menção de dirigir-se à bancada, mas parou, batendo o polegar contra o queixo.

— Vá verificar — ordenou, dirigindo-se a Wat.

Wat foi até o centro do laboratório e, com seus dedos grossos, começou a afastar os béqueres de vidro.

Oswyn mantinha os olhos em mim.

— Está aí?

Wat encolheu os ombros.

— Há muitas anotações. Mal consigo entender o que está escrito — disse, enquanto verificava os papéis, virando-os para ler o verso, jogando-os para o lado. — Não estou vendo, não.

Dei mais um passo para trás. Meu ombro tocou o forno.

Oswyn estreitou os olhos.

— O que está fazendo? Não se mexa.

Sua voz atraiu a atenção do Elefante para mim. Rapidamente, inclinei-me para dentro da boca do forno e peguei o cilindro que tinha escondido ali.

Não fui rápido o suficiente. Antes que eu pudesse fazer qualquer coisa, o Elefante me deu um soco no estômago e uma nova dor se instalou, queimando mais que a dor em meu peito. Todos os músculos do meu corpo se contraíram. Tentei respirar, mas não consegui.

Wat correu e agarrou meu braço. Ele bateu meu punho contra o ferro duas vezes. Meus dedos ficaram dormentes. O cilindro escorregou da minha mão, caiu no chão e rolou. O estopim girava como um chicote e um rastro de graxa se formou no chão de pedra.

Oswyn pegou o cilindro e o segurou nos braços como se fosse um bebê. Wat me agarrou pelo cabelo e se preparou para me dar outro soco.

— Não! — disse Oswyn. — Ainda não terminei com ele.

Wat me jogou no chão ao lado de lorde Ashcombe. Meus pulmões finalmente voltaram a trabalhar. Inspirei, tentando recuperar o fôlego. Para não me dar chance, Wat me chutou na lateral do corpo. Eu me encolhi, afastando-me dele e segurando meu punho ferido.

O Elefante vasculhou o forno em busca de outras armadilhas.

— Não tem mais nada aqui.

Oswyn ficou olhando para o cilindro, com a respiração cada vez mais acelerada. Ele abriu o pergaminho e colocou um dedo dentro do cilindro, que saiu molhado. Ele esfregou a substância oleosa nos dedos e cheirou-a. Cheirou também o estopim.

— É um estopim de canhão — disse Oswyn, fazendo um sinal para seus aprendizes. — Esvaziem aquele canto. Tragam-me a lamparina.

O Elefante começou a obedecê-lo.

— Não! — exclamei.

Eles olharam para mim.

— Não acenda isso! — implorei. — Vamos morrer!

— É só um grande estopim — desdenhou Wat.

— Não é, não!

Oswyn estreitou os olhos de novo, mas dessa vez olhou ao redor do laboratório. Ele viu a câmara de testes do outro lado, com as paredes queimadas e enegrecidas, além da porta arrebentada.

— Vocês não estão entendendo — insisti. — Isso é mais forte que qualquer coisa que possam imaginar. Somos apenas mortais. O Fogo do Arcanjo não se destina a nós.

Oswyn olhou para mim.

— Por favor, mestre Colthurst — falei, pedindo com mais veemência. — Se acender o estopim, o senhor destruirá a todos nós.

Oswyn ficou parado, pensando. Por um instante, achei que ele realmente me daria ouvidos, mas depois entregou o cilindro a Wat, apontando para a câmara de testes.

— Acenda-o ali.

Wat pegou o cilindro como se não passasse de uma vela. Ele o levou até a câmara de testes e o colocou sobre a mesa de ferro com o tampo deformado. Com a chama da lamparina, acendeu o estopim.

O estopim produziu chiado e faíscas, dançando na direção da graxa.

Lentamente, escorreguei para trás no chão de pedra. Agarrei a parte da frente do casaco de lorde Ashcombe. Debaixo dele, pude sentir seu coração ainda batendo.

Wat se afastou da câmara de testes, olhando para o cilindro. Oswyn e o Elefante chegaram mais perto.

Puxei o colete de lorde Ashcombe. Ele olhou para mim.

— Levante-se — sussurrei.

O guardião piscou duas vezes. Em seguida, encolheu as pernas e fez um esforço para se levantar. Eu o ajudei a ficar de pé.

O estopim parou ao chegar ao fim. Por um segundo, não aconteceu nada.

— Não falei? — comentou Wat.

E, então, o mundo se incendiou.

A explosão parecia ter sacudido a Terra. As paredes tremeram e um pedaço da câmara de testes foi lançado pelos ares, jogando pedras contra o teto. Um jarro com óleo de lamparina, que eu havia arrastado até um canto da câmara antes de subir para o jardim, explodiu e espalhou combustível em chamas por todos os lados com um estrondo, como se as almas do inferno tivessem fugido.

Uma torrente de chamas jogou Wat na bancada de trabalho, espalhando os papéis como se fossem flocos de neve. O

Elefante caiu para trás. A pressão do ar quente me empurrou contra lorde Ashcombe, cujos olhos se arregalaram enquanto ele segurava a respiração.

Oswyn permaneceu no centro da câmara. A mesa de ferro, que se rachara ao meio, lançou um estilhaço de metal que passou rente ao rosto dele. Ele mal se moveu, parado como uma estátua e contemplando a face de Deus.

Parecia que os estrondos no ar durariam para sempre. As chamas subiam para o teto em redemoinhos. Então, elas desapareceram, e tudo o que restou foi um chiado parecido com um coro de serpentes.

Wat cambaleou para trás, batendo com força nas chamas que queimavam a manga de sua camisa. O Elefante permaneceu no chão, boquiaberto.

Oswyn deu um passo à frente, com os olhos bem abertos.

— Magnífico! — exclamou com a voz rouca. — Magnífico!

A fumaça queimava minha garganta. Puxei o casaco de lorde Ashcombe outra vez. O olhar dele brilhou na minha direção.

Oswyn dirigiu-se aos outros, com a voz trêmula.

— Vasculhem a câmara. Verifiquem tudo. Encontrem a receita — ordenou. Depois, ele se voltou para mim, que estava encolhido contra o forno ao lado de lorde Ashcombe. — Obrigado! — disse. Ele pareceu mesmo agradecido.

Seus aprendizes continuaram onde estavam. Wat ofegava num canto, tendo conseguido apagar o fogo na camisa. O Elefante olhava aterrorizado para a sala de testes destruída.

— Andem! — ordenou Oswyn.

Ainda havia um chiado. Puxei o colete de lorde Ashcombe mais uma vez e movi os olhos deliberadamente para a boca aberta do forno. Lorde Ashcombe seguiu meu olhar e depois olhou para mim. Fiz um gesto muito sutil com a cabeça, sem saber se ele entenderia.

O Elefante franziu a testa.

— Mestre?

— O que foi? — perguntou Oswyn, ainda tremendo.

— O teto está em chamas.

O Elefante apontou para o teto. Ao longo da pedra acima de nossas cabeças, um estopim queimava e chiava na direção de um cilindro camuflado com cinzas. O cilindro estava colado ao teto com uma cola feita de ovo e farinha.

Oswyn correu os olhos pela câmara. Em quatro outros pontos no teto, estopins de canhão estalaram, inflamados pelo Fogo do Arcanjo. Na extremidade de cada um, outros cilindros colados ao teto aguardavam.

Oswyn arregalou os olhos.

Agarrei lorde Ashcombe e o puxei. Com suas últimas forças, ele mergulhou na boca do forno. Entrei atrás dele, pressionando minha cabeça contra a dele e tampando nossos ouvidos.

A chama dos estopins atingiu os cilindros.

— Santo Deus — disse Oswyn.

Dessa vez, Deus respondeu.

CAPÍTULO 36

UM PESADELO.

Minhas pálpebras tremiam.

Foi isso, pensei. *Apenas um pesadelo. Volte a dormir.*

Não, disse uma voz conhecida. *Acorde, Christopher!*

Mestre?, perguntei. Minha cabeça estava estourando de dor. *É o senhor?*

Sou eu, disse ele. *Preciso que você acorde agora!*

Por favor, mestre. Só mais um pouquinho... Já vou arrumar a botica.

Não, Christopher. Ele cutucou as minhas costas. Dor. *Você precisa se levantar. Agora. Depressa.*

Soltei um grunhido.

Minha cabeça estava *estourando.*

Abri os olhos. Pelo menos achei que abri. Estava escuro.

Eu estava acordado?

Estava vivo?

Meu corpo inteiro doía. Sempre pensei que os mortos não sentiam dor. Meus ouvidos zuniam como se eu tivesse passado a noite na torre dos sinos da Igreja de São Paulo. Parecia que cada osso do meu corpo havia sido pisoteado por um elefante. Um elefante de verdade.

Virei para o lado e me arrastei, meio caindo, da boca do forno para o chão. Meu corpo bateu no chão de pedra, o que espalhou ondas de agonia por todos os lados. Fiquei deitado ali por um tempo, sem conseguir me mexer.

Meus olhos ardiam. Meu nariz estava entupido de fumaça e pó de cobre. Algo tinha se cravado nas minhas costas, como uma adaga, no ponto em que meu mestre havia me batido. Levei o braço para trás, tentando sentir o que era aquilo. Era um pedaço de pedra enfiado na minha carne como uma flecha.

Eu o retirei. Meu uivo foi o primeiro som que produzi.

Agora havia luz, se é que aquilo podia ser chamado de luz. O ar estava denso, com uma nuvem de pó de pedra. Tudo estava cinzento. Olhei ao redor para o que restara do laboratório.

O teto tinha desmoronado, destruindo as bancadas de trabalho. Havia papéis por toda parte, flutuando, em chamas, salpicados de fragmentos de vidro estilhaçado que brilhavam como diamante em pó. Num canto, uma pilha de pergaminhos queimava aos poucos.

Olhei para o forno, o santuário que nos protegera dos cinco cilindros de Fogo do Arcanjo que eu havia colado no teto. Lorde Ashcombe se encontrava lá dentro, respirando lentamente. O forno estava coberto de cinzas. Um dos lados estava amassado para dentro, como se tivesse sido atingido por uma bala de canhão gigante.

Eu tinha apoiado minha cabeça durante a explosão bem naquele lugar. Toquei meu cabelo. Senti um espasmo de dor em toda a cabeça. Encolhi-me no chão, sem fôlego, até a dor diminuir.

Então, tentei me levantar. Minhas pernas não me obedeceram. Gotas vermelhas se espalhavam no chão sob meu rosto. Levei um minuto para descobrir de onde elas vinham. Meus ouvidos estavam sangrando.

O sangue me fez lembrar que não estávamos sozinhos. Ou talvez agora estivéssemos. A poeira ficou um pouco menos densa, mas eu não conseguia enxergar os outros. Só restavam escombros no lugar onde Oswyn e o Elefante estiveram antes.

Há mais alguma coisa, pensei. *Mais alguém. Algum motivo pelo qual meu mestre me acordara.*

Wat.

Wat, que se arrastara para um canto antes da explosão, tinha escapado do desmoronamento do teto, embora não ileso. Ele estava jogado contra um monte de pedras. Seu braço esquerdo pendia sem vida. O lado esquerdo de seu rosto estava roxo e deformado. Ainda havia uma chama na manga de sua camisa de linho chamuscada. Seu olho direito (o único que sobrara) se fixou em mim. Depois, ele piscou.

Muito bem, Christopher, falei para mim mesmo. *Levante-se.*

Mas foi Wat quem se mexeu primeiro. Ergueu-se dos destroços. Cambaleou e caiu de joelhos. Ele bufou e cuspiu na pedra. Durante todo o tempo, manteve os olhos fixos em mim.

Christopher, levante-se.

Wat ficou de pé com dificuldade. Deu um passo. Deu outro. Seus dedos enegrecidos agarraram a faca. Como ele ainda estava com aquela faca?

Minha cabeça girava. Eu não conseguia me mexer. Lorde Ashcombe se movimentou, arrastando-se para fora da boca do forno, mas ele também não tinha condições de deter o rapaz. Agarrei-me às pedras rachadas, tentando sair dali.

Não adiantou. Um pé pressionou o meu quadril, virando meu corpo para cima. Wat ficou em pé sobre mim. A cabeça dele balançava, como se ele não conseguisse focar os olhos.

Mas ele conseguia me ver. E ergueu a faca.

Foi então que aconteceu. Pelo canto do olho, vi um rolo de macarrão.

Estou sonhando, pensei.

O rolo de macarrão, de madeira escura, era comprido como um braço e grosso como uma árvore. Ele acertou com tudo no lado cego da cabeça de Wat. Seu olho bom ficou vidrado, sem enxergar mais nada.

Houve um segundo golpe. Uma pancada forte no alto da cabeça dele. Wat desmoronou no chão. Olhei estupefato para seu corpo inconsciente.

Tom se inclinou sobre mim e colocou uma das mãos no meu peito. Ele parecia muito preocupado, mas eu não conseguia entender o que ele dizia.

— Uuu eeeem êêê?

Parecia que ele estava debaixo d'água. Agitei a cabeça para tentar me livrar do som de sinos lá dentro. Péssima ideia! Vomitei. Foi uma mistura de bile azeda com pó de pedra amargo. Vomitei outra vez.

Tom me levantou. Agora, através do zunido em meus ouvidos, consegui entender suas palavras.

— Tudo bem com você?

— Você veio — reclamei.

— Claro que sim. Aquela promessa que você me obrigou a fazer era muito idiota.

— Desculpe — falei, sem forças, soltando o corpo nos braços dele. — Aquilo é mesmo um rolo de macarrão?

Tom pareceu envergonhado.

— É a única arma que sei usar.

******

Mais tarde, Tom me contou que subi a escada sozinho. Não me lembro de ter feito isso, mas lembro que ele carregou lorde Ashcombe nas costas e nos levou até a rua, onde quase fomos atropelados por uma carruagem de quatro cavalos.

O condutor puxou as rédeas, fazendo a carruagem derrapar. Um cavalo irritado bateu com o focinho na minha cabeça, jogando baba na minha orelha.

O condutor nos xingou. O nobre que estava na carruagem colocou a cabeça para fora da janela para xingar também. Então, viu o sangue e o homem que Tom carregava.

Lorde Ashcombe abriu o olho que lhe restava.

— Para a Torre de Londres — ordenou.

O nobre ficou pálido feito cera. Ele começou a suar sem parar. Depois, saiu da carruagem e tropeçou no estribo, estatelando-se no chão.

Tom nos colocou dentro da carruagem. O condutor nos levou até a Torre de Londres, chicoteando os cavalos e fazendo-os percorrer as ruas a uma velocidade alucinante.

O guarda do portão observou cheio de curiosidade enquanto Tom tirava Ashcombe da carruagem. Quando viu quem o rapaz estava carregando, deixou cair a lança. Mais de dez homens do rei correram para ajudá-lo.

Semiconsciente, lorde Ashcombe apontou para mim.

— Tragam ele — disse, antes de desmaiar.

Braços rudes vindos de todas as direções me carregaram. Não resisti. Nem poderia.

******

Os homens do rei me levaram até uma sala vazia. Dois soldados me colocaram numa cadeira e ficaram ao meu lado enquanto eu esperava. Não sei quanto tempo se passou. Tive a impressão de ter ficado mais de uma hora ali até que um funcionário aparecesse. Vestido em finos trajes de linho branco e usando uma peruca, ele me olhou de cima a baixo.

— Venha comigo.

Tentei ficar de pé. Os guardas foram obrigados a me ajudar a subir a escada. Era tão longe, e minhas pernas estavam tão fracas, que quando chegamos ao topo os homens do rei já me carregavam. O homem com as roupas de linho nos conduziu através de uma porta de madeira decorada para um quarto onde os soldados do rei me colocaram no chão.

O sol entrava pela janela, trazendo uma luz quente. Diante de uma lareira vazia havia duas cadeiras revestidas com almofadas de veludo azul que combinavam com o dossel de seda que cobria a cama. Havia uma camisa verde-esmeralda sobre os lençóis, também de seda, e calças de algodão azul-escuro. Botas de camurça macia haviam sido colocadas no chão. Numa robusta mesa de carvalho estava uma tigela de cristal cheia de frutas: maçãs, laranjas, romãs, uvas.

— Lorde Ashcombe ordenou que você ficasse protegido na Torre — disse o homem das roupas de linho. — Espero que esse quarto lhe agrade. — Ele apontou para uma porta à esquerda. — Um banho foi preparado para você.

O perfume de água de rosas vinha do outro lado da porta e misturou-se com o cheiro metálico de sangue sobre minha pele.

— Os médicos do rei cuidarão de você assim que atenderem lorde Ashcombe. Nesse meio-tempo, há alguma coisa de que precise?

Minha voz quase não saiu.

— Onde está Tom?

— Quem?

— Meu amigo. Ele está aqui? Ele está bem?

O homem encolheu os ombros.

— Você foi a única pessoa que lorde Ashcombe citou.

O tapete estava morno e o tecido era macio ao toque dos meus pés. Olhei para baixo. Em algum ponto do caminho, eu havia perdido as botas.

Olhei para a tigela de frutas.

— Por favor, posso comer uma fruta?

— Claro! — exclamou. — Você deve estar morrendo de fome. Logo vou trazer uma refeição de verdade para você.

Fiel às suas palavras, o homem voltou vinte minutos depois com quatro serviçais. Eles colocaram um conjunto de bandejas de prata sobre a mesa. Havia ganso assado, guisado de carne com molho, peixe condimentado, legumes com molho branco e metade de um bolo de morango. Senti o cheiro doce do ganso assado, que ainda soltava fumaça.

Foi só quando fiquei sozinho que comecei a chorar.

3 A 21 DE JUNHO DE 1665

Fim da primavera

CAPÍTULO 37

TRÊS DIAS DEPOIS DE TER CHEGADO À TORRE de Londres, fui levado para ver lorde Ashcombe. Ele estava deitado na cama de um quarto parecido com o meu, e os médicos do rei se agitavam em torno dele. Uma bandagem grossa e branca envolvia sua cabeça, cobrindo o lado esquerdo do rosto. Um corte vermelho atravessava a bochecha. Outro curativo cobria sua mão direita, manchado de sangue no ponto em que o machado de Wat lhe arrancara os dedos.

Lorde Ashcombe afastou os médicos dali como se fossem moscas, fez um sinal para que eu me aproximasse e murmurou palavras sem sentido por baixo de seus curativos.

— Eu... não estou entendendo — falei.

Lorde Ashcombe pareceu irritado, não sei se comigo ou com toda aquela gaze em seu rosto. Ele tentou de novo, mais lentamente, falando enrolado através do algodão.

— Você preparou. Uma armadilha.

Abaixei a cabeça.

— Sinto muito, senhor. Minha intenção nunca foi feri-lo. Eu queria que mestre Colthurst confessasse para que o senhor soubesse que ele era o assassino. Não imaginei que ele fosse levar tantos homens.

Ele fez um gesto, dispensando meu pedido de desculpas.

— Não é isso... No... laboratório subterrâneo. O Fogo do Arcanjo.

— Sim, senhor. Eu não podia arriscar a possibilidade de Oswyn encontrá-lo e ainda conseguir escapar.

— Sua armadilha. Você sabia. Poderia pegá-lo. Se ele... descesse até lá.

— Essa era minha esperança.

— Mesmo assim, você deixou que ele o torturasse. Com aquele líquido. Antes.

Toquei o peito com os dedos. Cheguei a ver minha carne corroída antes que os médicos do rei fizessem curativos em meus ferimentos. Meu próprio mapa do inferno marcado para sempre na pele.

— Sim, deixei.

— Por quê?

"Pense vários lances à frente", dissera Oswyn, mas eu já havia aprendido essa lição com um homem muito maior do que Oswyn jamais poderia ser. Segredos sob segredos. Códigos dentro de códigos.

Armadilhas dentro de armadilhas.

— Oswyn sabia que eu amava meu mestre — expliquei. — E ele sabia que, depois de mestre Benedict ter mantido o Fogo do Arcanjo protegido com tanto afinco, entregá-lo a ele (ou a quem quer que fosse) seria trair tudo o que meu mestre me ensinara. Se eu simplesmente contasse a ele a respeito do laboratório, Oswyn poderia suspeitar de outra armadilha. Eu não podia correr esse risco. Ele precisava acreditar que havia me derrotado. Precisava acreditar que havia vencido.

Lorde Ashcombe inclinou a cabeça.

— Você usou... a natureza dele... contra ele mesmo.

Concordei com um gesto de cabeça.

Lorde Ashcombe me observou. Depois, deitou a cabeça e fechou os olhos.

Fui levado de volta para o meu quarto.

******

Eles me mantiveram ali por mais duas semanas enquanto lorde Ashcombe, convalescente, comandava uma caçada a qualquer pessoa que estivesse envolvida no plano de Oswyn para derrubar o rei. Ele descobriu vários homens relacionados ao esquema, inclusive outros dois boticários, três proprietários de terra e um duque, que era o décimo primeiro na linha de sucessão ao trono. Também havia o homem do rei traidor, cujo interrogatório levara à captura dos outros. O homem que usava as roupas de linho branco disse que todos eles (com exceção do homem do rei, que tinha morrido durante os interrogatórios) seriam punidos em praça pública, ao norte da Torre de Londres. Contou que me levaria para ver a execução se eu quisesse. Eu não quis. Naquele dia, ouvi a multidão, clamando por sangue e aplaudindo a cada morte. Não adiantou nada fechar a janela. Deitei-me na cama e tapei os ouvidos, tentando bloquear o som.

Fora aquele dia, não me incomodou em nada ficar na Torre. Não era como se eu tivesse outros lugares onde ficar. O homem das roupas de linho falou que os pregoeiros já haviam anunciado minha inocência à cidade, mas duvidei que isso tivesse mudado a opinião do pai de Tom a meu respeito. Queria muito que Tom estivesse comigo. Perguntei se poderia vê-lo, mas o guarda apenas resmungou:

— Nada de visitas.

Eu mantinha a janela aberta, na esperança de que Bridget me encontrasse, mas também não a vi.

Nesse meio-tempo, eles me mantiveram alimentado e me contaram as novidades vindas da rua. Algumas eram boas. Após uma recente declaração de guerra contra os holandeses, a frota inglesa lutara contra mais de cem navios inimigos perto de Lowestoft, impondo-lhes uma pesada derrota. Eu fiquei mais preocupado ao ouvir relatos sobre a peste que se espalhava pelo oeste de Londres. Até agora, ninguém dentro das muralhas tinha adoecido, mas já havia quarenta mortos nas redondezas e os números subiam a cada semana. Fiquei com medo de que as coisas pudessem piorar com o crescente calor de junho.

Mesmo assim, não me restava nada a não ser esperar. Quando finalmente me soltaram, os homens do rei me levaram numa carruagem através da ponte levadiça. O condutor disse que tinha ordens para me levar diretamente à sede da Guilda dos Boticários, onde o conselho preparara uma audiência para decidir o que seria feito comigo.

— Mas hoje é domingo — observei.

O condutor encolheu os ombros.

— Faço o que me mandam fazer.

Impaciente, ele fez um gesto para que eu me acomodasse no banco. Preparei-me para os solavancos da viagem.

******

A audiência foi no Grande Salão. Na última vez em que eu estivera ali, Oswyn tinha se sentado à mesa principal e me interrogado enquanto outros boticários, sentados ao seu lado, assistiam. Dessa vez, o grão-mestre Edward Thorpe, velho e debilitado, encontrava-se no centro. Valentine Grey, secretário da guilda, estava à sua direita e parecia ainda mais agitado do que na última vez em que eu o vira. O assento à esquerda permanecia vazio.

Sir Edward não desperdiçou nenhum minuto.

— Já discutimos o seu caso. A irmandade admite que você não recebeu o tratamento adequado. Como compensação, daremos a você 10 libras. Além disso, cobriremos, até o valor de outras 10 libras, a taxa de admissão em outra guilda, para que você comece um novo aprendizado.

Mas...

— E o que já aprendi?

Sir Edward limpou a garganta.

— Os membros do conselho julgaram que, dadas as circunstâncias, é melhor que você não seja mais treinado para ser boticário.

Meu estômago revirou. Eu havia temido o pior. E parecia que o pior estava mesmo acontecendo.

— Por favor... grão-mestre... ser boticário é tudo o que quero. Por favor, deixe-me ficar.

— Seu comprometimento pesa a seu favor — disse ele —, mas não podemos permitir que os últimos... *incidentes*... continuem ligados à nossa guilda.

— Não foi culpa *minha* — insisti. — Eu não fiz nada!

— Mesmo assim, acreditamos que essa decisão será melhor para todos. E, para dizer a verdade, sr. Rowe, não temos onde colocá-lo. Nenhum mestre está precisando de aprendiz. O senhor entende, não?

Olhei ao redor da sala. Alguns boticários nas laterais me observavam com curiosidade, mas a maioria desviou o olhar.

Meu estômago dava nós. Eu *entendia* muito bem. Eles estavam com medo. Qualquer pessoa que me acolhesse daria a impressão de desejar saber o que quer que eu soubesse sobre o Fogo do Arcanjo. A trama de Oswyn (e a caçada de lorde Ashcombe) haviam me tornado intocável.

— Então... o que vai acontecer com a Botica Blackthorn? — perguntei.

— A botica voltará a ser propriedade da guilda — disse sir Edward.

— E o testamento do mestre Benedict?

— Não conseguimos encontrar o testamento dele.

— Não conseguem porque Oswyn o roubou — falei, elevando o tom de voz.

— Não temos provas — disse Valentine. — A compensação que estamos oferecendo é mais que suficiente para...

— Não quero dinheiro! — gritei. — Quero a minha vida de volta!

Valentine ficou vermelho. Estava prestes a dizer alguma coisa quando a pesada porta do Grande Salão se abriu com um rangido. Ele olhou para a porta, irritado, ignorando minha presença.

— O que foi?

— Desculpem-me, mestres — disse o escrevente que surgiu à porta, passando a mão na testa. — Há dois requerentes que desejam se dirigir ao conselho — anunciou, ansioso. — E um deles é lorde Ashcombe.

Sir Edward olhou para Valentine, que se aprumou na cadeira, ainda bastante vermelho.

— Muito bem.

O guardião entrou no salão. Ele não usava mais as bandagens. Sobre o olho perdido, havia um tapa-olho preto. Ainda se viam os pontos em sua bochecha, enlaçando uma cicatriz vermelha que escapava do tapa-olho e chegava ao canto da boca, que tinha sido bastante repuxada. A mão arruinada estava coberta por uma luva.

O outro requerente me causou uma surpresa ainda maior. O livreiro Isaac entrou no salão com seus passos leves e se postou diante do conselho; seu cabelo fino flutuava no ar enquanto ele avançava. Na mão, ele trazia um rolo de pergaminho. Seus olhos baços mal se fixaram em mim quando ele assumiu seu lugar ao lado do guardião.

Sir Edward se dirigiu a eles:

— Richard. E... Isaac, não é? Sejam bem-vindos. Como podemos ajudá-los?

— A mim? — questionou lorde Ashcombe — Vocês não podem me ajudar de modo algum — respondeu. O corte no rosto parecia tornar sua voz ainda mais áspera que antes. — Estou aqui em nome de Sua Majestade, Charles II, pela Graça de Deus, Rei da Inglaterra, Escócia, França e Irlanda, Defensor da Fé.

A sala já estava em silêncio, mas agora não se ouvia nada.

— Entendo — respondeu sir Edward. — Como podemos servir à Sua Majestade?

— O rei manda anunciar que Christopher Rowe, aprendiz da Guilda dos Boticários, é um verdadeiro amigo da Coroa. Além disso, Sua Majestade entende que as ações de Oswyn Colthurst não foram sancionadas pela guilda e reafirma sua ligação com os senhores, que lealmente o apoiaram contra os traidores puritanos na ocasião de seu retorno da França.

Sir Edward balançou a cabeça lentamente em assentimento.

— Nós somos gratos por termos a confiança de Sua Majestade.

— O rei também espera que o novo mestre de Christopher seja alguém com bondade e talento suficiente para administrar a propriedade do aprendiz como fez o honorável Benedict Blackthorn.

Valentine ficou pasmo.

— Propriedade?

Isaac ergueu o rolo de pergaminho que havia trazido.

— Permita-me, sir Edward? — perguntou, aproximando-se com dificuldade e entregando o rolo ao grão-mestre. — Nos últimos meses, Benedict estava cada vez mais preocupado com sua segurança. Sei que ele registrou um novo testamento junto à Guilda dos Boticários. Ele também deixou uma cópia do testamento comigo — disse Isaac, sorrindo. — Só para garantir.

Sir Edward leu o documento em voz alta:

— "Por meio deste instrumento, deixo todas as minhas posses ao meu aprendiz, Christopher Rowe de Blackthorn, para que sejam administradas por Hugh Coggshall até o dia em que Christopher se tornar um cidadão honorário de Londres."

Meu queixo caiu.

Valentine também não conseguia acreditar.

— Deixe-me ver isso — disse ele, arrancando o pergaminho da mão de sir Edward para examiná-lo de perto. — Como podemos ter certeza de que esse documento é legítimo?

— Ele está devidamente assinado por duas testemunhas — disse Isaac, apontando para o final da página.

— O documento está assinado por Hugh Coggshall e lorde Henry Mortimer. Ambos estão mortos.

— Sua Majestade avalizará o testamento — revelou lorde Ashcombe. — Se for necessário.

Sir Edward se remexeu na cadeira.

— Tenho certeza de que podemos aceitar o documento. No entanto, resta um problema. Como lembrou Valentine, Hugh está morto. Sua viúva, que legalmente se tornaria a guardiã, não é membro da guilda e não pode administrar uma botica. E Christopher... — Sir Edward fez uma pausa — ... ainda é um aprendiz.

Meu coração disparou.

— Sua Majestade está ciente — disse lorde Ashcombe. — E se oferece a atuar como administrador da botica, mantendo os lucros em segurança, até que Christopher chegue à maioridade. Enquanto isso, ele concorda em pagar um generoso salário ao novo mestre de Christopher.

— E quem será essa pessoa? — indagou sir Edward.

Lorde Ashcombe deu de ombros.

— Essa decisão cabe a vocês. Sua Majestade jamais interferiria nos negócios da guilda.

Valentine com certeza não podia ficar mais vermelho. Sir Edward deu um sorriso atravessado.

— Não — disse Valentine. — É claro que não.

******

Inclinei a cabeça para trás, fechei os olhos e deixei que o sol aquecesse meu rosto.

— Christopher!

Tom, sorrindo, correu entre as pessoas na frente da sede da Guilda dos Boticários, desviou da multidão de porcos que enchia a rua e me envolveu num abraço de urso.

— Ai! — exclamei.

Ele me soltou.

— Como você sabia que eu estava aqui? — perguntei.

— Isaac mandou um recado para que eu viesse. O que aconteceu?

Contei tudo a ele, que também não conseguiu acreditar.

— Sua própria botica?

— Bem, ela ainda não é minha. Ainda sou apenas um aprendiz. Ela não será minha por vários anos.

— Então você vai ter um novo mestre. Quem é ele?

— Ainda não sei.

Pensar sobre isso me deixava nervoso. Fiquei me perguntando se alguém como Valentine (ou, pior, alguém como Nathaniel Stubb, que tinha partido em boa hora) assumiria a posição só por maldade.

— Ora, ora! — exclamou Isaac, saindo pela grande porta da sede da guilda, apoiando o braço de lorde Ashcombe. — Os pilares da confusão.

O guardião colocou a mão no cinto e tirou alguma coisa prateada.

— Acho que isso é seu. Agora, oficialmente.

Ele me entregou o cubo. Apertei-o contra o peito.

— Obrigado! Obrigado aos dois! — exclamei, olhando para lorde Ashcombe. — Sou tão agradecido pelo que o senhor fez!

Ele soltou um grunhido.

— Você não deveria estar tão agradecido. Não conquistei nenhum amigo para você dentro da guilda.

— Mas... Sua Majestade disse...

— Ora, ninguém vai fazer nada contra você, pelo menos não abertamente. Alguns vão querer acolhê-lo, tentando cair nas graças de Sua Majestade, outros vão se ressentir e tentar derrubá-lo. Também é possível que ainda existam na guilda alguns que ficaram ao lado de Oswyn. Você deverá ser muito cauteloso em relação a quem chamará de amigo.

Olhei para Tom, que tentava se desviar dos porcos, e depois para Isaac, que fez um gesto afirmativo com a cabeça.

— Infelizmente, esse é um bom conselho — disse Isaac, voltando-se para lorde Ashcombe. — O senhor se incomoda que eu converse por um instante em particular com Christopher, meu senhor?

Quando lorde Ashcombe indicou que não se importava, Isaac colocou a mão no meu ombro e me conduziu alguns passos adiante.

— Tivemos que enterrar Benedict enquanto você ainda estava na Torre — informou ele com suavidade. — Mas acho que seria bom fazermos uma pequena cerimônia. Apenas para aqueles que o amavam.

— Eu gostaria muito — falei, agradecido.

— Venha me ver amanhã, então, e poderemos cuidar disso — disse Isaac, sorrindo. — Tenho umas histórias que acho que você vai gostar de ouvir.

Ele se despediu de todos nós e foi para casa. Pensar na homenagem ao meu mestre me fez lembrar mais uma vez em quem seria meu novo mestre. Depois do que o guardião dissera, eu tinha ainda mais motivos para me preocupar.

— O senhor realmente acredita que algum dos homens de Oswyn ainda pode estar por aí, meu senhor?

— Homens como esses estão sempre por aí — respondeu lorde Ashcombe. — Não importa quem eles sigam. E, você sabe, Wat ainda está solto.

Eu *não* sabia disso. A notícia me causou um arrepio na espinha.

— Mas... seus homens foram pegá-lo quando ele ainda estava inconsciente no laboratório.

— Sim, eles foram, mas, quando chegaram, Wat não se encontrava mais lá.

Olhei para a rua.

— O senhor acha que ele vai voltar?

Para se vingar?, pensei, sem falar.

Lorde Ashcombe deu de ombros.

— É mais provável que ele tenha fugido da cidade. Não é fácil ficar escondido quando não se tem metade do rosto — observou o guardião, passando os dedos sobre sua cicatriz brutal. — O que me faz lembrar... Wat não foi o único motivo para voltarmos ao laboratório. Alguns papéis resistiram à explosão. Os boticários de Sua Majestade os estão examinando agora.

Engoli em seco.

— É mesmo, senhor?

— Parece que eles não estão encontrando a receita do Fogo do Arcanjo.

Meu rosto queimou.

— Estava na bancada de trabalho — expliquei. — Exatamente onde Oswyn ficou parado. Talvez ela tenha sido destruída na explosão...

Lorde Ashcombe olhou bem para mim.

— Lembro-me de ouvir Wat dizer que a receita *não* estava lá.

— Wat não era muito inteligente.

— Não — respondeu lorde Ashcombe, estreitando os olhos. — Acho que não era mesmo.

Ao meu lado, Tom transferia o peso de um pé para outro.

— Tenho certeza de que você vai me contar se lembrar de alguma coisa — disse lorde Ashcombe.

Concordei com um gesto de cabeça, sem confiar na minha voz.

— Quanto a você, rapaz — disse o guardião para Tom —, você sabe manejar um rolo de macarrão.

Dessa vez, foi Tom quem ficou vermelho.

— M-muito obrigado, senhor — gaguejou, sem saber se ficava orgulhoso ou envergonhado.

— Vá até a Torre se quiser aprender a manejar uma arma de verdade.

Tom arregalou os olhos.

— O senhor... está querendo dizer... Eu? Um soldado?

— Se for aprovado no treinamento.

Tom olhou para os dois homens do rei que acompanhavam lorde Ashcombe. Eles retribuíram o olhar, parecendo confusos.

— Eu? — indagou Tom novamente, satisfeito.

— Você seria um ótimo soldado! — afirmei, virando-me para lorde Ashcombe. — O senhor deveria vê-lo lutando contra um urso de botica!

Lorde Ashcombe se afastou, balançando a cabeça.

— Não quero nem saber o que isso significa.

******

A placa ainda estava pendurada acima da porta:

BLACKTHORN
ALÍVIO PARA TODOS OS TIPOS
DE HUMORES MALIGNOS

A madeira precisava de mais uma camada de tinta. Eu também teria que refazer o chifre do unicórnio apagado após tantos anos exposto ao ar de Londres. Fora isso, não mudaria nada. Nunca mudaria nada.

Entretanto, a botica precisava de uma boa limpeza, e não havia necessidade de esperar meu novo mestre para saber de quem seria *essa* tarefa. Tom começou a me ajudar assim que entramos, varrendo a palha que tinha caído dos animais empalhados rasgados.

— Christopher?

— Sim?

— Aquilo não era verdade, era? O que você disse para lorde Ashcombe — perguntou, parando de varrer e apoiando-se no cabo da vassoura. — A receita do Fogo do Arcanjo não estava realmente na bancada de trabalho.

Balancei a cabeça.

— Eu não quis deixá-la ali para que Oswyn a visse.

— E o que você fez com ela?

— Eu a coloquei atrás do reservatório de gelo. Antes de subir para o jardim, ensebei-a com couro e a escondi atrás do reservatório, sob os tijolos.

Tom arregalou os olhos.

— Então a receita ainda está lá?

— Não sei — respondi. — O gelo já derreteu. Se a água atravessar o sebo, a tinta vai escorrer — completei, olhando pela janela. — Honestamente, não sei.

O Fogo do Arcanjo. Não tinha pensado nisso durante semanas. Não tinha pensado em nada do que havia acontecido naquele dia. Tudo o que eu queria era retomar minha vida antiga. Meus dias trabalhando perto do mestre Benedict, ouvindo o som da voz dele. Noites lendo perto da lareira. A botica. Nossa casa.

Olhei ao redor. A botica estava quase igual ao que vimos quando fugimos de Wat e Stubb naquela noite horrível. Havia uma mancha preta no ponto em que eu tinha começado o fogo e mais algumas pegadas em meio aos ingredientes espalhados pelo chão. Eu não queria nem ver a bagunça na oficina. Mas a casa ainda estava de pé. Talvez alguns ingredientes e equipamentos pudessem ser salvos, e eu poderia substituir o que tinha estragado. Então tudo ficaria como antes.

Não, pensei. *Nem tudo.*

Olhei para o balcão vazio, onde eu havia pendurado o cinturão do meu mestre. Meus olhos lacrimejaram.

Ainda sinto sua falta, pensei. *Mas mantive o nosso segredo. E detive seus assassinos. Será que fiz tudo certo? O senhor está orgulhoso de mim?*

Ouvi leves batidas na janela.

Eu me virei. Lá fora, no parapeito, uma pomba gordinha e salpicada de branco e preto saltitava de um lado para outro, abaixava a cabeça e bicava o vidro.

Corri até a porta da frente e a abri. Bridget desceu do batente da janela, batendo as asas, e entrou.

Ela arrulhou. Peguei-a e a aproximei do meu rosto. Senti a maciez de suas penas e os batimentos do seu minúsculo coração. Eu me virei para que pudéssemos ver nossa casa e o invoquei uma última vez.

Obrigado, mestre.

ALGUMAS QUESTÕES HISTÓRICAS

Na época de Christopher, a escrita do inglês não era padronizada. Então, por exemplo, era comum ver "Clerkenwell Green" escrito como "Clarkenwell Greene", "Clerkenwelle Grene" ou outra variação que o escritor considerasse correta. Neste livro, os nomes em inglês, os títulos e os lugares foram escritos e traduzidos de acordo com as regras modernas. (Aliás, muitos locais que aparecem neste livro ainda existem. Então, se você algum dia estiver nas ruas de Londres, que não são mais de pedra, por que não visitar alguns dos locais por onde Christopher passou?)

Uma mudança foi feita no calendário. Em 1665, a Inglaterra ainda usava o velho calendário juliano (introduzido em 46 a.C. pelo general e estadista romano Júlio César), ao passo que a maioria dos países da Europa já havia optado pelo gregoriano, mais novo (introduzido em 1582 d.C. pelo papa Gregório XIII, que é o que ainda usamos nos dias de hoje). Embora eles sejam quase idênticos, os calendários têm duas diferenças importantes. Em primeiro lugar, o ano do calendário juliano começa em 25 de março, e não em 1º de janeiro. Em segundo lugar, o uso do dia 29 de fevereiro no calendário juliano desde sua adoção fez com que ele ficasse dez dias atrasado em relação ao gregoriano (por exemplo, o solstício de verão em 21 de junho teria sido em 11 de junho, de acordo com o calendário juliano).

Nem é preciso dizer que essas diferenças poderiam gerar muita confusão. Por exemplo, um viajante poderia fazer uma viagem marítima de quatro dias de Roterdã a Londres, partindo em 28 de março de 1665 do calendário gregoriano, e chegar à Inglaterra em 22 de março de 1664 do calendário juliano (mais de um ano antes de ter partido!). Para evitar confusões desse tipo e para seguir o nosso calendário atual, todas as datas que aparecem neste livro são relatadas de acordo com o sistema gregoriano moderno.

AGRADECIMENTOS

Muita mágica acontece por trás das cortinas. Eu gostaria de agradecer aos seguintes magos:

A meu agente, Dan "The Lion" Lazar, a Cecilia de la Campa e a Torie Doherty-Munro.

A minha editora na Aladdin, Liesa "Batgirl" Abrams, e Mara Anastas, Mary Marotta, Jon Anderson, Katherine Devendorf, Karin Paprocki, Julie Doebler, Emma Sector, Jodie Hockensmith, Michael Selleck, Gary Urda, Christina Pecorale e a todos da campeã equipe de vendas, Lucille Rettino, Carolyn Swerdloff, Michelle Leo e Stephanie Voros.

A meu editor na Puffin do Reino Unido, Ben "Temple Raider" Horslen, e Francesca Dow, Wendy Shakespeare, Jacqui McDonough, Hannah Maloco, Carolyn McGlone e a todos os distribuidores de aventuras da Puffin.

A meus compatriotas da Simon & Schuster do Canadá, dentro e fora do ambiente de trabalho. Kevin Hanson, Shara Alexa, Michelle Blackwell, Amy Cormier, Amy Jacobson, Lorraine Kelly, Brendan May, David Millar, Nancy Purcell, Felicia Quon, Andrea Seto, Martha Sharpe, e Rita Silva.

A todos os editores, em vários pontos do mundo, que abraçaram *O enigma de Blackthorn*.

Ao simpático pessoal do Latin Discussion Forum [Fórum Latino de Discussões], especialmente Pacis Puella; e a Terry Bailey e Alma por sua ajuda adicional nas traduções. Todos os erros que permanecerem são meus.

E, finalmente, acima de tudo, agradeço a vocês, caros leitores, para quem esta história foi escrita. Obrigado por terem dado a Christopher um lar.

QUER SABER MAIS SOBRE A LEYA?

Fique por dentro de nossos títulos, autores e lançamentos.

Curta a página da LeYa no Facebook, faça seu cadastro na aba *mailing* e tenha acesso a conteúdo exclusivo de nossos livros, capítulos antecipados, promoções e sorteios.

A LeYa também está presente no Twitter, Google+ e Skoob.

www.leya.com.br

facebook.com/leyabrasil

@leyabrasil

instagram.com/editoraleya

google.com/+LeYaBrasilSãoPaulo

skoob.com.br/leya

1ª edição Fevereiro de 2017
papel de miolo Pólen Soft 70g/m²
papel de capa Cartão Supremo 250g/m²
tipografia ITC Slimbach Std
gráfica A.R. Fernandez